AK Trivia Book No. 31

도해 흑마술

쿠사노 타쿠미 | 지음

곽형준 | 옮김

AK TRIVIA BOOK

밑의 도형을 인형의 부품으로 삼아
필요한 부품만 선택해
저주의 인형을 완성하세요.
제한시간은 1분입니다.
그럼, 시작!

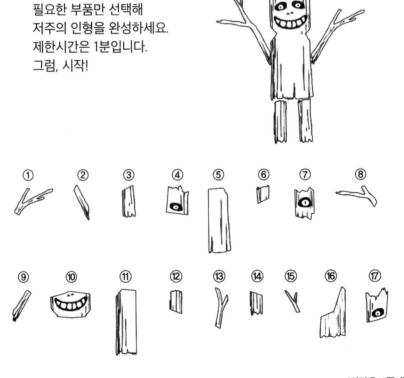

(정답은 6쪽에)

마술은 좋은 일에도 나쁜 일에도 쓰인다. 마술을 사용하여 사람의 병을 고치거나 악령을 쫓아내는 것은 좋은 사용법이다. 반대로 마술을 사용해 사람을 병에 걸리게 하거나 악령을 씌우는 것은 나쁜 사용법이다. 여기에서 마술에는 좋은 마술과 나쁜 마술이 있다는 사고방식이 태어났다. 그리고 좋은 마술은 백마술, 나쁜 마술은 흑마술이라고 부르게 되었다.

따라서 백마술이든 흑마술이든 완전히 똑같은 마술이며, 구별하는 것은 이상하다고 말할 수도 있다. 그것은 과학기술을 생각해보면 알 수 있다. 과학기술은 좋은 일에도 나쁜 일에도 쓰이지만, 과학기술 자체를 좋은 과학기술과 나쁜 과학기술로 나누는 사람은 없다. 과학기술 자체에는 선도 악도 없고 그것을 사용하는 인간에게 선과 악이 있는 것이다.

마술 역시 마찬가지이다. 마술 자체에 선악은 없으며 그것을 사용하는 마술사에게 선과 악이 있는 게 아닐까? 분명히 그렇다. 백마술이라거나 흑마술이라고 해도 그것들을 엄밀히 구별할 수는 없다. 마술은 마술이기에 원리는 모두 똑같다고 해도 과언이 아니다.

그럼에도 백마술과 흑마술을 구별하는 것은 백마술과 흑마술은 마술 자체의 분위기가 상당히 달라서일 것이다. 마술은 과학기술과는 달리 인간의 주관적인 부분에 영향을 받기 쉬워서 사악한 흑마술을 행하는 경우에는 그 의식의 작법 등도 참으로 사악하고 무시무시하기 일쑤이다. 그 결과 백마술과 흑마술은 완전히 다른 마술처럼 보이게 된다.

그런 의미에서 이 책에서는 사악한 목적에 쓰이는, 매우 사악한 분위기로 가득 찬마술을 모아 해설하였다. 소개한 마술 대다수는 과거에 실존한 마술이다. 이는 모두 사악한 목적으로 쓰였기 때문에 결코 흉내 내어서는 안 된다는 것은, 새삼 언급할 필요도 없을 것이다.

쿠사노 타쿠미

목차

정답 ① ② ③ ④ ⑤ ⑥ ⑧
⑨ ⑩ ⑪ ⑫ ⑭ ⑮ ⑰

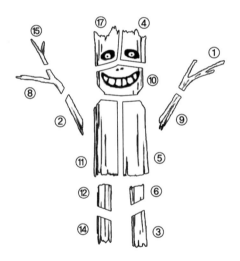

⑦ ⑬ ⑯ 이외

제1장
흑마술의 기본

흑마술이란 무엇인가?

흑마술은 고대 시대부터 마음에 들지 않는 인물이나 라이벌을 제거하기 위하여 존재하였고, 아무리 금지하여도 사라지지 않았다.

● 고대 시대부터 전 세계에서 실천된 사악하고 위험한 마술

흑마술이란 사악한 마술을 가리킨다. 이기적인 바람을 이루거나, 악천후를 일으켜 수많은 사람을 곤궁에 빠뜨리거나, 남의 집의 재산을 훔치거나, 증오하는 적의 몸에 위해를 가하는 마술이다. 원래부터 사악하다고 여겨지는 악마, 악령, 사령 등을 불러내는 것도 흑마술이다. 동물이나 인간을 제물로 바치는 잔인한 의식의 마술도 흑마술이라고 해도 좋을 것이다.

그런 사악한 것이라면 금지하면 될 것이라고 생각할지도 모르지만, 아무리 금지하여도 흑마술은 사라지지 않았다. 이 세상에서 범죄가 없어지지 않는 것처럼, 먼 옛날부터 흑마술이 사라지는 일은 없었다.

애초에 어떤 미개한 사회일지라도 여러 인간이 함께 살면, 언제나 상성이 좋지 않은 상대가 존재하는 법이다. 그런 때 상성이 나쁜 상대를 괴롭히기 위하여 머나먼 옛 시대부터 흑마술이 쓰인 것이다. 미인인 남의 부인을 손에 넣기 위하여 그 남편을 흑마술로 저주해 죽이려는 인간도 존재하였다. 또 이유도 없이 머리가 아프거나 넘어져 다치거나 한 자는 누군가가 흑마술로 저주하였기 때문이라고 생각하였다.

사회가 발전하고 권력자끼리 격렬한 권력투쟁을 펼치는 시대가 되자 흑마술은 한층 더 번성하게 되었다. 적대 세력의 대장을 저주해 죽이기 위하여 몇십 명이나 되는 마술사가 모여 무서운 흑마술 의식을 행하였다. 궁정 내 여성 사이의 권력투쟁에서는 흑마술이야말로 유일한 투쟁 수단이라고 해도 좋았다. 여성들은 무력으로 다툴 수 없었기에 흑마술 외에 의지할 것이 없었다.

더욱 최악인 것은 설령 흑마술을 사용해도 자신이 흑마술사라고 생각하는 마술사는 거의 없다는 점이다. 마술사는 모두 자신은 올바른 백마술사이며 상대야말로 사악한 흑마술사라고 생각한다.

흑마술이란 무엇인가?

 흑마술이란? ➡ 전 세계에서 행해진 사악한 마술

타인의 재산을 훔친다.

이기적인 소망을 이룬다.

미운 적의 몸에 위해를 가한다.

악천후를 일으켜 사람들을 곤궁에 빠뜨린다.

사악한 악마, 악령, 사령을 부른다.

제물을 바치는 등 잔인한 의식을 치른다.

이성에게 외설적인 행위를 한다.

흑마술이 필요한 때

예로부터 사회생활의 여러 방면에서 흑마술은 필요했다.

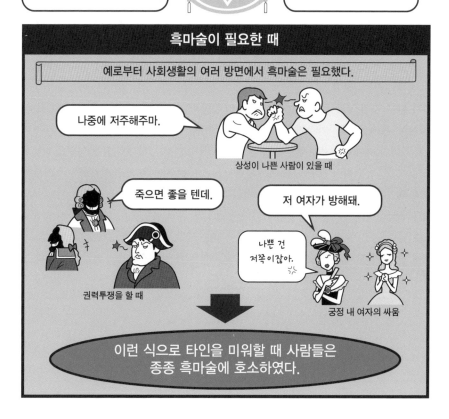

나중에 저주해주마.

상성이 나쁜 사람이 있을 때

죽으면 좋을 텐데.

권력투쟁을 할 때

저 여자가 방해돼.

나쁜 건 저쪽이잖아.

궁정 내 여자의 싸움

이런 식으로 타인을 미워할 때 사람들은 종종 흑마술에 호소하였다.

9

흑마술의 기본 법칙

태고 시대부터 마술의 기본은 「유사의 법칙」과 「감염의 법칙」이었으며, 이 둘을 합쳐 「공감의 법칙」이라고 불렀다.

● 단 두 가지의 기본 법칙에서 파생된 흑마술

흑마술이든 백마술이든 마술의 가장 기본적인 법칙은 태고부터 현대까지 전혀 변하지 않았다. 그 법칙은 「유사(類似)의 법칙」과 「감염(感染)의 법칙」 두 가지로, 이 둘을 합쳐 「공감(共感)의 법칙」이라고 부른다. 거기서 마술은 유사의 법칙에 바탕을 둔 것과 감염의 법칙에 바탕을 둔 것으로 분류할 수 있는데, 전자는 「유감마술(유감주술)」, 후자는 「감염마술(감염주술)」이라고 한다. 또 이들을 합친 공감의 법칙에 바탕을 둔 마술은 「공감마술(공감주술)」이라고 한다. 이들 용어는 **제임스 프레이저**가 20세기 초에 쓴 미개사회 연구서 『황금가지』에 바탕을 둔 것인데, 이 책 안에서도 때때로 인용하니 알아두면 편리할 것이다.

유사의 법칙과 감염의 법칙의 의미는 대략 아래와 같다.

첫째, 유사의 법칙은, 유사한 것은 유사한 것을 낳는다, 라는 것이다. 예를 들어 A와 B가 닮은 것일 경우, 마술사가 B에게 무언가를 하면 그것과 같은 효과가 A에게도 나타난다. 혹은, 마술사가 A가 무언가를 하는 상태를 모방하면 A도 그대로 한다는 것이다. 이러한 마술의 대표는 물론 인형을 사용한 흑마술이다. 상대와 닮은 인형을 만들고 그곳에 못 등을 박아 적을 괴롭히는 흑마술을 모르는 사람은 없을 것이다.

둘째, 감염의 법칙은 과거에 그자의 일부였던 것, 또는 접촉하였던 것은 서로 분리된 후에도, 한쪽에 어떠한 행위를 가하면 그것과 완전히 똑같은 효과가 다른 한쪽에 일어난다는 것이다. 흑마술의 세계에서는 치아, 모발, 손톱 등과 같이 예전 인체의 일부였던 것이 상대를 괴롭히기 위한 중요한 주물(呪物)로 여겨진다. 이것은 감염의 법칙에 바탕을 둔 것이다.

흑마술의 기본 법칙

흑마술의 기본 법칙에는
유사의 법칙과 감염의
법칙 두 가지밖에 없다.

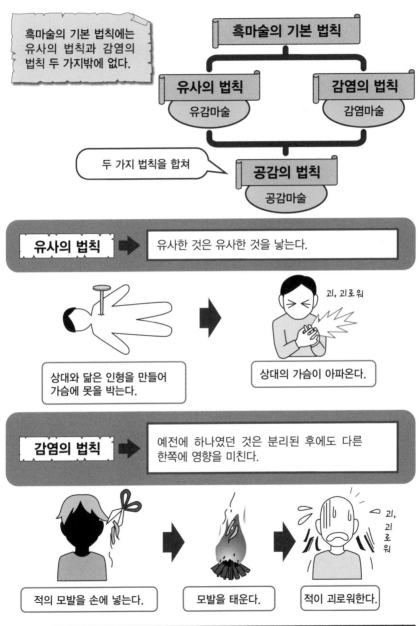

흑마술의 기본 법칙

유사의 법칙
유감마술

감염의 법칙
감염마술

두 가지 법칙을 합쳐

공감의 법칙
공감마술

유사의 법칙 ➡ 유사한 것은 유사한 것을 낳는다.

괴, 괴로워

상대와 닮은 인형을 만들어
가슴에 못을 박는다.

상대의 가슴이 아파온다.

감염의 법칙 ➡ 예전에 하나였던 것은 분리된 후에도 다른
한쪽에 영향을 미친다.

괴,
괴로워

적의 모발을 손에 넣는다.

모발을 태운다.

적이 괴로워한다.

용어해설

● 제임스 프레이저→스코틀랜드 출신의 사회민족학자. 『황금가지』가 높게 평가되어 1907년 기사작위에 서임되고,
1921년 모교인 케임브리지 대학 트리니티 칼리지의 교수로 취임한다.

No.003

종교적 흑마술

종교적 흑마술에서는 마술의 기본 원리인 「공감의 법칙」만이 아니라 신이나 영(靈)에게 기도하는 행위가 중요시되었다.

●세계를 지배하는 신령의 힘으로 흑마술이 실현되다

「유사의 법칙」에 바탕을 둔 「유감마술(유감주술)」과 「감염의 법칙」에 바탕을 둔 「감염마술(감염주술)」. 이것들이 마술이나 흑마술의 2대 원리인 것은 틀림없다. 하지만 그것만으로 고대부터 현대까지 존재하는 모든 흑마술의 원리를 설명할 수는 없다. 왜냐하면 시대가 바뀌면 마술 안에 종교가 섞이는 현상도 일어나기 때문이다. 이렇게 되면 2대 원리만으로는 마술을 설명할 수 없게 된다. 종교에서 세계를 움직이는 주역은 신이나 영이라고 여겨지기 때문이다. 그래서 종교적 마술에서는 신이나 영에게 기도를 하는 행위가 중요해졌다.

인형을 사용해 사람을 저주하는 마술을 예로 들어보자. 종교적이지 않은 마술에서는 증오하는 상대와 닮은 인형을 만들고, 거기에 이름 등을 쓰고 바늘이나 못을 찌르면 그것만으로도 상대에게 위해를 가할 수 있다고 생각하였다. 즉 흑마술사의 주술이 곧바로 상대에게 전해지는 것이다.

하지만 종교적 흑마술은 그렇지 않다. 종교적인 사고방식에서 세계를 움직이는 것은 하늘에 있는 신령들이다. 그래서 마술사는 타인에게 위해를 가하길 원한다면, 우선 하늘에 있는 신령들에게 호소해야 하였다. 즉 흑마술사와 저주받을 상대가 직선으로 이어지는 것이 아니라 그 사이에 신령이라는 존재가 개입하여 전체가 삼각형의 관계가 되는 것이다.

이것은 유럽에서도 아시아에서도 마찬가지이다. 종교가 발전한 세계의 흑마술사들은 신이나 악마, 그 외의 무수한 영들에게 호소해 소망을 실현하였다.

타인을 저주(咀呪)할 때의 「呪」라는 문자에도 그것이 나타나 있다. 「呪」의 오른쪽 부수인 「兄」이라는 글자는 사람이 하늘을 향해 입을 벌리고 무언가를 말하는 형상을 나타내고 있다. 즉 하늘에 있는 신령에게 호소하는 것이다.

종교적 흑마술

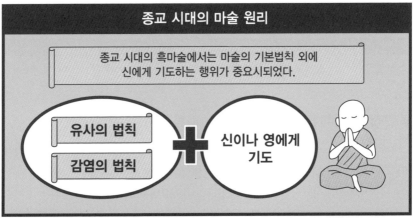

종교 시대의 마술 원리

종교 시대의 흑마술에서는 마술의 기본법칙 외에
신에게 기도하는 행위가 중요시되었다.

유사의 법칙

감염의 법칙

＋

신이나 영에게
기도

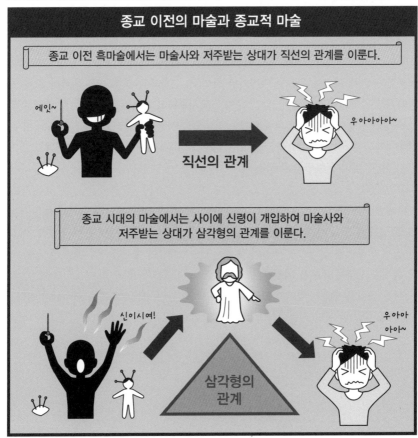

종교 이전의 마술과 종교적 마술

종교 이전 흑마술에서는 마술사와 저주받는 상대가 직선의 관계를 이룬다.

에잇~

우아아아아~

직선의 관계

종교 시대의 마술에서는 사이에 신령이 개입하여 마술사와
저주받는 상대가 삼각형의 관계를 이룬다.

신이시여!

우아아
아아~

삼각형의
관계

No.004

형상 흑마술

인형 등의 적과 닮은 형상을 이용하는 형상 흑마술은 유감마술의 원리를 이용한 가장 일반적인 흑마술이다.

●형상에 위해를 가하여 사람을 괴롭힌다

어떤 인물과 비슷한 형상에 위해를 가하는 것으로 그것과 같은 괴로움을 그 인물에게 주고, 최후에는 사망에 이르게 하는 마술은 수천 년도 더 먼 옛날부터 전 세계에 있었으며, 현재에도 이루어지는 지역이 있다. 이것이 형상 흑마술이며, 유사는 유사를 낳는다는 유감마술의 원리를 이용한 가장 일반적인 흑마술이다.

유럽에서 행해졌던 밀랍인형 흑마술, 일본에서 유명한 짚인형을 사용한 흑마술 등은 완전히 같은 계통의 흑마술이며, 그 작법은 실로 지역마다 다양하였다.

북미 인디언의 경우, 모래, 재, 점토 위에 표적이 될 인물의 형상을 그리고 그것을 뾰족한 봉으로 찌르는 위해를 가하기만 하여도, 그것과 완전히 같은 위해가 표적 인물에게도 가해진다고 믿었다. 같은 북미의 **오지브웨이 인디언**은 표적이 될 인물의 작은 목상을 만들어 바늘이나 화살을 박는 흑마술을 사용하였다. 그렇게 하면 표적이 된 인물에게도 목상에 못이나 화살을 박은 곳과 똑같은 부분에 격통이 일어난다고 믿었던 것이다. 심지어 특별한 주문을 외며 그 목상을 태우거나 묻으면 상대는 즉시 죽는다고 믿었다.

말레이 반도 등지에 사는 말레이 인의 형상 흑마술은 더욱 복잡하였다. 그들은 표적이 될 인물의 신체 여기저기에서 그 일부인 모발, 눈썹, 손톱, 타액 등을 훔쳤다. 이것을 꿀벌의 오래된 벌집과 반죽하여 형상을 만들었다. 이 형상을 7일 밤에 걸쳐 불 위에 올려놓고 다음 주문을 외었다.

「나는 밀랍을 태우는 것이 아니다. ○○(이름)의 간장, 심장, 비장을 태우는 것이다」.

이것을 7일 밤 동안 되풀이하면 표적이 된 인물은 죽는다고 여겼다.

형상 흑마술

형상 흑마술 ➡ · 표적과 닮은 형상(인형)을 사용한 흑마술
· 전 세계에 존재하는 가장 일반적인 흑마술

유럽의 밀랍인형, 일본의 짚인
형도 같은 부류지.

형상 흑마술의 이모저모

형상 흑마술은 지역마다 다양한 방식이 존재하였다.

북미 인디언의 경우

모래, 재, 점토 등에 적의 형상을 그리
고 뾰족한 봉으로 찔러 위해를 가하면
그것과 완전히 같은 위해가 현실의 적
에게 전해진다.

북미 오지브웨이 인디언의 경우

적의 작은 목상을 만들어 바늘이나 화
살을 박으면 현실의 적에게도 같은 부
분에 격통이 일어난다.

말레이 반도의 말레이 인의 경우

적의 모발, 눈썹, 손톱, 침과 꿀벌의
오래된 벌집을 반죽해 형상을 만든 다
음 7일 밤에 걸쳐 불 위에 올려놓고
필요한 주문을 왼다. 이것으로 상대는
죽는다.

용어해설

● **오지브웨이 인디언**→미합중국 북부에서 캐나다에 걸친 지역에 사는 알곤킨 어족의 인디언으로, 치페와 족이라고
도 불린다.

사자 흑마술

사자(死者) 흑마술은, 상대를 시체처럼 보지도, 듣지도, 말하지도, 움직이지도 못하는 상태로 만든다.

●아무것도 할 수 없는 사자의 특성을 전염시키는 마술

시체는 아무것도 볼 수도, 들을 수도, 말할 수도 없다. 물론 움직일 수도 없다. 미개 사회의 흑마술에서는 유감마술의 원리를 이용하여 죽은 자의 뼈나, 시체를 태운 재를 사용해 표적이 된 인간을 시체와 똑같이 보지도, 듣지도, 말하지도, 나아가 움직이지도 못하게 만들 수 있다고 여겼다.

이런 종류의 마술은 전 세계에 존재하며 특히 도둑들이 애호하였다. 크로아티아 동부 슬라보니아 지역에서는, 밤도둑들은 다음과 같은 마술에 의존하였다. 우선 죽은 자의 뼈를 준비해 그것을 도둑질할 집 위에 던진다. 그리고 "이 뼈가 혹시 눈을 뜬다면, 이 집 사람들도 눈을 떠라!" 하고 주문을 왼 뒤 집 안에 침입한다. 그것만으로도 그 집에 사는 자는 누구도 눈을 뜰 수 없게 되는 것이다.

자와에는 묘지의 흙을 가져와 그것을 도둑질할 집 주변에 뿌리는 마술이 있었다. 이것으로 그 집에 사는 자는 눈을 뜰 수 없게 되므로 도둑들은 자유롭게 도둑질을 할 수 있었다.

동 슬라브의 루테니아 인 사이에는 죽은 자의 정강이뼈를 사용하는 마술이 있었다. 이 정강이뼈에 짐승기름을 담아 초를 만들고, 그것에 불을 붙여 도둑질할 집 주변을 3번 돈다. 그렇게 하면 그 집 사람은 죽은 사람처럼 잠들어 도둑이 침입해도 전혀 깨닫지 못하였다.

고대 그리스의 밤도둑들은 화장터에서 주운 아직 불이 꺼지지 않은 나뭇조각을 마술에 사용하였다. 그 나뭇조각을 가지고 있으면 설령 사나운 번견이 나타나도 완전히 침묵시킬 수 있었다.

유럽에 전해지는 유명한 「영광의 손」 마술(No.045참조)도 이 계통에 속하는 마술이다.

16

사자 흑마술

죽은 사람의 뼈나 재를 사용해, 상대를 죽은 사람과 똑같이 움직일 수 없게 만드는 흑마술.

도둑이 애호한 사자 흑마술

잠든 사람이 절대로 눈을 못 뜨게 되어 사자 흑마술은 전 세계의 도둑들이 애호했지.

크로아티아의 도둑

사자의 뼈를 도둑질할 집 위에 던지고 주문을 왼다.

자와의 도둑

묘지의 흙을 가져와 도둑질할 집 주변에 뿌린다.

동 슬라브의 도둑

죽은 자의 정강이뼈에 동물기름을 담아 초를 만들고 불을 붙여 도둑질할 집 주변을 3번 돈다.

고대 그리스의 도둑

화장터에서 주운, 아직 불이 붙은 나뭇조각을 가지고 있으면 번견이 얌전해진다.

가해자 흑마술

감염마술의 원리에 따르면 가해자에게 어떠한 일이 생기면 그 영향은 피해자에게 미치고, 피해자의 상처를 더욱 악화시킬 수도 있다고 한다.

●부상당한 적의 상처를 더욱 악화시키는 흑마술

미개지의 주민이 믿었던 감염마술의 원리에 따르면, 예전에 한 번이라도 접촉한 적이 있는 것은 설령 아무리 멀리 떨어져 있더라도 한쪽이 당하는 일은 반드시 다른 한쪽에도 영향을 미친다. 이것을 부상당한 피해자와 부상을 입힌 가해자의 관계에 적용하면, 가해자에게 어떠한 일을 하면 그 영향은 피해자에게도 미친다.

이것은 바로 흑마술에 응용할 수 있는 원리이다. 즉 무기를 사용해 적을 상처 입힌 가해자는 이 원리로 적의 상처를 더욱 악화시킬 수 있다. 예를 들어 적을 상처 입힌 가해자가 뜨거운 것이나 쓴 것, 어쨌든 몸에 나쁜 자극성의 것을 마시거나 먹는다. 그러면 가해자 자신이 괴로워지지만 그 자극은 피해자에게도 미쳐 상처를 더욱 악화시키며, 나아가서는 죽음에 이르게 한다고 믿었다.

적을 상처 입힌 무기도 같은 목적으로 사용할 수 있다. 적을 괴롭히고 싶은 가해자들은 적을 상처 입힌 무기를 불에 달구거나, 만약 적에게 찔렸던 화살촉이 손에 들어오면 그것을 불로 태웠다. 또 적을 상처 입힌 활의 현을 극단적으로 강하게 당기거나 강하게 튕겼다. 그러면 그 자극이 적의 상처에까지 미쳐 적을 괴롭힌다.

이 원리는 물론 백마술에도 응용할 수 있다. 이것은 전 세계의 공통된 원리이며 유럽에서도 적을 상처 입힌 무기에 기름을 바르면 상처 자체를 치유할 수 있다고 믿었다. 그것으로 부상자가 어디에 있는지 상관없이 무기에 기름을 발라 상처를 낫게 하였다. 가시에 찔린 경우에는 가시를 빼 그것에 기름을 발랐다.

당연한 일이지만 이렇게 기름을 바른 무기에서 기름을 닦아내면 피해자의 상처는 다시 아프기 시작한다.

가해자 흑마술

 가해자 흑마술 ➡ 가해자나 무기에 위해를 가하면 그 영향으로 피해자도 괴로워한다.

가해자 · 무기와 피해자의 관계

가해자 · 무기와 피해자 사이에는 아래와 같은 관계가 있다.

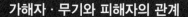

무기

으아~

가해자

피해자

가해자와 피해자의 경우

뜨거운 것, 쓴 것, 자극성이 강한 것을 먹어 가해자가 괴로워하면, 그 자극이 피해자에게도 미쳐 죽게 된다.

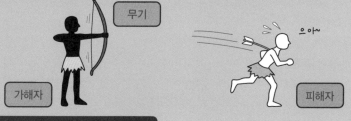

나쁜 것을 먹어 괴롭다~.

가해자

피해자

꿍~

이제 틀린 것 같아.

상처 입힌 무기와 피해자의 경우

적을 상처 입힌 무기나 화살촉을 불에 달구거나, 활의 현을 세게 튕기면 상처가 악화되어 피해자가 괴로워한다.

무기를 불에 달군다

적을 상처 입힌 무기

피해자

꿍~

이제 틀린 것 같아.

의복 흑마술

땀이나 체취가 스며든 의복을 손에 넣으면 설령 아무리 멀리 떨어져 있어도 그 의복을 입었던 사람을 확실히 저주해 죽일 수 있다.

●의복을 손상시켜 입었던 사람을 괴롭힌다

의복은 인간이 평소에 몸에 두르는 친숙한 도구이자 땀이나 체취 등도 스민 물건으로, 미개사회의 흑마술에서는 중요한 물건으로 여겨졌다.

남태평양에 있는 바누아투 공화국(뉴헤브리디스 제도)의 탄나 섬에서는 남에게 원한을 가지고 그 원한을 풀고 싶다면 무엇보다도 우선 그 인물의 의복을 손에 넣어야 한다고 여겼다. 의복을 손에 넣으면 나뭇잎이나 작은 가지로 의복을 쓰다듬는다. 다음으로 의복, 나뭇잎, 작은 가지를 가늘고 긴 소시지 모양으로 감는다. 그리고 완성된 소시지 모양의 묶음을 천천히 태운다. 그러면 묶음이 불에 탐에 따라 상대는 괴로워하며, 완전히 탔을 때 죽음을 맞는다.

의복 흑마술은 프로이센(독일 북부 부근)에도 있는데, 예를 들어 도둑을 놓쳐도 도둑이 도망칠 때 떨어뜨린 의복이 있다면 잡을 수 있다고 믿었다. 도둑이 떨어뜨리고 간 의복을 막대기 등으로 강하게 두들기면 도둑은 병에 걸리기 때문이다.

이런 일이 일어나는 것은 사람과 그 의복 사이에 특별한 주술적 공감이 있기 때문이다. 그래서 그 의복에 가해지는 위해는 설령 아무리 멀리 떨어져 있어도 그 의복을 입었던 사람에게 확실히 전해지는 것이다.

사람이 입었던 의복은 물론이고 그 사람이 사용하던 바닥깔개로도 저주가 가능하였다. 호주 빅토리아 선주민족의 주술사는 사람이 사용하던 캥거루 가죽으로 만든 바닥깔개를 불로 태우기만 하여도 그 주인을 병에 빠뜨릴 수 있었다고 한다. 이 저주를 풀기 위해서는 병에 걸린 주인의 가족이나 친구가 주술사를 방문해, 주술사의 허가를 얻어 탄 바닥깔개를 되찾은 다음, 그것을 물에 넣어 불을 씻어내야 한다고 믿었다.

의복 흑마술

의복 흑마술 ➡ 의복은 땀이나 체취가 스며 있어, 흑마술의 중요한 도구가 된다.

각 지역에 존재하는 의복을 사용한 흑마술

의복을 사용해 원한을 푸는 방법은 지역마다 여러 종류가 있다.

바누아투 공화국 탄나 섬

적의 의복을 나뭇잎이나 가지로 쓰다듬는다. 그 뒤 소시지 모양으로 말아 천천히 태운다. 의복이 전부 탔을 때 적이 죽는다.

프로이센

괴로워!

도둑의 옷   도둑

설령 도둑이 침입해도 그 도둑이 떨어뜨린 의복을 막대기 등으로 강하게 때리면 도둑은 병에 걸리기 때문에 잡을 수 있다.

호주 선주민

괴로워!

바닥깔개   주인

남이 사용하던 캥거루 가죽 바닥깔개를 불에 그슬리기만 하면 그 주인을 병에 걸리게 할 수 있다.

발자국 흑마술

흑마술사는 모래나 흙 위에 남은 발자국이나 손자국, 신체의 흔적이 있기만 해도 그곳에 있던 사람을 저주하거나 격통에 시달리게 할 수 있다.

●발자국이나 손자국을 통해 사람에게 위해를 가한다

사람이 모래나 흙 위에서 행동하면 그곳에 발자국이나 손자국, 몸의 흔적이 남는다. 그 흔적들은 그곳에서 행동한 사람과 한 번은 밀접하게 접촉한 것이기 때문에 양쪽 사이에는 감염마술적 원리가 작용한다. 따라서 흑마술 세계에서는 모래나 흙 위에 남은 발자국이나 손자국, 신체의 흔적을 통해 그곳에 있던 사람에게 저주를 걸 수가 있다.

이런 흔적 가운데 가장 일반적인 것은 발자국이기 때문에 발자국을 이용한 흑마술은 전 세계에 존재한다.

호주 동남부 선주민들의 경우, 증오하는 상대를 괴롭히고 싶을 땐 그 사람의 발자국을 찾아 석영, 유리, 뼈 등을 찌른다. 그렇게 하는 것만으로도 상대가 발자국을 남긴 쪽의 다리에 장해가 나타나 자유롭게 움직일 수 없다고 믿었다. 선주민들은 류머티즘성 통증이 일어나면 누군가가 자신의 발자국에 마술을 걸었다고 여겼다.

똑같은 마술은 유럽에서도 널리 행해졌다. 발트 해 연안의 독일 메클렌부르크에서는 원한이 있는 사람의 발자국에 못을 박을 경우, 그 못은 관에서 뽑아낸 것이어야 한다고 여겼다. 그렇게 하면 그 사람의 다리에 장애가 나타난다.

호주 동남부의 선주민들은 사람이 누웠을 때 생긴 몸의 흔적을 사용해도 똑같은 마술이 가능하다고 믿었다. 석영이나 유리 등의 예리한 파편을 그곳에 채우면 그 주력에 의해 상대의 몸에 격통이 이는 것이다.

고대 그리스의 **피타고라스 학파**에는 아침에 일어나면 곧바로 침구에 남은 몸의 흔적을 지우라는 계율이 있었다. 그것은 이러한 마술에 걸리는 것을 피하기 위해서였다.

발자국 흑마술

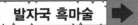 **발자국 흑마술** ➡ 발자국, 손자국, 신체의 흔적을 통해 그곳에 있던 사람에게 저주를 걸 수 있다.

다리여, 부러져라! / 발자국 / 으앙 ~. 뼈가 부러졌어 .

전 세계에 존재하는 발자국 흑마술

 발자국이나 신체의 흔적을 사용한 흑마술 전통은 전 세계에 존재하지.

호주 선주민

 으윽

발자국에 유리, 석영 등을 찌르면 그 사람의 발이 아프다.

 으윽

신체의 흔적에 유리나 석영 등을 찌르면 그 사람의 몸이 아프다.

독일 메클렌부르크

발자국에 찔러 넣을 못은 관에서 빼낸 못이어야 한다.

고대 그리스

 좋았어!

흑마술에 걸리지 않기 위하여 눈을 뜨면 곧바로 침대 위에 생긴 몸의 흔적을 지운다.

용어해설

● **피타고라스 학파**→피타고라스 교단이라고도 하며, 고대 그리스의 철학자 피타고라스가 창설하였다고 전해지는 종교결사.

영혼을 붙잡는 흑마술

영혼을 포획하는 흑마술은 전 세계에 존재하며, 흑마술사가 포획한 영혼을 상처 입히면 영혼을 빼앗긴 사람은 병에 걸리거나 죽는다고 한다.

● 미운 상대의 영혼을 붙잡아 괴롭히는 흑마술

영혼의 포획은 기본적인 흑마술 중 하나로, 전 세계의 미개인들 사이에서 쓰였다. 그러한 지역에서는 마법사에게 영혼을 빼앗긴 사람은 병에 걸리거나 죽는다고 믿었다.

피지에서는 죄를 인정하지 않는 범죄자에게 추장이 영혼 포박술을 행하였다. 추장은 두건을 손에 들고 범인의 머리 위에서 계속 흔든다. 영혼이 들어오면 두건을 접어, 카누의 끝에 못으로 박는다. 그렇게 하면 영혼을 빼앗긴 범죄자는 쇠약해져 죽는다고 한다. 그래서 범죄자는 추장이 두건 이야기를 꺼내기만 하여도 공포에 질려 모든 것을 자백한다.

남태평양의 **데인저 섬**에서는 원한을 품은 상대가 병에 걸리면, 마법사는 양쪽에 크기가 다른 고리를 붙인 길이가 5미터 이상이나 되는 덫을 상대의 집 근처에 걸었다. 병에 걸린다는 것은 영혼이 몸에서 빠져나오는 것을 뜻하는데, 마법사는 그 영혼을 붙잡아 주인에게 돌려주지 않는 것이다. 그리고 영혼(작은 새나 곤충의 모습을 하고 있다고 한다)이 덫에 걸리면 그 주인은 반드시 죽게 된다.

서부 아프리카에서는 잠이 든 사람에게서 빠져나온 영혼을 붙잡기 위하여 늘 덫을 설치하는 흑마술사가 있었다. 흑마술사는 영혼을 붙잡으면 그것이 누구의 것인지는 신경 쓰지 않고 불 위에 매단다. 그러면 영혼은 건조해지고 주인은 병에 걸리게 된다. 이 흑마술사는 딱히 원한이 있어서 그렇게 하는 것이 아니라 영혼의 주인이 돈을 지불하면 곧바로 영혼을 해방한다고 한다. 상대에게 위해를 가하고 싶은 흑마술사의 경우는 영혼을 붙잡을 사발 형태의 용기 안에 칼날이나 갈고리를 넣어두었다. 영혼이 이 안에 들어가 다치면 설령 운 좋게 도망친다 해도 주인은 병에 걸린다고 한다.

영혼을 붙잡는 흑마술

 영혼 포획술 ➡ 영혼을 빼앗긴 자는 병에 걸려 죽는다.

 흑마술사 영혼 히잉~

 ➡  영혼을 빼앗겼으니 이제 틀렸어.

각지의 영혼 포획 마술

영혼을 포획하는 흑마술은 지역에 따라 다양해서 주의해야 한다!

피지

 두건 범인

범인의 머리 위에 두건을 휘두르고, 영혼이 들어오면 접어서 카누 끝에 못을 박아 매단다. 그렇게 하면 영혼을 빼앗긴 범죄자는 쇠약해져서 죽는다.

데인저 섬

 적 덫 영혼

원한을 품은 상대가 병에 걸리면 양쪽에 고리가 달린 덫을 상대의 집 근처에 설치한다. 작은 새나 곤충 모습의 영혼이 덫에 걸리면 그 주인은 반드시 죽는다.

서부 아프리카

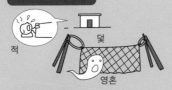

잠이 든 사람에게서 빠져나온 영혼을 덫으로 잡아 불에 그슬린다. 괴로워진 주인이 돈을 지불하면 풀어준다.

용어해설
● **데인저 섬**→푸카푸카 섬을 말한다. 하와이 제도 남남서 방향 약 3,000km 지점의 남태평양에 있는 섬.

그림자와 영상 흑마술

땅이나 물에 비친 그림자나 영상, 초상화나 사진 등도 그 사람의 영혼 혹은 생명적인 부분이기에 저주의 도구로 이용할 수 있다.

● 그림자나 영상을 사용해 사람에게 위해를 가한다

땅에 비친 그림자나 물에 비친 영상은 모래 위에 남은 발자국이나 손자국과 같이 흑마술의 중요한 도구가 된다. 왜냐하면 세계의 수많은 지역에서 땅에 비친 그림자나 물에 비친 영상은 그 사람의 영혼 혹은 생명적 부분이라고 믿었기 때문이다.

그림자나 영상의 흑마술에는 여러 부류가 있다.

예를 들어 인도네시아 웨타르 섬에는 마술사가 사람의 그림자를 창으로 찌르거나 칼날로 베면 그 사람을 병에 빠뜨릴 수 있는 흑마술이 있었다.

그리스에서는 건물을 튼튼하게 만드는 제물로 보통은 짐승의 피를 이용하였지만, 때로는 사람의 그림자를 이용하기도 하였다. 사람을 건물 토대석 부근으로 데리고 와 비밀리에 그 몸이나 그림자의 치수를 잰 다음 그 내용을 토대석 밑에 묻는다. 혹은 그림자 위에 토대석을 둔다. 이렇게 하면 건물은 튼튼해지는 대신 그 사람은 그해 안에 죽는다.

루마니아의 트란실바니아 지방에서는 이와 같이 그림자를 묻힌 사람은 40일 이내에 죽는다고 믿었다. 그래서 이 지방에서는 벽을 튼튼하게 만들기 위하여 그림자를 건축가에게 파는 그림자 상인이라는 직업까지 존재하였다.

베링 해협의 에스키모 사이에서는 마술사는 사람의 그림자를 훔칠 수 있으며, 그림자를 도둑맞은 사람은 쇠약해져 결국 죽는다고 믿었다.

초상화나 사진도 위에서 설명한 그림자나 영상과 마찬가지로 무서운 작용을 한다. 초상화나 사진을 손에 넣은 자는 그 사람의 목숨까지 빼앗을 수 있는 결정적인 힘을 가진다. 미개인 대다수가 사진을 찍히거나 초상화로 그려지는 것을 지독히 무서워한 것은 그 때문이다.

그림자와 영상 흑마술

 그림자와 영상 ➡ · 사람의 영혼 혹은 생명적 부분
· 흑마술의 도구로 사용된다.

  =

그림자와 영상에는 짚인형과 똑같은 힘이 있지.

각지에 존재하는 그림자와 영상 흑마술

 땅 위의 그림자, 물에 비친 영상이라도 흑마술사의 손에 걸리면 무서운 결과를 낳는다.

웨타르 섬

사람의 그림자를 창이나 칼로 찌르면 그 사람은 병에 걸린다.

그리스

몰래 남의 그림자 치수를 재고, 그 수치를 건물 토대석 밑에 묻으면 건물은 튼튼해지지만 그 사람은 그 해 안에 죽는다.

치수를 적은 메모

베링 해협의 에스키모

  남의 그림자를 훔치면 그림자를 도둑맞은 자는 쇠약해져 결국 죽는다.

잔반 흑마술

사람이 먹고 남긴 것도 그 사람을 저주하기 위한 강력한 도구가 되기 때문에 흑마술사 중에는 항상 남의 잔반을 찾아다니는 자가 있었다.

●늘 남의 잔반을 노리는 흑마술사들

남이 먹다 남긴 것도 그 사람을 저주하기 위한 중요한 도구 중 하나이다. 사람이 무언가를 먹고 그 일부를 남긴 경우, 원래 하나였던 음식이 그 사람의 위장과 그 사람의 외부 두 군데에 존재하게 된다. 감염마술의 원리에 따르면 이러한 둘 사이에는 마술적으로 깊은 관계가 있다.

잔반을 사용해 남을 저주하는 방법은 다양하다. 호주 남부에 있는 부족에서는 흑마술사들의 의식은 다음과 같았다. 먼저 적토(赤土)와 먹다 남은 생선의 기름을 섞어 반죽하고, 그 안에 생선의 눈알과 육편을 섞는다. 이것을 동그랗게 말아 뼈 끝에 달고, 일정 기간 동안 시체의 품에 넣어둔다. 이것은 주물에 죽음의 힘을 흡수시키기 위함이다. 그 후 꺼내서 불을 지피고, 옆에 있는 흙에 뼈를 세운다. 그렇게 하면 불의 열기로 뼈 끝에 달린 구체가 녹는데, 완전히 녹았을 때 저주받은 상대는 죽게 된다. 심지어 이 지역의 흑마술사들은 누군가가 먹은 새나 짐승, 물고기 등의 뼈를 늘 찾아 돌아다녔다. 그렇게 사람을 저주하여 금품을 갈취하는 것이 일이었기 때문이다. 남태평양 뉴헤브리디스 제도에 위치한 타나 섬에서는 흑마술사는 누군가가 먹고 남긴 바나나 껍질 등을 주워 와서는 시간을 들여 불에 구웠다고 한다. 물론 바나나 껍질이 전부 불에 타면 바나나를 먹은 사람은 죽는다. 그래서 바나나를 먹은 자나 그 친족은 황급히 흑마술사를 찾아가 선물을 주고 저주를 그만두도록 했다.

이처럼 먹다 남은 것이 흑마술사의 손에 들어가는 것은 위험하므로, 이들 지역의 사람들은 자신이 먹다 남은 것은 곧바로 직접 처리하는 습성이 있었다. 로마 인 사이에서도 자신이 먹은 달팽이나 달걀 껍데기를 곧바로 부수는 습성이 있었는데, 그것은 이러한 이유 때문이다.

잔반 흑마술

잔반 흑마술 ➡️ 사람이 먹고 남긴 음식으로 그 사람을 저주하는 마술

감염주술의 원리에 따르면, 잔반과 몸 안에 흡수된 음식 사이에는 마술적으로 깊은 관계가 있기 때문에 흑마술의 도구가 된다.

호주 남부의 잔반 흑마술

호주 남부의 흑마술사는 생선 기름과 적토를 섞어 반죽하여 사람을 병에 걸리게 할 수 있다.
저주받고 싶지 않다면 돈을 내라.

그 방법은?

적토와 먹다 남은 생선의 기름을 섞어 반죽한 다음, 그 안에 생선의 눈알과 육편을 섞는다.

그것을 동글게 말아 뼈 끝에 붙이고, 일정 기간 동안 시체의 품에 넣는다.

그 후 꺼내서 불을 피우고, 옆에 있는 흙에 뼈를 세운다.

임종하셨습니다

불의 열기로 뼈 끝의 반죽이 완전히 녹으면, 저주받은 상대는 죽는다.

29

모발과 손톱 흑마술

모발과 손톱은 고대부터 매우 강력한 힘을 가진 주물이며, 저주 인형에 사람의 모발이나 손톱을 넣는 것만으로도 저주의 힘은 몇 배나 강해진다.

●흑마술의 힘을 증가시키는 무서운 주물

모발과 손톱은 흑마술 세계에서는 고대부터 매우 강력한 힘을 가진 주물이라고 여겼다. 몸에서 떨어진 모발과 손톱이 있다면 그 사람에게 마법을 걸 수 있다는 생각은 전 세계에 존재한다. 예를 들어 인형을 사용한 흑마술은 전 세계에 존재하는데, 이 인형에 그 사람의 모발이나 손톱을 넣으면 저주의 힘은 몇 배나 강력해진다. 또 모발이나 손톱만이라도 사람을 저주하는 데 충분한 힘이 있다. **마르키즈 제도**의 마술사는 사람의 모발, 손톱, 타액 등 그 사람의 신체에서 나온 것을 모아 특별한 자루에 넣어 의식을 행한 다음 구멍에 묻었다. 그것만으로도 상대는 병에 걸린다. 이처럼 마법사의 손에 들어가면 큰일이 나기 때문에 모발이나 손톱의 파편은 불에 태우거나 아무도 모르는 곳에 묻는 풍습이 전 세계에 존재하였다.

미개인 사이에는 전쟁에서 적을 포로로 잡으면 머리털을 뽑은 뒤 해방하는 풍습도 있었다. 모발을 뽑힌 포로들은 마법에 걸린다는 공포로 두 번 다시 덤비지 않기 때문이다.

모발은 그 사람의 생명력이나 초자연적 힘이 깃든 부분이기도 하였다. 유럽 민간전승에서는 마녀의 마력은 모발에 담겨 있다고 여겼다. 성서에 등장하는 강력한 **역사(力士) 삼손**의 힘도 머리털에 있었기에, 악녀 데릴라에게 머리털을 베인 순간 약해지고 말았다.

털—특히 음모에는 사랑의 마력이 있다는 신앙도 있었다. 1590년에 스코틀랜드에서 마녀사건이 일어나 체포된 마녀 존 피안도 음모 마술을 사용하였다. 그는 젊은 아가씨가 자신에게 홀리도록 그 아가씨의 음모 3가닥을 사용해 사랑의 마술을 행하였다. 하지만 그를 탐탁지 않게 여긴 누군가가 아가씨의 음모와 암소의 유방에서 채취한 털 3가닥을 바꿔치기 했다. 그래서 존은 원하는 아가씨가 아니라 암소에게 쫓기게 되었다.

모발과 손톱 흑마술

| 모발과 손톱 | ➡ | 매우 강력한 힘을 가진 흑마술의 주물 |

저주의 인형에 머리털·손톱을 넣으면 저주의 힘이 몇 배나 강해진다.

 인형 **+**  머리털과 손톱 **=** 저주의 힘이 몇 배 증가

머리털의 마술적인 힘

예로부터 인류는 머리털의 흑마술적 힘을 두려워한 나머지 여러 풍습을 만들었다.

흑마술사의 손에 들어가지 않도록 모발이나 손톱의 파편을 불에 태우거나 땅에 묻는 풍습이 전 세계에 존재한다.

적을 포로로 삼으면 두 번 다시 반항하지 않도록 머리털을 벤 뒤 풀어주는 풍습이 있었다.

힘은 머리털에 깃들어 있어서 성서의 영웅 삼손은 악녀 데릴라에게 머리털을 베인 순간 힘을 잃었다.

16세기의 마녀 존 피안은 음모 3가닥으로 젊은 아가씨를 자신에게 홀리게 만드는 흑마술을 사용하려다 체포되었다.

용어해설

●**마르키즈 제도**→타히티 섬 북동쪽 약 1,500km 지점의 남태평양에 있는 14개의 화산섬으로 이루어진 제도.
●**역사 삼손**→단 족 출신의 이스라엘 영웅으로, 팔레스티아 인과의 전쟁에서 활약하였다. 하지만 팔레스티아 출신의 처 데릴라에게 괴력의 근원인 머리카락을 베이는 바람에 팔레스티아 인에게 살해당했다.

피와 침 흑마술

피와 침도 모발이나 손톱과 마찬가지로 마술적으로 강력한 힘을 가진다. 여성 특유의 피인 경혈은 여성이 남성을 손에 넣는 사랑의 마법의 강력한 성분이라고 여겨졌다.

● 여러 이용법이 있는 흑마술 도구

피와 침도 모발이나 손톱과 마찬가지로 흑마술에서 강력한 힘을 가지는 무서운 주물이다. 피와 침도 원래는 인간 신체의 일부이기 때문에, 설령 몸 바깥으로 나온 후라도 그것을 통해 그 사람에게 마법을 걸 수 있다고 여겨졌기 때문이다. 인형을 사용해 사람을 저주할 경우도 우수한 흑마술사는 인형의 내부에 모발이나 손톱만이 아니라 피나 침을 뒤섞는 것을 잊지 않았다. 어떤 인디언 흑마술사는 적의 침을 손에 넣어 감자 안에 담은 다음 연기 위에 그슬리는 방법으로 적을 저주하였다. 그렇게 하면 감자가 건조함에 따라 적이 약해지는 것이다. 혹은 침을 개구리에게 마시게 하여 격류에 떠내려 보내면 적이 말라리아에 걸린다고 믿었다.

피와 침에 이러한 마력이 있는 이상, 그것을 적에게 빼앗기면 무서운 결과를 초래한다. 그래서 피나 침이 땅에 떨어지면 그것을 다른 마법사가 이용하지 않도록 재빨리 흙을 덮어 숨겼다. 목재 등에 묻으면 그것을 베어 쓰러뜨리는 풍습이 전 세계에 있다.

피와 침의 마력은 이 이외도 다양하다. 유럽의 민간전승에서 마녀들은 적을 저주할 때 자신의 침을 뱉었다. 사람을 저주하며 돌에 침을 바르거나, 침을 바른 나이프를 상대에게 문질러 상대를 병에 빠뜨리는 흑마술도 있었다. 피는 침 이상으로 중요해서, 영혼이나 생명 그 자체로 여길 때가 많았다. 피를 많이 흘리면 사람도 동물도 죽기 때문에 그것은 자연스러운 감각이다. 피는 영혼이기 때문에 동물의 피를 마시는 것도 금지되는 경우가 있었다.

여성 특유의 피인 경혈은 여성이 남성을 손에 넣는 사랑의 마법의 강력한 성분이라고 여겨졌다. 딱 한 방울의 경혈을 남성의 식사에 섞는 것만으로도 그 남성의 사랑을 가질 수 있다고 여겼다.

피와 침 흑마술

 피와 침 ➡ 흑마술에서 강력한 힘을 가진 주물이 된다.

 피와 침 / 어떠냐 / 쿡, 괴로워

침도 피도 원래는 신체의 일부이므로 신체 바깥으로 나온 후에도 그것으로 사람에게 마법을 걸 수 있다.

피와 침을 사용한 흑마술은 전 세계에 존재한다.

 인디언

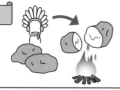 이제 틀렸어

적의 침을 감자에 담아 불에 그슬린다.

감자가 건조함에 따라 적이 약해진다.

이제 틀렸어

적의 침을 개구리에게 먹여 격류에 떠내려 보낸다.

적이 말라리아에 걸린다.

 유럽의 마녀 / 저주 받아라~ / 저주 받아라~

이제 틀렸어

사람을 저주하며 침을 돌에 바른다.

적이 병에 걸린다.

 이제 틀렸어

침을 바른 검을 적에게 문지른다.

적이 병에 걸린다.

이름 흑마술

이름에는 그자의 본질이 담겨 있기에 다른 무언가가 없어도 그저 이름만 알 수 있다면 그 사람을 저주할 수 있다고 여겼다.

●존재의 본질이 담긴 진정한 이름의 공포

흑마술 세계에서는 인형, 모발, 손톱 등과 마찬가지로 그 사람의 이름을 사용하여 저주를 걸 수 있다고 믿었다. 흑마술사에게 이름은 그저 단순히 누군가를 가리키는 말이 아니다. 이름에는 그 사람의 본질이 담겨 있으며, 어떤 의미에서는 저주를 걸 상대의 모발이나 손톱보다도 중요한 요소이다. 따라서 설령 그 사람의 모발, 손톱, 혈액, 침 등이 없어도, 이름만 안다면 그 사람을 저주할 수 있다. 예를 들어 고대 그리스나 로마에서는 도기 파편에 미워하는 상대의 이름과 저주의 말을 함께 적어 땅에 묻고 사람을 저주하는 풍습이 있었다. 또 이름 위에 못을 박아 사람을 저주하는 풍습도 있었다.

이름은 이처럼 위험한 것이기 때문에 전 세계에 통상적으로 사용하는 이름 외에 진정한 이름을 가지는 풍습이 생겨났다. 이집트인에게는 두 개의 이름을 가지는 풍습이 있었다. 큰 이름과 작은 이름이다. 작은 이름만이 공개되고, 큰 이름은 숨겨졌다. 중앙 오스트레일리아에 사는 토착민들은 일상 이름 외에 신성한 이름을 가지고 있으며, 특별한 경우 이외에는 그 이름을 사용하지 않았다. 보통 그 이름을 입에 담는 것은 터부였다. 고대 인도에서도 어린아이는 두 개의 이름을 받았다. 그중 하나는 항상 사용하였지만 다른 하나는 부모만 알고, 결혼 같은 특별한 의식 때에만 사용하였다.

이것은 신 · 천사 · 악마의 이름도 마찬가지다. 고대 이집트 신화에 따르면 여신 이시스는 태양신 라의 힘을 빼앗으려 라의 진정한 이름을 알아내려 하였다. 이시스는 라의 타액을 모아 흙과 섞어 독사를 만들었다. 그 독사에 물린 라는 몸부림치며 괴로워하였고, 이시스에게 진정한 이름을 알려주었다. 이렇게 이시스는 세계의 지배자가 되었다.

이름 흑마술

이름 → 그자의 본질이 담겨 있다.
인형, 머리카락, 손톱, 피, 침 이상으로 무서운 주물이 된다.

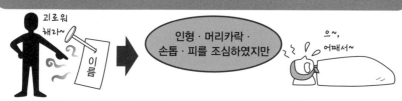

괴로워
해라~

이름

인형 · 머리카락 ·
손톱 · 피를 조심하였지만

으~,
어째서~

인형·머리카락·손톱·피 등이 없어도 이름만으로도 적을 저주할 수 있다.

고대 그리스의 이름 흑마술

고대 그리스에서는 도편에 이름과 원한을 적어 땅속에 묻고 적을 저주하였다.

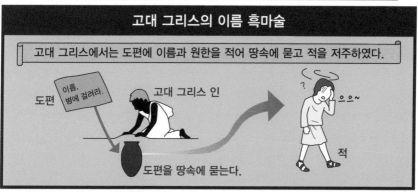

이름,
병에 걸려라.

도편

고대 그리스 인

으으~

적

도편을 땅속에 묻는다.

큰 이름과 작은 이름

고대 이집트인은 큰 이름과 작은 이름을 가졌다.
저주에 걸리지 않기 위해 작은 이름만 사용하고 큰 이름은 숨겼다.

이런 자입니다.
잘 부탁드립니다.

큰 이름

?

작은
이름

큰 이름은 숨겨둔다.

평소에는 작은 이름으로 생활한다.

주문과 흑마술

주문은 자연의 정령이나 신, 악마를 움직여 자신의 바람을 실현하는 데 필요한 특별한 힘을 가진 말이다. 마술에는 불가결한 요소이다.

●특별한 힘을 가진 이름이 사용된 마술 주문

아득히 먼 옛날부터 마술에는 주문이 함께했다. 종교 이전 시대부터 자연계에는 수많은 정령이 살았고, 마술사들은 공감마술의 원리에 따르는 것만이 아니라 정령에게 말을 걸어 그 힘을 얻고자 하였기 때문이다. 종교가 발달한 뒤로는 더욱 그런 경향이 커졌다. 신이나 악마 등의 신령에게 말을 걸지 않으면 바람을 실현할 수 없기 때문이다.

주문의 내용은 종교에 따라 다르지만 기본적으로는 그 종교 안에서 가장 힘이 있다고 여겨지는 이름이나 단어를 이용한 경우가 많다.

크리스트교에서는 유일신인 「야훼」를 의미하는 이름이나 예수의 이름이 특히 강력한 힘을 가진 이름으로서 이용되었다. 유럽 마술 주문에는 「엘」, 「에로임」, 「에로아」, 「사베이오스」, 「아드나이」와 같은 단어가 많이 사용되었는데 이것들은 모두 신을 가리키는 일반적인 말이다. 신을 가리키는 단어 중에서도 야훼를 나타내는 「YHVH」의 4문자는 테트라그라마톤(신성사문자)이라고 불리며 특별히 여겨졌다. 「아리미엘」, 「가브리엘」과 같이 큰 천사의 이름에 의지하는 경우도 있었다. 이러한 이름을 이용해 신이나 천사, 악마의 힘을 빌려 바람을 실현했다. **「아브라 카다브라」**와 같이 기원도 의미도 잘 알 수 없는 것도 많았다.

불교의 진언(만트라)도 불교의 신들을 움직이기 위한 마력을 가진 말로, 마술의 주문이 되었다. 진언은 진실한 말이라는 뜻인데, 이것을 외면 마술사의 바람을 신불에게 직접 호소할 수 있다고 여겼다. 대위덕명왕이라면 「온 슈치리 캬라로하 운켄 소와카」, 항삼세명왕이라면 「온 손바 니손바운 바아라 운하타」하고 그 신의 진언을 왼다. 거기에 적을 저주하기 위한 진언을 더하여 사용함으로써, 신의 힘을 이용해 원한을 풀었다.

주문과 흑마술

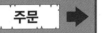 **주문** ➡ 마술을 행하는 데 필요한 특별한 말
정령이나 신령에게 말을 걸거나 바람을 실현하는 힘이
있다.

온 슈치리 캬라로
하 운켄 소와카

히이~

주문의 힘으로 신에게 의뢰하
여 증오하는 적을 괴롭힌다.

크리스트교 세계의 힘이 담긴 말

유럽 마술에서는 유일신을 가리키는 이름이나 천사의 이름 등이
특별한 힘을 가진 이름으로서 주문에 사용되었다.

특별한 힘을 가진 말	특별한 힘을 가진 테트라그라마톤(신성사문자) = YHVH
신을 나타내는 말	엘, 에로임, 에로아, 사베이오스, 샤다이, 아드나이, 에호바, 야, 에이아, 차바오트, 하셈, 아드셈, 샬롬
천사의 이름	아리미엘, 가브리엘, 바라키엘, 레베스, 헤리슨, 아피리자, 게논
의미 불명의 말	아브라 카다브라, 시라스 에타르 베사나르, 오나임 페라테스 라소나스토스

불교의 만트라(진언)

밀교 등의 불교마술에서는 신의 이름이나 저주를 나타내는
만트라(진언)를 주문에 넣어 신을 움직였다.

대위덕명왕	온 슈치리 캬라로하 운켄 소와카
항삼세명왕	온 손바 니손바운 바아라 운하타
마리지천	나우마크 산만다 보다난 온 마리시에이 소와카
비사문천	온 치샤나베이시라 마도야마카라샤야쿠차샤 치바타나마크바 가바테이마타라하타니 소와카

용어해설

●**아브라 카타브라**→병이나 불행, 악령을 쫓는 수호로 쓰인 주문.

마술서로서의 『황금가지』

흑마술에 흥미를 가진 독자 여러분이라면 꼭 이름 정도는 알아두길 바라는 책으로서 『황금가지』를 소개하고자 한다.

『황금가지』는 제임스 프레이저 경(1854~1941년)이 쓴 민족학의 고전적 대저이다. 이 책은 이탈리아 네미의 숲을 둘러싼 어떤 전설의 수수께끼를 풀기 위하여 집필되었다. 그 숲에는 「숲의 왕」이라고 불리는 제사장이 있으며, 누군가에게 살해당할 때까지 제사장의 직위에 머무를 수 있었다. 즉 누군가가 새로운 제사장이 되기 위해서는 현재의 제사장을 죽일 수밖에 없었던 것이다. 그런데 거기에는 한 가지 조건이 있었다. 현재의 제사장을 죽이고 새로운 「숲의 왕」이 되려는 자는 우선 네미의 숲에 위치한 호숫가의 나무에서 성스러운 황금가지(겨우살이)를 꺾어와야만 했던 것이다. 왜일까? 왜 황금가지를 꺾어와야만 했을까? 프레이저는 이 수수께끼를 풀기 위하여 세계 각지의 신화와 전설, 미개사회의 신앙을 증거로 삼아 상상적 논리를 구축하였다.

하지만 여기서 새삼 『황금가지』를 소개하는 것은 황금가지의 의미를 해명하겠다는 이 책의 주제 때문이 아니다. 주제보다도 오히려 주제 이외의 부분이 흑마술과 깊게 관계되어 있어서다. 왜냐하면 프레이저는 주제가 되는 내용을 전개하기 위하여 세계 각지에 있는 미개사회 관련 서적을 독파하고, 수없이 많은 주술의 사례를 수집하여 상세히 설명했기 때문이다.

여기까지 이 책(도해 흑마술)의 제1장에서는 흑마술을 알기 위해서 빼놓을 수 없는 마술의 기본을 소개하였다. 마술의 기본은 「유사의 법칙」과 「감염의 법칙」 두 가지로, 이들 두 가지를 합쳐 「공감의 법칙」이라고 부른다는 것. 또 이들 법칙을 바탕으로 형상(인형), 사자, 가해자, 의복, 발자국, 그림자, 모발, 손톱, 타액… 따위가 마술 세계에서 매우 강력한 힘을 가진다는 것을 해설하였다.

사실 이러한 사항의 대부분은 『황금가지』에 기술된 내용이다.

이런 이유로 『황금가지』는 결코 마술서는 아니지만, 마술서처럼 읽을 수 있는 책이 되었다.

흑마술에 흥미를 가진 여러분이 『황금가지』라는 이름을 기억해주길 바라는 것은 이러한 이유 때문이다.

또 『황금가지』는 H·P·러브크래프트의 소설 『크툴루의 부름』에서도 다시 언급되며, TRPG(테이블 토크 롤플레잉 게임)의 『크툴루의 부름』에서는 마술서로서 다루어진다. 어째서 그렇게 되었을까? 『황금가지』는 이런 책이라는 것을 안다면, 수긍하는 사람도 있을 것이다.

제2장
유럽의 흑마술

유럽의 흑마술

크리스트교가 지배한 유럽에서는 사악한 것은 전부 악마에서 시작되며, 흑마술 또한 악마의 힘을 빌린다고 여겼다.

● 악마의 힘을 빌린 유럽의 흑마술

유럽에서도 사람에게 위해를 가하는 사악한 마술이 흑마술인 것은 변함이 없다. 유럽의 특수성은 특히 4세기 이후, 크리스트교의 힘이 절대적이 되어, 흑마술사는 모두 악마의 힘을 빌린다고 여겨진 것이다. 크리스트교에서는 이 세상에 존재하는 사악한 것들은 전부 악마로부터 시작된다고 보았다.

악마의 힘을 빌리는 가장 기본적인 방법은 악마와 계약하는 것이었다. 악마와 계약한다는 개념은 이미 4세기에 확립되었지만, 악마와 계약한 최초의 인간으로 유명한 것은 6세기의 테오필루스이다. 그는 시칠리아 교회의 사교였지만 라이벌에게 축출당하자, 영혼과 맞바꾸어 악마와 계약하고 다시 한 번 사교의 자리에 앉는다. 16세기 독일의 전설에 등장하는 **파우스트 박사**도 자신의 바람을 이루기 위하여 악마에게 영혼을 팔아넘긴 것으로 유명하다.

중세 말기에 접어들면서, 악마와 계약한 자들은 남자든 여자든 모두 마녀로서 기피당하게 되었다. 셀 수 없이 많은 마녀들이 저지르지도 않은 죄를 명목으로 처형당했다.

악마와 계약하지 않고도 악마의 힘을 사용하는 흑마술사도 존재하였다. 마법원이나 마법지팡이를 구사하여 주문을 외어 악마에게 명령하는 의례 마술 사용자들이다. 의례 마술은 중세 후반에 크게 발전하여 유럽에서 크게 유행하게 된다.

악마와 계약할 때도 악마에게 명령할 때도 악마를 소환해야 한다. 그 소환마술은 "necromancy(강령술)"을 비꼬아 "nigromancy"라고 불렸다. "nigro"는 물론 검정이라는 뜻이며, 그것이 흑마술이라는 것을 강조하였다.

사람에게 위해를 가하는 사악한 마술

악마의 힘을 빌린 마술

악마의 힘을 빌리는 방법

유럽의 흑마술은 악마의 힘으로 발현한다고 믿어졌는데,
악마의 힘을 빌리는 방법은 아래와 같이 3종류가 있었다.

악마와 계약한다.

악마의 힘을 빌려 자신의 바람을 이루는 대신 기한이 되면 영혼을 건넨다는 약속을 하고 계약서에 서명한다.

마녀가 된다.

중세 말기부터는 악마와 계약하여 마녀가 되는 것으로 악마의 힘을 빌릴 수 있다고 여겼다.

의례 마술로 악마를 사역한다.

의례 마술에서는 마법원이나 마법지팡이, 특별한 주문 등을 사용하여 악마를 소환한다. 악마에게 영혼을 빼앗기지 않고 일방적으로 명령하여 흑마술을 행사했다.

용어해설

● **파우스트 박사**→괴테 작 『파우스트』의 바탕이 된 전설에 등장하는 인물로, 악마 메포스토필레스와 계약했다고 전해진다.

악마와의 계약

크리스트교 시대의 중세 유럽에서는 흑마술을 실천하기 위해서는 악마와 계약해야 했다. 악마와의 계약은 때때로 무서운 결과를 초래했다.

● 악마와 계약하여 마법사가 되다

크리스트교 시대의 중세 유럽에서는 마법이나 점술처럼 초현실적인 능력은 악마의 힘으로 이루어진다고 여겼다. 그래서 흑마술을 실천하는 자는 모두 악마와 계약해야 했다. 그것은 이런 것이다. 만약 마법을 사용하고 싶으면 어떤 신호와 주문이 어떤 의미를 가지는지를 사람과 악마 사이에 정해두어야 한다. 그렇게 하여 흑마술사의 신호를 받은 악마가 보통은 불가능한 일을 해내는 것이다. 이 사전 결정이 계약이라는 것이다. 하지만 악마와의 계약은 때때로 무서운 결과를 불러왔다.

16세기 독일의 전설에 등장하는 파우스트 박사를 예로 들어 악마와 계약한 마술사가 어떻게 되는지 살펴보자.

파우스트 박사는 마법사가 되기 위하여 비텐베르크 근처의 숲에서 네 갈래 길에 마법원을 그리고 밤 9시와 10시 사이에 주문을 외워 악마 **메포스토필레스**를 불러낸다. 그리고 자신의 피로 증서를 쓰고 악마와 계약을 맺었다. 24년 후, 악마에게 자신의 몸, 영혼, 재산 등 모든 것을 건네는 대신 그때까지는 박사가 바라는 모든 것을 악마가 실현한다는 내용이었다.

이렇게 하여 박사는 사람의 눈을 속이는 환혹마법이나 다른 존재로 변신하는 변신마법, 하늘을 나는 비행마법, 뜻대로 여성을 손에 넣을 수 있는 성애마법 등을 사용할 수 있게 되었다. 또 전 유럽만이 아니라 이집트나 코카서스, 나아가 천국이나 지옥에도 순식간에 건너갔다. 즉 악마와 계약하여 정말로 뭐든지 손에 넣을 수 있게 된 것이다.

하지만 악마와의 계약은 매우 무서운 결과를 불러왔다. 결국 계약기간이 끝나는 날의 한밤중, 큰 소리와 함께 박사의 몸은 갈기갈기 찢어지고, 계약대로 모든 것이 악마의 것이 되었다.

악마와의 계약

 악마와의 계약 흑마술을 행사하기 위해 계약을 맺는다.

어떤 신호와 주문이 어떤 의미를 가지는지를 인간과 악마 사이에 정하기 위한 것.

 때때로 무서운 결과를 초래한다.

전설 속 파우스트 박사의 악마와의 계약

유명한 파우스트 박사는 비텐베르크 숲에서 악마 메포스토필레스와 다음과 같은 계약을 맺고 행복한 인생을 손에 넣었다.

계약 내용

24년 후 자신의 몸, 영혼, 재산 등을 전부 건네는 대신 박사가 바라는 모든 것을 악마가 실현한다.

결과는?

마법을 쓸 수 있게 되었을 뿐만 아니라 거의 모든 것을 손에 넣었다.

계약 기간이 끝나면?

일러스트는 네덜란드어 번역
민중본 『파우스트 박사』의 삽화.

계약 기간이 끝나는 날의 한밤중, 큰 소리와 함께 박사의 몸이 갈기갈기 찢어지고 계약대로 모든 것이 악마의 것이 되었다.

용어해설

● **메포스토필레스**→괴테 작 『파우스트』에 등장하는 메피스토펠레스는 괴테의 조어이다.

마녀의 흑마술

마녀들은 모두 흑마술사이며 가축의 질병이나 죽음, 태풍, 큰 비, 가뭄, 실연, 성적 불능 등을 일으켜 사람들에게 재액을 뿌렸다.

● 다양한 자연재해 · 재액을 불러들인 마녀

중세 유럽에서 마녀들은 흑마술을 사용하여 수많은 악행을 저지른다고 여겨졌다. 타인의 가축이나 재산에 손해를 끼치거나, 사람을 병들게 하거나 죽게 만든다는 것이다. 남성을 불능으로 만들거나 여성을 불임으로 만들기도 했다. 두통이 오거나 이가 들끓는 등의 사소한 일도 마녀의 소행이었다. 이들 마녀가 일으키는 악행은 "말레피키아"라고 불렸다. 악행을 일으키는 것은 사탄과 계약했다는 것을 뜻하며, 그자가 남자든 여자든 마녀라는 증거가 되었다.

마녀가 흑마술로 위해를 끼치는 대상은 농업과 관계된 것이 많았다. 마녀는 흑마술로 폭풍, 태풍, 강풍, 악천후를 일으켰다. 작물을 말리고, 이웃의 가축을 병들게 하고 죽게 만들기도 하였다. 따라서 이런 종류의 재액이 생기고, 그 이유가 확실하지 않을 경우 그것은 모두 마녀의 탓이라고 여겼다. 그리고 짐작 가는 데가 있는 자는 마녀라고 생각되는 누군가를 고발하였다. 마녀사냥꾼은 수상한 자들을 일제히 잡아들였다.

농업과 관계된 마녀의 흑마술은 특히 북유럽에서 왕성하게 행해졌다. 북유럽에서는 중세부터 농업의 생산성이 높았으며 농업이 중요한 산업이었기 때문이다. 그래서 마녀들 대다수가 농업에 피해를 끼친다는 죄로 체포되었다.

마녀는 악마의 힘을 빌려 흑마술을 사용한다고 여겨졌는데, 마술의 수단으로 자주 사용된 것은 연고, 약초, 인형, 매듭 등이었다. 인형과 같은 형상을 이용하는 것은 고전적 공감마술이며 전 세계에 존재하는데, 그것으로 살인을 저질렀다는 이야기가 마녀재판 중에 많이 생겨났다. 이른바 주문이나 사안(邪眼), 사역마가 이용되는 경우도 있었다. 마술도구로서 너무나도 유명한 「영광의 손」이 이용될 때도 있었다.

마녀의 흑마술

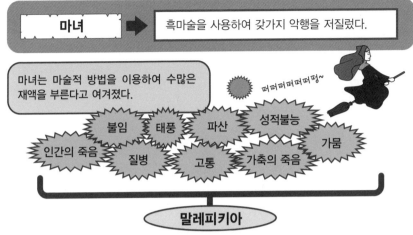

| 마녀 | ➡ | 흑마술을 사용하여 갖가지 악행을 저질렀다. |

마녀는 마술적 방법을 이용하여 수많은 재액을 부른다고 여겨졌다.

퍼퍼퍼퍼퍼펑~

불임　태풍　파산　성적불능
인간의 죽음　질병　고통　가축의 죽음　가뭄

말레피키아

마녀가 일으키는 악행은 말레피키아라고 불렸다.

마녀가 사용하는 흑마술 수단

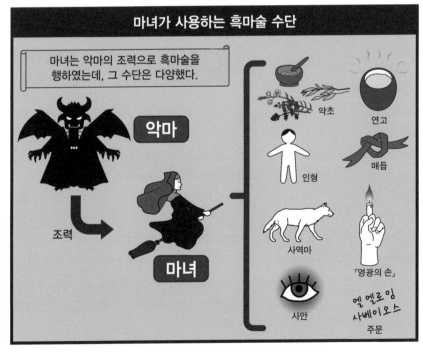

마녀는 악마의 조력으로 흑마술을 행하였는데, 그 수단은 다양했다.

악마

조력

마녀

약초

연고

인형

매듭

사역마

「영광의 손」

사안

엘 엘로임 사베이오스

주문

용어해설
●마녀→질병을 치료하거나 신기한 마술을 행하는 마녀는 먼 옛날부터 존재했지만 중세 후기에 들어서는 악마의 앞잡이로 여겨져 재판을 당하거나 처형당했다.

마녀의 입회식

중세 유럽의 마녀들은 마녀의 야회(사바트)에 참가하여 마왕 사탄의 눈앞에서 입회식을 여는 것으로 악마와 계약하였다.

● 마녀가 되기 위해 필요한 악마와의 계약

파우스트 박사가 행한 것처럼 전통적인 방법 외에도 악마와 계약을 하는 방법이 있었다. 그것은 마녀사냥이 활발하던 16~17세기 무렵의 유럽에서, 마녀들 대다수가 악마와 계약하기 위해 행한 방법이었다. 이 마녀들은 마녀들의 야회인 사바트에 참가하여 마왕 사탄의 눈앞에서 입회식을 열어 악마와 계약하였다.

마녀의 입회식에 대해서는 마녀 자신의 입으로, 혹은 악마학자들에 의해서 다양하게 전해진다. 16세기의 악마학자 **윌리엄 퍼킨스**는 입회식에서는 사탄과 마녀 사이에 마녀의 피로 쓰인 계약서가 교환된다고 묘사하였다. 계약할 때 마녀는 사탄의 둔부에 입맞춤을 한다고도 전해졌다.

프란체스코 마리아 구아초는 『마녀 전서』(1608년)에서 마녀의 입회식은 다음과 같은 내용이라고 서술하였다.

우선 신입 마녀가 사탄 앞에 나가 크리스트교를 부정하고 악마에 대한 귀의를 맹세한다. 선언 후 십자가나 성모 마리아, 성인 등의 형상을 밟는다. 사탄은 그 마녀에게 새로운 이름을 주고 다시 세례를 받게 한다. 재세례는 일반적으로 더러운 물로 행한다고 전해진다. 뒤이어 사탄이 마녀의 얼굴을 문지른다. 이것은 세례의 성유(聖油)를 떼어내는 상징적인 의식이다. 그리고 첫 세례 때 마녀에게 이름을 지어준 사람이 부정되고, 새로운 이름이 결정된다. 마녀는 악마에 대한 복종의 증거로 의복의 일부를 바치고, 땅에 마법원을 그려 그 안에서 악마에 대한 충성을 맹세한다. 그 후 마녀는 「죽음의 서」에 이름을 기입해달라고 사탄에게 요청하고, 악마에게 어린아이를 바치겠다는 약속과 1년에 한 번 제물을 바치겠다는 약속을 한다. 사탄이 마녀의 몸 여기저기에 마녀의 인을 새긴다. 마지막으로 마녀는 앞으로 크리스토교와 관련된 의식을 행하지 않을 것, 계약의 비밀을 지킬 것을 약속한다.

이렇게 하여 마녀가 된 자만이 악마의 조력을 얻을 수 있었다.

마녀의 입회식

마녀의 입회식 대부분의 마녀가 악마와 계약한 방법

악마의 힘으로 흑마술을 사용할 수 있게 된다.

마녀의 입회식 과정

『마녀 전서』(1608년)에 따르면 마녀의 입회식은
다음과 같은 과정을 거쳐 열린다.

①크리스트교 신앙을 부정하고 사
탄에 대한 귀의를 맹세한다.

②사탄이 입회자를 재세례한다.

③세례의 성유를 닦아내는 의식.

④복종의 증거로 마녀가 의복의
일부를 바친다.

⑤마법원 안에서 악마에 대한 복
종을 맹세한다.

⑥「죽음의 서」에 이름을 기재한다.

⑦어린아이를 바치겠다고 약속한
다.

⑧앞으로는 크리스트교의 의식을
하지 않겠다고 맹세한다.

마왕 사탄

새로 입회하는 마녀

『마녀 전서』(1608년)에 실린
판화. 마녀의 입회식 한 장면.

용어해설
● **윌리엄 퍼킨스**→1555~1602년. 영국의 악마학자이자 청교도파의 설교사.
● **프란체스코 마리아 구아초**→17세기 초엽의 탁발수도사.

47

사바트

흑마술을 다루는 마녀들은 모두 마왕 사탄이 주최하는 사바트에 참가했기 때문에, 사바트와 흑마술은 떼려야 뗄 수 없는 관계였다.

●사람들을 흑마술을 다루는 마녀로 바꾼 악마 주최의 집회

사바트는 악마 사탄이 주최하는 마녀들의 야회이다. 따라서 사바트는 그 자체가 흑마술은 아니다. 하지만 사바트는 흑마술과 떼려야 뗄 수 없는 관계였다. 중세부터 17세기 무렵까지 유럽에서는 요술이나 마술의 원천은 악마라고 믿었다. 사악한 마술을 사용하는 자들 대다수는 남자든 여자든 악마와 계약한 마녀이며, 정기적으로 사바트에 참가한다고 믿었기 때문이다.

사바트는 대략 다음과 같은 것으로 그려진다.

어느 날, 마녀들은 남편이나 부인에게 들키지 않도록 침대에서 나와 몸에 연고를 바른다. 그렇게 하면 몸이 공중으로 떠오르기 때문에 빗자루 등을 타고 날아간다. 집회는 일단 인기척이 없는 장소, 황야, 숲 속, 동굴 등에서 열린다. 참가자가 모이면 우선 악마 사탄에 대한 숭배를 올리고, 처음으로 온 자가 있다면 입회식을 연다. 사탄은 대부분 거대하고 새카만 숫산양의 모습을 하고 있으며, 두 개의 뿔과 그 사이에 불이 붙은 초를 세우고 있다. 그리고 음식. 이곳에서는 살해한 어린아이의 고기나 피를 마신다. 연회가 끝나면 횃불의 불을 꺼서 주변을 어둡게 만들고 「나누어라」 하고 외친다. 그러면 모두가 근처에 있는 자와 얼싸안고 남자끼리건, 여자끼리건, 근친끼리건 상관하지 않고 성적 난교를 행한다. 그 후에는 이별의 의식. 집에 돌아가면 조용히 원래대로 침대에 들어간다.

하지만 사바트는 현실에는 존재하지 않는 환상이었기에 개최 일자도 개최 장소도 참가 인원도 증언하는 자마다 제각각이었다. 17세기 초엽 마녀사냥꾼 피엘 드 랑클(1553~1631년)은 사바트는 상인의 도시와 같아서, 미친 자들이 여러 방향에서 파도처럼 밀려들어 그 수는 몇십만 명에 달했다고 전한다.

마녀의 입회식 대부분의 마녀가 악마와 계약한 방법

마녀의 입회식 과정

『마녀 전서』(1608년)에 따르면 마녀의 입회식은
다음과 같은 과정을 거쳐 열린다.

개 요

개최일시　토요일·일요일을 제외한 날의 심야에 개최.
이동수단　몸에 연고를 바르고 빗자루를 타고 하늘을 날아간다.

사바트의 흐름

⬇ 악마예배　악마에 대한 경의를 표하는 복종 예식.

⬇ 입 회 식　첫 참가자를 위한 입회식.

⬇ 연　　회　훌륭한 요리(단, 개·고양이·개구리 요리도 있음).

⬇ 무 도 회　시골풍 음악에 맞춰 춤(론도가 많음).

⬇ 난　　교　근처에 있는 사람과 성별에 아랑곳없이 난교.

종　　료　자연 종료 혹은 여명을 알리는 수컷 새의 울음소리를 신호로.

브로켄 산의 마녀의 사바트를 그린
18세기 판화.

엘리파스 레비가 그린 사바트의 사탄
「멘데스의 바포메트」.

의례 마술

의례 마술은 악마와 계약하지 않고 악마의 힘을 사용하는 흑마술이며, 중세 후기부터 크게 발전하여 전 유럽에서 유행하였다.

●복잡한 의식으로 악마를 복종시키는 흑마술

유럽에서는 악마와 계약하지 않고 악마의 힘을 사용하는 마술도 존재하였다. 마법원, 인장, 호부, **시길**, 마법지팡이 등의 마도구나, 특별한 주문의 힘으로 악마를 불러내어 자신의 소망을 이루는 의례 마술(리추얼 매직) 혹은 제의 마술(셀레모니얼 매직)이다.

이 종류의 마술은 고대부터 존재했지만, 중세 후기부터 크게 발전하였다. 그리고 근세에 걸쳐 의례 마술의 수순을 상세히 해설한 그리모와르(마도서)라는 마술서가 대량으로 유통되었다. 『**솔로몬의 열쇠**』, 『대오의서』, 『호노리우스 교황의 마도서』와 같은 마술서가 대표적이다. 마술사들은 이러한 마도서에 따르면 악마와 계약하는 위험을 무릅쓰지 않고 마술을 행사할 수 있다고 믿었다. 의례 마술에서 마술사는 악마를 모시는 자가 아니라 악마의 주인이었다. 하지만 설령 그럴지라도 악마와 관계하는 마술임에는 틀림없으므로 많은 사람들은 의례 마술 역시 흑마술이라고 여겼다.

의례 마술이 흑마술이라고 여겨진 것은 그 의식이 잔인하고 그로테스크한 내용을 품는 경우가 많았기 때문이다. 18세기 초 파리에서 인기 있었던 『호노리우스 교황의 마도서』는 그런 내용의 대표이다. 이 책은 기본적으로 어둠의 영을 소환하는 방법을 소개하는데, 그 준비 단계로 검은 암탉을 산 제물로 삼아 눈알, 혀, 심장을 꺼내 가루로 만든 것을 양피지 위에 뿌리는 잔혹한 행위가 필요하였다. 그리고 3일 동안 단식하고 그 후 시편의 몇 구절을 연도(連禱) 형식으로 낭송한다. 또 규칙에 따라 솔로몬 왕의 마법원이나 펜타클을 사용한 기도를 올린다. 그리고 나서 지정된 마법원 등을 사용해 악마를 부른다. 이러한 잔인함 때문에 의례 마술은 흑마술이라고 여겨지게 되었다.

의례 마술

| 의례 마술
제의 마술 | ➡ | · 악마와 계약하는 것이 아니라 악마를 이용하는 마술
· 마법원, 인장, 호부, 마법지팡이, 주문 등을 이용 |

중세 후기부터 대유행하여 대량의 마도서가 유통되었다.

악마와의 계약과 의례 마술의 차이

악마와의 계약에서는 최종적으로는 악마가 주인, 마술사가 종이지만,
의례 마술에서는 마술사가 주인이고 악마가 종이었다.

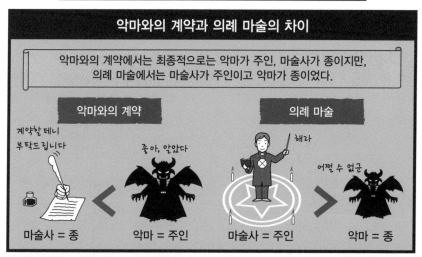

악마와의 계약

계약할 테니
부탁드립니다

좋아, 알았다

마술사 = 종   악마 = 주인

의례 마술

해라

어쩔 수 없군

마술사 = 주인   악마 = 종

그로테스크했던 의례 마술 의식

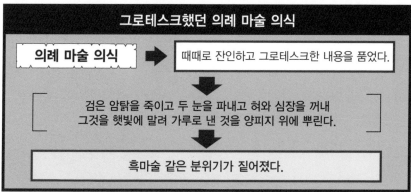

| 의례 마술 의식 | ➡ | 때때로 잔인하고 그로테스크한 내용을 품었다. |

검은 암탉을 죽이고 두 눈을 파내고 혀와 심장을 꺼내
그것을 햇빛에 말려 가루로 낸 것을 양피지 위에 뿌린다.

흑마술 같은 분위기가 짙어졌다.

용어해설

● **시길**→인장이나 호부에 그려진 특별한 도형으로, 소환할 악마나 목적에 따라 다르다.
● **『솔로몬의 열쇠』**→전설적인 솔로몬 왕이 썼다고 여겨지는 가장 중요한 마도서로, 14, 15세기 무렵에 쓰여 인기를
얻었다. 『솔로몬의 작은 열쇠』와는 다른 책이다.

환혹 마법

환혹 마법은 인간의 시각과 청각을 어지럽히는 흑마술로, 사람을 깜짝 놀래거나 돈을 빼앗거나 자신을 신이라고 여기게 할 때 사용되었다.

● 시몬 마구스의 흐름을 잇는 전통적인 흑마술

환혹 마법은 그 이름대로 사람의 시각이나 청각을 어지럽혀 상대를 속이는 흑마술이다. 그렇게 하여 사람을 놀래거나 돈을 빼앗거나 자신을 신이라고 여기게 하였다.

유럽에서 환혹 마법을 사용한 마술사로는 사도행전에도 등장하는 시몬 마구스가 유명하다. 『황금전설』「제84장 사도 성 베드로」에 따르면, 시몬은 **네로 황제**에게 「인자하신 황제 폐하, 제가 진정 신의 자식임을 증명하기 위해 부하에게 제 목을 베라고 명령해주십시오. 그렇게 하면 사흘 후에 부활해 보이겠습니다.」(마에다 케이 작, 야마구치 유우 역)라고 하였다. 거기서 황제는 형 집행인에게 시몬의 목을 베도록 명령했지만, 집행인이 시몬의 목이라 여기고 친 것은 사실 숫양의 목이었다. 그리고 사흘 후, 시몬이 말짱한 모습으로 나타났기에 네로 황제는 깜짝 놀라 정말로 그를 신의 자식이라고 믿게 되었다.

하지만 그때 **사도 베드로**가 나타나 모든 진실이 밝혀진다. 즉 시몬의 부활은 단순한 환혹 마법이며, 모든 것이 악마가 보인 환각이라는 사실이었다.

이러한 환혹 마법은 유럽의 전설에 수없이 등장한다. 16세기 독일에서 탄생한 파우스트 전설에도 악마와 계약한 파우스트 박사가 짐마차와 말을 삼켜 농민들을 놀래는 장면이 있다.

여기서 주목할 것은, 어떠한 경우건 환혹 마법은 악마의 조력에 의해 이루어진다는 것이다. 그렇기에 혹시 환혹 마법을 쓰고 싶다면 생각할 수 있는 방법은 다음 두 가지다. 영혼과 바꿔 악마와 계약하고 악마의 편이 된다(No.017 참조). 마도서를 참고로 하여 악마를 소환해 사역한다(No.021 참조). 그 후 악마에게 의뢰하는 것이다.

환혹 마법

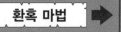

환혹 마법 ➡
· 인간의 귀나 눈을 현혹시켜 속이는 흑마술
· 사람을 놀래거나 돈을 빼앗기도 한다.

시몬 마구스의 환혹 마법

시몬 마구스 ➡
· 환혹 마법으로 유명한 마술사
· 신약성서 『사도행전』에 등장

『황금전설』에 따르면 시몬 마구스의 환혹 마법은 다음과 같은 것이다.

①「부하에게 제 목을 베도록 명령하십시오. 사흘 후에 부활하겠습니다」 하고 네로 황제에게 직접 호소한다.

②시몬은 환혹 마법을 사용해 자기 대신 숫양의 목을 베게 한다.

③사흘 후 네로 황제 앞에 나타나 자신은 신의 자식임을 믿게 한다.

환혹 마법의 원리

환혹 마법은 악마의 조력으로 이루어지는 환각이다.

악마 ── 조력 → 마술사 ── 환각 → 숫양의 환각

용어해설
● 네로 황제→로마제국의 제5대 황제. 재위 58~68년. 크리스트교도를 박해하여 폭군 네로라고 불렸다.
● 사도 베드로→예수 그리스도를 따른 12명의 사도 중 하나.

변신 마법

변신 마법은 사람의 모습을 동물이나 물체 등으로 바꾸는 흑마술로, 몰래 나쁜 짓을 하거나 타인을 변신시켜 곤란에 빠뜨리는 데 사용되었다.

●고약이나 악마의 힘으로 사람을 동물로 바꾸는 흑마술

변신 마법은 사람의 모습을 동물이나 물체 등으로 바꾸는 마술로, 유럽에 오래전부터 존재하던 흑마술이다. 자신이 직접 변신하여 몰래 나쁜 짓을 하는가 하면, 남을 변신시켜 곤란에 빠뜨리기도 하였다.

2세기경 로마의 작가 아풀레이우스의 소설 『황금 당나귀』에 그 시대의 변신 마법이 묘사되어 있다. 주인공 루키우스는 여행지 텟사리아에서 돈을 빌려 로미오의 집에 숙박하는데, 그 로미오의 처 팜필레가 마법사이고 변신 마법을 사용하였다. 그 내용은 다음과 같다. 우선 입고 있던 옷을 다 벗고 알몸이 된다. 작은 상자에서 특별한 고약을 꺼내 머리끝부터 발끝까지 바른다. 그리고는 팔다리를 작게 떤다. 그러면 온몸이 떨림에 따라 부드러운 솜털이 돋아나고 날개까지 생겨난다. 코와 입이 변하여 부리가 되고, 손톱은 갈고리 모양이 된다. 마지막엔 부엉이로 변신한다. 이렇게 새로 변신한 그녀는 하늘을 날아 사랑에 빠진 젊은이의 곁으로 날아가곤 하였다. 마법을 푸는 것은 더욱 간단하다. 회향풀과 계수나무의 잎을 샘물에 담그고, 그 물을 온몸에 끼얹으면 원래의 모습으로 돌아온다고 한다.

하지만 유럽을 크리스트교가 지배하는 중세가 되자, 변신 마법은 환혹 마법의 일종이 되어 악마와 계약한 마녀들이 악마의 힘을 빌려 행하는 것이라고 여겨졌다. 『황금 당나귀』 이야기와 마찬가지로. 변신하기 위해서는 고약이 필요한 경우가 많았지만, 그 중에는 변신할 때 주문을 외웠다는 마녀의 증언도 있다. 1662년 스코틀랜드에서 마녀 재판의 피고인이 된 여성 이자벨 가우디는 「나는 토끼가 되리라. / 슬픔, 한탄, 근심 많은 토끼가. / 나 〈악마〉의 군문에 들어가리라. / 다시 집으로 돌아올 때까지」(마츠다 카즈야 역) 하고 3번 이상 외어 토끼로 변신했다고 증언하였다.

변신 마법

변신 마법 ➡ · 자신이나 타인의 모습을 다른 것으로 바꾸는 흑마술
· 중세 유럽에서는 환혹 마법의 일종으로 여겼다.

고대 로마 시대의 변신 마법

소설 『황금 당나귀』에 고대 로마 시대의 변신 마법이 묘사되었다.

①알몸이 되어 몸 전체에 특별한 연고를 바른다.

②팔다리를 부들 부들 떨면 조금씩 몸이 변형된다.

③완벽한 부엉이가 되어 하늘을 난다.

④회향풀과 계수 나무 잎을 담근 샘물에 몸을 씻으면 원래의 모습으로 돌아온다.

이자벨 가우디의 변신 주문

1662년 스코틀랜드에서 마녀재판의 피고인이 된 여성 이자벨 가우디는 다음과 같은 주문으로 토끼로 변신했다고 증언했다.

나는 토끼가 되리라. 슬픔, 한탄, 근심 많은 토끼가. 나 〈악마〉의 군문에 들어가리라. 다시 집으로 돌아올 때까지.

토끼, 토끼, 신에게 근심을 보내리. 나, 지금이야말로 토끼의 모습이지만 바로 여자의 모습으로 돌아오리라.

마녀　　　　　　토끼로 변신　　　　　　마녀로 돌아옴

변신 주문은 『악마학 대전』(마츠다 카즈야 역)에서 인용.

늑대인간 마법

자신이 늑대로 변신하여 인간을 잡아먹거나 타인을 늑대로 변신시키는 늑대인간 마법은 변신 마법 중에서도 가장 무서운 흑마술이지만, 약점도 있었다.

●변신 마법 중에서도 가장 무서운 늑대인간 마법

늑대인간 마법은 자신이 늑대로 변신하여 사람을 잡아먹거나, 타인을 늑대로 변신시키는 마술로 변신 마법 중에서도 가장 무서운 흑마술이다.

여기서는 특히 자신이 늑대로 변신하는 마법을 알아보도록 하자. 1세기 로마의 작가 페트로니우스의 소설『트리말키오의 경연』에 따르면, 그 방법은 다음과 같다. 대낮처럼 달이 밝은 밤, 묘지 근처에서 옷을 벗고, 벗은 옷을 갠다. 그 후 그 주변에 원을 그리듯이 오줌을 눈다. 그렇게 하는 동안 자신의 모습이 늑대로 바뀌는 것이다.

유럽 동부 슬라브 지방에도 늑대인간 전설은 많은데, 러시아 설화에서는 늑대로의 변신은 다음과 같이 이루어졌다. 우선 숲 속에 있는 벌채된 나무줄기에 소형 구리제 나이프를 박고 줄기 주변을 돌며 주문을 왼다. 「바다로 나가, 대해로 나가, 부양 섬에 도착해, 공터로 나가면, 달이 백양나무 위에 빛나고, 녹색의 숲에, 어두운 계곡에, 털 북숭이 늑대가 간다, 모든 뿔이 있는 가축은 그 어금니에 죽는다. 하지만 늑대는 숲에는 들어가지 않고, 계곡에 숨지 않는다. 달이여, 달이여, 황금의 삼일월이여, 철포를 녹이고, 칼을 벨 수 없게 하라, 굽이친 지팡이를 부수고, 짐승들과 인간들과 벌레들에게 공포를 선사하라. 그들이 잿빛의 늑대를 붙잡지 못하도록, 그 따뜻한 털가죽을 벗기지 못하도록! 나의 말은 견고하며, 영원한 잠보다도, 용사의 말보다도 굳건하리라!」(『슬라브 흡혈귀 전설고』 쿠리하라 시게오 역). 그 후로 나무줄기 위를 3번 뛰어넘으면 늑대로 변신할 수 있었다.

그런데 이렇게 인간이 늑대나 동물로 변신할 때, 주의해야 하는 것이 있다. 동물로 변신한 동안에 몸 어딘가에 상처를 입으면 인간의 모습으로 돌아왔을 때도 똑같은 곳에 상처를 입는 것이다. 그래서 동물로 변신한 것을 들킬 때가 많았다.

늑대인간 마법

늑대인간 마법 ➡ 자신이 늑대가 되거나 남을 늑대로 변신시키는 흑마술

늑대로 변신하는 방법

늑대로 변신하는 방법은 시대나 지역에 따라 다양했다.

고대 로마의 방법

①달 밝은 밤, 묘지 근처에서 옷을 벗고 벗은 옷을 접어 그 주변에 원을 그리듯이 방뇨한다.

②그러면 곧바로 늑대로 변신한다.

슬라브 지방의 방법

②나무줄기 주변을 돌며 특별한 주문을 왼다.

①숲 속의 벌채한 나무줄기에 소형 구리제 나이프를 박는다.

달이여, 달이여, 황금의 삼일월이여

③나무줄기를 3번 뛰어넘는다.

④늑대로 변신한다.

악마학자의 늑대인간 마법

마녀사냥 시대의 악마학자들은 사람이 동물로 변신하는 것은 있을 수 없으며 변신 마법은 모두 악마가 일으킨 환각이라고 보았다.

●동물로의 변신은 악마가 만든 환상이라고 여긴 악마학자들

변신 마법이라고 하면 실제로 사람이 동물이나 늑대로 변신하는 것이라고 생각하는 것이 보통이다. 하지만 중세 유럽의 악마학자들은 변신 마법은 현실의 것이 아니라 특별한 메커니즘에 의해 일어나는 환각이라고 생각하였다.

변신 마법 중에서도 가장 무섭다고 여겨지는 늑대인간 마법을 예로 들자. 늑대인간 마법에서는 인간이 늑대로 변하여 한밤에 교외 등을 어슬렁대고 인간이나 동물을 잡아먹고 다시 원래의 모습으로 돌아간다고 전해진다. 늑대로 변신했을 때 몸 어딘가에 상처를 입으면 인간으로 돌아온 후에도 같은 장소에 같은 상처를 입는다는 특징이 있다.

이 현상을 악마학자들은 이렇게 설명하였다. 악마학자들의 생각에 따르면 변신 마법을 행하는 자들은 악마와 계약한 마녀이다. 그리고 마녀들은 환각 작용이 있는 특별한 연고를 몸에 바르고 늑대로 변신한 기분이 된다. 즉 마녀는 자신이 동물로 변신한 듯한 매우 실감나는 꿈을 꾼다는 것이다. 여기서 악마가 등장한다. 악마는 마녀가 꿈속에서 갔던 곳에서 실제로 늑대에 빙의하여 인간이나 가축을 덮친다. 그때 늑대가 상처를 입으면 잠든 마녀의 몸에도 완전히 똑같은 상처를 입힌다. 이렇게 함으로써 누가 보더라도 마녀가 변신했다고 여기게 하는 것이다. 가장 복잡한 방법 중에 악마는 공기에서 짐승의 모습을 만들어내 그것을 마녀의 몸에 씌워 마녀가 늑대로 변신한 것처럼 보이는 것도 있다. 어느 쪽이든 마녀의 변신은 처음부터 끝까지 악마가 만들어낸 환각인 것이다.

그렇다 해도 어째서 이렇게 복잡한 설명이 필요한 것일까? 그 이유는 간단하다. 크리스트교의 악마학에서는 인간이 동물로 변신하는 것은 있을 수 없다는 것이 기본적인 입장이기 때문이다. 왜냐하면 악마에게는 실체를 바꿀 힘이 없고, 그것이 가능한 것은 세상을 만든 신뿐이기 때문이다.

악마학자의 늑대인간 마법

중세 유럽의 악마학자는 인간이 늑대로 변신하는 것은
악마가 일으킨 환각이라고 주장했다.

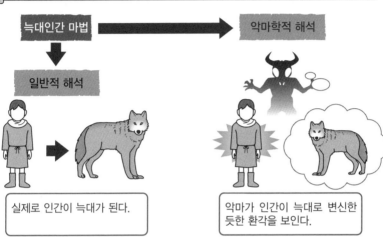

늑대인간 마법 → 악마학적 해석

일반적 해석

실제로 인간이 늑대가 된다.

악마가 인간이 늑대로 변신한
듯한 환각을 보인다.

마녀의 늑대인간 마법의 메커니즘

악마학자들은 실제로는 악마가 일으킨 환각일 뿐인 마녀의 변신이
현실에서 보이는 메커니즘을 아래와 같이 설명하였다.

마녀는 몸에 연고를 바르고
환각에 빠져 늑대가 되어
인간을 덮치는 꿈을 꾼다.

악마가 현실의 늑대에 빙
의하여 마녀가 꿈에서 본
것과 똑같이 사람을 덮친
다. 그것을 본 사람이 목격
자가 된다.

현실의 늑대가 몸에 상처를 입으
면 악마는 마녀의 몸 똑같은 부
위에 똑같은 상처를 입힌다.

유럽의 식물성 미약

유럽에는 유칼립투스, 월계수, 시클라멘, 쥐오줌풀, 고수 등을 사용한 실로 다종다양한 식물성 미약이 존재했다.

● 유럽에서 일반적이었던 식물성 미약

유럽에도 이성의 사랑을 얻는 마법은 많지만 그중에서도 가장 일반적인 것은 풀이나 나무 등의 식물성 미약을 사용하는 방법이다. 이용된 식물도 유칼립투스, 월계수, 시클라멘, 쥐오줌풀, 재스민, 크로커스, 고수, 고사리, 팬지, 양배추 등 실로 다종다양하였다. 사용법도 간단한 것이 많았는데, 분말 형태로 만들어 음식물에 섞고 사랑을 얻고 싶은 이성에게 먹인다. 또 원하는 이성의 방에 숨기거나, 상대가 자주 다니는 길 밑에 묻거나, 상대의 집 기둥에 바르는 방법도 있었다.

그중 **고수(코리앤더)**는 천일야화에도 등장하는 유명한 미약인데, 다음과 같은 방법으로 이용했다고 한다.

미약 조합 전에 램프에 불을 붙인다. 화로에 향을 피우고 「사랑의 악마 하본디아여, 당신의 이름으로 이 마술을 행한다」 하고 외친다. 그 뒤에 마음을 빼앗고 싶은 이성을 떠올리며 상대가 자신에게 사랑을 품도록 과거의 추억에 집중한다. 그 내용은 상대가 자신에게 호의를 가질 만한 추억이어야만 한다. 이렇게 기원을 끝낸 후 미약 조합에 들어간다. 성배에 증류한 물을 넣고 막자사발에 고수의 씨앗을 7알 넣는다. 상대를 강하게 마음속으로 그리며 씨앗을 갈고 상대의 이름을 3번 반복한다. 그리고 주문을 왼다. 「씨를 덥히고, 마음을 덥히라. 결코 떨어지지 않도록.」 성배 안에 자신의 바람을 담는 심정으로 갈아낸 씨앗의 가루를 넣는다. 마음을 담아 분말이 물에 녹는 것을 지그시 바라보며 「이루어지리라!」 하고 최후의 주문을 외친다. 오른손 검지를 허공을 향해 뻗고, 성배 위에서 3번 십자를 긋는다. 그 후는 수용액을 12시 방향에 두고 보드라운 천에 거른 다음 상대의 음식물에 몰래 넣는다. 그것을 상대방이 먹으면 그 사람은 이제 당신의 포로가 되는 것이다.

유럽의 식물성 미약

| 식물성 미약 (유럽) | ➡ | 중세 유럽에서 가장 일반적인 사랑의 마법 |

이용된 식물은?

⬇

유칼립투스, 월계수, 시클라멘, 쥐오줌풀, 재스민, 크로커스, 고수, 고사리, 팬지, 양배추 등

미약 고수의 사용법

천일야화에도 등장하는 유명한 미약 고수는
아래와 같이 사용한다고 알려진다.

①램프에 불을 밝히고 화로에 향을 피운 다음 사랑의 악마 하본디아에게 기도한다.

⬇

②이성을 떠올리며 상대가 자신에게 사랑을 품도록 과거의 추억에 집중한다.

⬇

③성배에 증류한 물을 담는다. 막자사발에 고수의 씨앗을 7알 넣는다.

⬇

④상대를 강하게 마음으로 그리며 씨를 갈고, 상대의 이름을 3번 부른다. 성배 안에 갈아낸 씨앗을 넣고, 「이루어져라!」 하고 외친다.

⬇

⑤성배 위에서 3번 십자를 긋는다. 그 후 수용액을 12시 방향에 놓고 보드라운 천에 거른 다음 상대의 음식물에 몰래 넣어 먹인다.

용어해설

●**고수**→지중해 동부가 원산지인 미나리과 한해살이풀로 , 옛날부터 식용으로 이용되던 식물이다 .

공포의 미약 만드라고라

옛날부터 마력을 가진 불길한 식물로 두려움을 샀던 만드라고라는 미약에 쓰이는 재료 중에서도 가장 유명하며, 「사랑의 사과」라는 별명이 있다.

● 만드라고라에 얽힌 무시무시한 전승

만드라고라(혹은 맨드레이크)는 미약에 쓰이는 재료 중에서도 가장 유명한 것으로, 「사랑의 사과」라는 별명이 있다. 이 식물은 이탈리아에서 소아시아에 걸친 지중해 지방에서 채집할 수 있는 유독한 약초로, 마약 같은 환각 작용을 가진 성분을 품고 있다. 심지어 그 뿌리는 두 갈래로 갈라져 있어서 전체적인 모습이 마치 인간처럼 보이는 불길한 식물이다.

아마도 그 때문이겠지만 만드라고라는 예로부터 마력을 가진 불길한 식물로 두려움을 샀다. 중세 독일의 여성신비가로 유명한 **힐데가르트 폰 빙겐**도 「만드라고라는 인간의 형상과 비슷하며 그렇기에 악마의 악행과 계략에 어울린다」라고 말하였다. 중세 유럽에서는 만드라고라는 사형대 밑에 싹을 틔우고 교수형을 당한 인간의 몸에서 떨어지는 수분을 먹고 성장한다고 믿었다.

만드라고라는 뽑을 때 커다란 비명을 질러서, 그것을 들은 자는 죽는다는 전설도 있다. 그래서 만드라고라를 뽑을 때에는 다음과 같은 과정을 거쳐야 한다고 여겨졌다. 만드라고라가 있는 곳을 발견하면 한밤중에 다시 방문한다. 귀에 밀랍이나 솜을 채워 아무것도 들리지 않도록 한 다음, 뿌리 주변의 흙을 판다. 뿌리가 보이기 시작하면 만드라고라를 끈으로 묶고 다른 한쪽을 검은 개의 목에 건다. 그리고 충분히 거리를 벌린 다음 개가 보이는 곳에 고기를 던진다. 그 고기를 먹기 위해 개가 달리기 시작하고, 만드라고라가 뽑힌다. 그때 만드라고라는 비명을 지르고 그것을 들은 개는 죽는데, 그 개는 그곳에 묻어주는 것이 좋다고 한다.

만드라고라를 와인으로 씻어 작은 상자 등에 보관하면, 미래를 알려주거나 불임을 앓는 여성을 임신시켜주기도 한다고 한다.

공포의 미약 만드라고라

만드라고라 ➡

· 유럽에서 가장 유명한 식물성 미약의 재료
· 별명 「사랑의 사과」
· 유독한 약초로 마약과 같은 환각 작용이 있다.

뿌리는 두 갈래로 갈라져 있고 전체적인 모습이 마치 인간처럼 보여 두려움을 샀다.

만드라고라 얻는 법

만드라고라는 뽑을 때 큰 비명을 질러, 그것을 들은 자는 죽는다. 그러므로 만드라고라를 뽑을 때는 아래와 같은 과정을 거쳐야 한다.

① 만드라고라를 발견하면 한밤중에 나간다.

② 아무것도 들리지 않도록 귀에 밀랍이나 솜을 채운 뒤 뿌리 주변의 흙을 판다.

③ 뿌리가 보이면 끈을 묶고 끈 한쪽을 검은 개의 목에 묶는다.

④ 떨어진 곳에서 개가 보이는 곳에 고기를 던지면, 고기를 먹으려고 개가 달리고 만드라고라가 뽑힌다. 그때 만드라고라는 비명을 지르고 그것을 들은 개는 죽기 때문에 그 자리에 묻어준다.

꺄아아아아악   왕왕   휙

용어해설
● 힐데가르트 폰 빙겐→신비적 저작으로 유명하며 독일 약초학의 시조로도 여겨진다. 12세기 독일 여자 수도원장.

유럽의 동물성 미약

유럽의 동물성 미약에는 동물의 심장이나 간장을 사용한 것이나 인체에서 나온 분비물을 사용한 것 등 섬뜩한 것이 많았다.

● 섬뜩한 것들이 많았던 동물성 미약

유럽에서 사용된 미약에는 식물성뿐만 아니라 동물성 미약도 있었다. 이성에게 사랑받고 싶은 마음은 만인의 바람이기에 그것을 위한 마술도 수없이 존재한 것이다.

18세기 프랑스의 마술서 『대 알베르의 비법』에는 다음과 같은 방법이 기재되어 있다. 비둘기의 심장, 참새의 간장, 제비의 자궁, 토끼의 신장을 말린 것에 자신의 혈액을 소량 더한 다음 다시 한 번 말린다. 그것을 좋아하는 상대에게 먹이면 상대의 사랑을 얻을 수 있다.

그 외에도 다음과 같은 마술이 많이 있었다. 종달새의 오른쪽 눈을 늑대의 가죽으로 감싼 것은 그저 가지고만 있어도 유력자의 사랑을 얻을 수 있는데, 이것을 술이나 음식에 넣어 자기가 노리는 여성에게 먹이면 그 여성의 사랑을 받게 된다. 또 지렁이와 함께 분말로 만든 일일초를 음식에 넣어 먹은 남녀는 서로 끌리게 된다.

특히 남성을 얻고자 하는 여성을 위한 마술에는 여성의 몸에서 나온 분비물을 사용하는 조금 불쾌한 마술도 있었다.

여자는 뜨거운 욕탕에 들어가 땀이 충분히 배출될 즈음 몸 전체를 밀가루로 덮는다. 밀가루가 수분을 빨아들이면 아마포로 몸을 닦고 밀가루를 제빵 용기에 담는다. 손톱, 발톱, 두발이나 음모를 다져 태운다. 그 재를 밀가루와 섞는다. 거기에 날달걀을 한 개 넣어 섞은 다음 오븐에 굽는다. 그렇게 완성된 빵을 좋아하는 남자에게 먹이는 것이다.

여성 기관 그 자체를 마술에 이용하는 경우도 많았다. 예를 들면 붙잡은 작은 물고기를 질 안에서 질식시키고, 그것을 분말로 만들어 사랑하는 남성에게 먹인다. 혹은 검은 암탉을 부르는 가격에 구입하고, 산 채로 심장을 드러내 그것을 질에 삽입한 후 남성에게 먹이는 방법도 있다.

유럽의 동물성 미약

| 동물성 미약
(유럽) | → | 식물성 미약보다 섬뜩한 것이 많았다. |

유럽 동물성 미약의 여러 가지 처방

동물성 미약에는 여러 종류가 있는데, 그중에는 여성의 분비물이나
여성 기관을 이용한 불쾌한 것도 있었다.

비둘기의 심장이나
참새의 간장 등…

비둘기의 심장, 참새의 간장,
제비의 자궁, 토끼의 신장을
말린 것에 자신의 혈액을 소
량 더한 다음 다시 한 번 말
린다. 그것을 좋아하는 상대
에게 먹인다.

종달새의
오른쪽 눈

늑대 가죽

일일초

지렁이

종달새의 오른쪽 눈을 늑대의 가죽
으로 감싸 가지고 다니면 유력자의
사랑을 얻을 수 있다.

지렁이와 함께 분말로 만든 일일초
를 음식에 넣어 먹은 남녀는 서로 끌
리게 된다.

남성을 얻기 위한 여성의 마술

땀을 흡수한
밀가루

손톱이나 털을
태운 재

뜨거운 욕조에서 흘린 땀을 흡수한 밀가루와 손
톱, 두발, 음모를 태운 재를 섞어 빵을 만든다. 좋
아하는 남자에게 먹인다.

사랑의 밀랍인형

같은 밀랍인형 마술이어도 마음으로 바라는 내용에 따라 사람을 저주해 죽이는 것만이 아니라 이성의 사랑을 손에 넣을 수도 있었다.

● 사랑의 마법에서도 절대적인 힘을 가진 밀랍인형

밀랍인형이라고 하면 당장에라도 사람을 저주해 죽이는 흑마술이 떠오른다(No.038 참조). 하지만 밀랍인형의 효과는 결코 그것만이 아니었다. 이성의 사랑을 얻고 싶을 때에도 밀랍인형 마술은 효과적이었다.

밀랍인형을 사용해 사랑을 얻는 방법은 다양한데, 그중 하나는 다음과 같다.

일단 유혹하고 싶은 여성과 가능한 한 닮은 밀랍인형을 만든다. 얼굴은 물론 생식기까지 만든다. 인형의 가슴에 여성의 이름을 쓴다. 「ㅇㅇ(여성의 이름). ㅇㅇ(여성의 아버지의 이름)의 딸이자 ㅇㅇ(여성의 어머니의 이름)의 딸」. 그리고 똑같은 내용을 등에도 쓴다. 이름을 썼으면 이 마술의 목적을 확실히 정의하기 위해 다음과 같이 왼다. 「신이시여. 당신의 뜻으로 ㅇㅇ의 딸, ㅇㅇ이 저를 사랑하게 해주십시오.」

그 후 좋아하는 여성이 평소 지나다니는 길에 구멍을 파고 인형이 상하지 않도록 조심스럽게 묻어 24시간 방치한다. 인형을 꺼내 3번 세례한다. 세례는 처음에는 대천사 미카엘, 다음은 가브리엘, 마지막은 라파엘의 이름으로 행한다. 인형을 자신의 오줌으로 적시고 말린다. 끝나면 인형은 소중히 보관하고 필요할 때 인형의 가슴을 새 바늘로 찌른다. 그러면 그때마다 여성의 마음에 애정이 솟아난다.

기억할 것은 자신이 바라는 바를 마음속으로 강하게 그리는 것이다. 똑같이 이름을 쓴 밀랍인형을 불에 던진다 해도 무엇을 바라는가에 따라 결과는 완전히 달라지기 때문이다. 만약 상대가 죽기를 바라면 밀랍인형이 녹아 사라질 때 상대는 죽는다. 반대로 상대의 마음이 밀랍인형처럼 녹아내리기를 바라면, 상대는 자신에게 연심을 품고 푹 빠지게 된다.

사랑의 밀랍인형

사랑의 밀랍인형 밀랍인형을 이용해 이성의 사랑을 얻는 마술

밀랍인형은 사랑의 마술에도 저주 마술에도 사용되었다.

밀랍인형으로 이성의 사랑을 얻는 방법

사랑의 밀랍인형 마술은 자신의 바람을 강하게 마음으로
그리며 아래와 같이 행하면 된다고 한다.

①원하는 여성과 가능한 한 닮은 밀랍인형을 만든다.

②인형의 가슴과 등에 여성의 이름을 쓴다. 「신이시
여. 당신의 뜻으로 ○○의 딸, ○○이 저를 사랑하게
해주십시오」 하고 왼다.

③여성이 지나다니는 길에 인형을 묻고 24시간 방치
한다.

④인형을 꺼내 대천사 미카엘, 가브리엘, 라파엘의
이름으로 3번 세례한다.

⑤인형을 자신의 오줌으로 적신 후 말려 보관한다.

⑥필요할 때 꺼내서 인형의 가슴을 새 바늘로 찌르
면 여성의 마음에 애정이 솟아난다.

사랑의 주문

17~18세기에는 미약보다도 훨씬 간단히 사랑을 얻을 수 있는 마법으로서 사랑의 주문을 외는 마법이 사랑받게 되었다.

● 미약을 조합하는 것보다 훨씬 더 간단한 사랑의 마법

중세 유럽에서는 이성의 사랑을 손에 넣는 마법이라고 하면 미약을 만드는 것이 일반적이었다. 하지만 시대가 바뀌면서 미약의 인기는 사그라들었다. 미약은 설령 만든다 하더라도 그것을 상대에게 의심받지 않고 먹이는 것은 매우 어려웠기 때문이다. 17~18세기에 들어서면서, 미약보다도 훨씬 간편한 사랑의 마법이 사랑받게 되었다.

간단한 사랑의 마법의 대표는 사랑의 주문을 외는 것이다.

예를 들어 남성이 여성을 유혹하는 경우라면, 「당신의 별을 점쳐 주지. 어디 보자, 당신은 결혼할 수 있을까?」라고 말하며 다가간다. 상대와 자신이 자연스럽게 마주보도록 만든다. 서로가 마주보게 되면 주문을 왼다. 「카페, 카시타, 논카페라, 그리고 아들이여. 그의 모든 것을 위해 말하라.」 이렇게 외기만 하면 상대 여성을 자신의 명령에 따르게 하고 마음먹은 대로 할 수 있었다.

여성의 손을 만지며 「베스탈 벨트가 여성의 내부를 유혹한다」라고 주문을 외는 마술도 있다. 이것만으로 여성이 자신에게 푹 빠지게 된다.

혹시 마편초의 즙을 손에 넣는다면 그 즙으로 두 손을 문질러 원하는 남성 혹은 여성을 건드리기만 해도 된다.

마도서 『솔로몬의 열쇠』에도 이성을 마음대로 하기 위한 펜타클이라는 호부가 몇 가지 나온다. 예를 들어 금성의 제4펜타클은 당신이 그리는 사람을 당장에라도 오게 할 수 있다고 한다. 또 금성의 제5펜타클은 그것을 누군가에게 보여주는 것만으로도 그 사람이 당신을 격렬히 사랑하게 만들 수 있다고 한다.

사랑의 주문

사랑의 주문 ➡ · 이성의 사랑을 얻는 간단한 마술
· 미약보다도 간단하여 사람들에게 사랑받았다.

너무나도 간단한 사랑의 주문

사랑의 주문을 사용하면 미약을 사용하는 것보다
훨씬 간단히 여성을 뜻대로 할 수 있다.

당신의 별을
점쳐 주지.

① 여성의 마음을 끄는 말로 다
가간다.

카페, 카시타, 논카페
라, 그리고 아들이여.
그의 모든 것을 위해
말하라.

② 서로가 마주보는 상황이 되
면 정해진 주문을 왼다.

이것만으로 여성의 사랑을 얻을 수 있었다고 한다.

간단히 사랑을 얻을 수 있는 솔로몬 왕의 펜타클

마도서 『솔로몬의 열쇠』에도 간단히 이성을 뜻대로 만들 수 있는
펜타클이라는 호부가 나온다.

금성의 제4펜타클

보이기만 해도 그리
는 사람을 당장에라
도 부를 수 있다.

금성의 제5펜타클

보이기만 해도 상대
가 격렬한 사랑을 불
태우게 된다.

투명인간이 되는 술법 -『솔로몬의 열쇠』에서

투명인간이 되는 마술의 진정한 목적은 몰래 도둑질을 하거나 여성에게 외설적인 행위를 하는 등의 참으로 불순한 것이었다.

●여성에게 못된 짓을 하겠다는 외설 목적의 흑마술

중세나 근세 유럽에서는 투명인간이 되는 술은 매우 인기가 있었는데,『솔로몬의 열쇠』와 같은 그리모와르(마도서)에도 소개되어 있다. 투명인간이 되고 싶다고 하면 참으로 천진난만하게 느껴지지만, 실은 그렇지 않다. 그 진정한 목적은 몰래 도둑질을 하거나, 여성에게 외설적인 행위를 하는 참으로 못된 것이었기 때문이다. 즉 투명인간이 되는 술은 흑마술의 일종이다.

그럼 투명인간이 되기 위해서는 어떻게 하면 될까.『솔로몬의 열쇠』에 따르면 그 과정은 다음과 같다.

우선 1월 토성의 날과 시간에 노란 초로 남성의 인형을 만든다. 그때 인형이 쓴 왕관의 머리를 뒤덮은 부분에 바늘로 특정한 기호를 새긴다. 그 후 개구리의 피부 일부에 다른 기호와 문자를 적는다. 여기서 사용하는 개구리의 피부는 미리 자기가 죽인 개구리에게서 벗긴 것이다. 그 후 동굴에 가서 한밤인 12시에 동굴 천장에다 자신의 머리털로 밀랍인형을 매단다. 그리고 그 밑에서 향을 피우며 주문을 왼다.

「메타트론, 멜렉, 베로트, 노트, 베니베트, 마크. 나는 밀랍인형인 그대에게 기도하노라. 살아 있는 신의 이름으로, 또 이들 기호와 말을 이용하여. 나를 투명하게 만들라. 아멘.」

마지막으로 다시 향을 피우고 그것이 끝나면 밀랍인형을 상자에 넣고 땅에 묻어 숨긴다. 그리고 아무에게도 보이지 않고 어딘가에 들어가고 싶을 때, 인형을 꺼내 상의 왼쪽 주머니에 넣고 다음 말을 왼다.

「내가 어디에 가든 결코 떨어지지 말고 날 따라 오거라.」

그러면 술자는 곧바로 투명인간이 될 수 있었다고 한다. 그리고 자신의 욕망을 채운 후에는 밀랍인형을 상자에 되돌리고 다시 땅에 묻어 숨기는 것이다.

투명인간이 되는 술법 –『솔로몬의 열쇠』에서

투명인간 마술 ➡ · 도둑질이나 외설 목적의 흑마술
· 중세나 근세 유럽에서 크게 유행

투명인간이 되어 보물과 여자를
손에 넣자! 히히히!

『솔로몬의 열쇠』에 실린 투명인간 마술

『솔로몬의 열쇠』에 따르면 투명인간이 되는 방법은 아래와 같다.

①1월 토성의 날과 시간에 노란 초로 남성의 인형
을 만든다.

왕관의 머리를 덮은 부분에
아래의 기호를 새긴다.

②직접 죽인 개구리의 피부를 벗겨 아래 기호를
쓴다.

 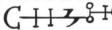

③한밤인 12시에 동굴 천장에 자신의 머리털로
밀랍인형을 매달고 특별한 주문을 왼다. 그 후 땅
에 묻어 숨긴다.

④필요할 때 인형을 꺼내 상의 왼쪽 주머니에 넣
고「내가 어디에 가든 결코 떨어지지 말고 날 따라
오거라」하고 말하면 투명해진다.

투명인간이 되는 술법 -『진정오의서』에서

투명인간이 되는 마술은 매우 인기가 있었고 18세기 로마에서 출판된 마도서 『진정오의서』에도 시체의 두개골을 사용하는 마법이 소개되어 있다.

●검은콩을 사령의 힘으로 성장시키는 흑마술

아무리 생각해도 외설 목적이나 범죄 목적 외의 사용법은 떠오르지 않는 투명인간 마술은 18세기 로마에서 출판된 마도서 『**진정오의서**』에도 나와 있다.

이 방법은 사령의 힘을 빌리는 것으로 우선 검은콩 7알과 시신의 두개골이 필요하다. 준비가 되었다면 수요일 해가 뜨기 전에 의식을 시작한다.

우선 준비한 두개골의 입, 눈, 콧구멍, 양쪽 귀 부분에 각각 하나씩 검은 콩을 둔다. 지정된 도형을 두개골 머리 부분에 그리고 얼굴이 위를 향하도록 땅에 묻는다. 그 후 매일 동트기 전에 그곳에 가서 고급 브랜디와 물을 붓는다.

그러면 8일 째에 영이 나타나 「이곳에서 무엇을 하는가?」 하고 묻는다. 그 질문에 「난 내 식물에 물을 주고 있다」라고 대답한다. 영은 브랜디 병에 손을 뻗으며 「그것을 내놓아라. 내가 물을 줄 터이니」 하고 말한다. 이 요구는 거절해야 한다. 영은 계속해서 요구하겠지만 몇 번이라도 거절해야 한다. 그렇게 하면 영은 자신의 손으로 두개골을 꺼내 머리 부분에 그려진 도형을 가리킨다. 이것을 보고 그것이 땅에 묻힌 두개골의 영임을 확인하였다면 브랜디 병을 영에게 건넨다. 이 확인 작업을 게을리하면 다른 영에게 속아 모든 것이 헛수고로 돌아가므로 주의해야 한다. 그렇게 브랜디를 건네면 영은 그것을 자신의 머리에 붓는데, 그것을 지켜본 뒤에 집으로 돌아간다. 다음 날, 즉 의식을 시작한 지 9일 째에 똑같은 장소에 가보면 콩나무가 열매를 맺고 있다. 그 콩을 수확하여 한 알을 입에 넣으면 그 콩을 입에 머금고 있는 동안은 몸이 투명해져서 누구의 눈에도 보이지 않게 된다.

투명인간이 되는 술법 -『진정오의서』에서

『진정오의서』의 투명인간 술법 ➡ 사령의 힘을 빌린 흑마술

 『진정오의서』 18세기 로마에서 출판된 마도서

『진정오의서』에 실린 투명인간 술의 방법

『진정오의서』에 따르면 투명인간이 되기 위해서는 아래처럼 행동하면 된다.

①검은콩 7알과 시체의 두개골을 준비한다.

②두개골의 입, 눈, 콧구멍, 양쪽 귀 부분에 검은콩을 1알씩 둔다. 지정된 도형을 두개골의 머리 부분에 그리고, 얼굴이 위를 향하도록 땅에 묻는다.

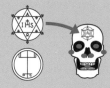
③매일 동이 트기 전에 그곳에 가서 고급 브랜디와 물을 붓는다.

④8일 째에 영이 나타나면 머리의 도형을 확인한 후 브랜디를 건넨다. 영이 그것을 자신의 머리에 붓는 것을 확인하면 돌아간다.

⑤9일 째, 같은 곳에 가보면 콩나무가 열매를 맺고 있다. 그 콩을 수확하고 1알을 입에 넣으면 그 콩을 머금고 있는 동안은 몸이 투명해진다.

용어해설
● 『진정오의서』→솔로몬 계의 마도서로, 지옥의 악마를 조종하기 위한 흑마술 책이라고 전해진다.

우유 마법

타인의 재산을 훔치는 절도 마법 중에서도 가장 대중적인 것이 우유 마법이며, 흑마술을 사용하는 마녀들이 저지르는 악행 중 하나로 여겨졌다.

● 타인의 우유를 훔치는 우유 마법

우유 마법은 타인의 것을 훔치는 절도 마법 중 하나이다.

유럽에서는 매우 오래전부터 마법사와 절도 마법은 깊은 관계가 있다고 여겼다. 중세 유럽에서는 마법사도 악마도 무(無)에서 무언가를 만들어낼 수는 없어 타인의 것을 훔쳐서 윤택해진다고 생각했다. 마녀 사냥이 왕성하던 시대에는 절도 마법은 마녀가 저지르는 악행 중 하나로 여겼다. 또 중세 유럽의 농경사회에 살던 사람들은 이 시대의 부에는 일정한 한계가 있다고 생각했다. 그런 곳에서는 누군가가 윤택해지면 그만큼 누군가가 가난해진다. 표현을 달리 하면 누군가가 윤택해지는 것은 어딘가에서 훔쳐왔기 때문이다. 그러한 이유로 중세 유럽의 농경사회에서는 남들보다 윤택해진 자는 때때로 마법사라는 의혹을 받았다.

이러한 절도 마법 중에서도 민간에서 가장 대중적이었던 것이 우유 마법이었다. 사람들은 자신이 기르는 소가 병으로 죽거나 젖이 나오지 않으면 마을의 누군가가 우유 마법을 사용해 자신의 소에게서 젖을 훔쳤다고 생각했다.

일반적으로 우유 마법에는 다음과 같은 의식이 필요하다고 여겨졌다. 우선 집 안 구석에 앉아 두 무릎 사이에 양동이를 끼운다. 나이프나 도끼를 벽이나 기둥에 꽂는다. 그 뒤 사역마를 불러내어 어떤 특정 집의 소젖을 원한다고 빌면서 소젖을 짜듯 나이프나 도끼의 자루를 짠다. 그러면 정말로 소젖을 짜듯이 자루 부분에서 소젖이 떨어져 양동이 안으로 흘러든다.

하지만 우유 마법에는 그 범인을 폭로하기 위한 대항 마법도 있었다. 새 냄비에 우유를 넣고 끓이며 범인은 누구냐, 하고 주문을 외는 것이다. 이때 처음으로 나타난 자가 우유 마법을 사용한 범인이라고 여겨졌다.

우유 마법

 우유 마법 ➡ 타인의 재산을 훔치는 절도 마법 중 하나

농경사회와 절도 마법

중세 유럽의 농민들은 이 세상의 부는 일정하며 누군가가 윤택해지는 것은 마법을 사용해 어딘가에서 훔쳐왔기 때문이라고 여겼다.

저 집에는 마녀가 있는 게 틀림없어.

훔쳐온 부

도둑맞은 부

우유 마법 사용법

우유마법은 아래와 같은 방법으로 이루어진다고 여겼다.

②나이프나 도끼를 기둥에 꽂는다.

④소젖을 짜듯이 자루 부분을 짠다.

③어떤 특정한 집의 소젖을 원한다고 빈다.

①두 무릎 사이에 양동이를 준비한다.

이렇게 하면 자루 부분에서 소젖이 흘러나온다고 한다.

버터 절도 마법

유럽의 농민에게는 우유와 마찬가지로 버터 또한 중요한 생산물이어서, 버터 절도 마법도 사악한 흑마술이라고 여겨졌다.

●유럽인의 생활필수품을 훔치는 흑마술

우유와 마찬가지로 버터 또한 유럽인의 식생활에서 빠질 수 없는 것으로, 농가에는 귀중한 생산물이었다. 그래서 우유를 훔치는 마법과 마찬가지로 버터를 훔치는 마법도 존재했다.

15세기 마녀사냥의 교본으로 유명한 『마녀에게 내리는 철퇴』에 악마와 계약한 남자 마녀가 마법을 사용해 버터를 훔치는 장면이 나와 있다.

5월의 어느 날, 한 남자가 친구와 함께 초원을 걷고 있을 때였다. 냇가에 다다랐을 때 「다들, 맛있는 버터를 먹고 싶지?」하고 마녀가 말했다. 마녀는 옷을 벗고 목초지의 개울 안에 들어가더니, 상류 쪽으로 등을 향하고 물속에 웅크려 앉았다. 동시에 어떠한 말을 내뱉으며 팔을 움직여 물을 등 뒤로 저었다. 그리고 머지않아 마녀는 물속에서 버터를 한 가득 들고 나왔다. 그곳에 있던 자들은 모두 그것을 먹었는데, 굉장히 좋은 버터였다고 한다.

물론 이 장면만 보면 마녀는 물속에서 버터를 꺼낸 것이기에 어딘가에서 훔쳐온 것으로는 보이지 않는다. 하지만 그렇지 않다는 것이 당시 악마학자들의 견해였다. 물질을 다른 물질로 변환시키는 고급 기술은 신만이 쓸 수 있기 때문이다. 악마가 할 수 있는 일은 버터를 다른 곳에서 가져오는 것뿐이다. 즉 누군가가 버터를 도둑맞았다는 것이다. 혹은 악마가 소에게서 생젖을 훔쳐, 그것을 휘저어 버터를 만들었거나.

와인의 경우도 똑같다고 『마녀에게 내리는 철퇴』에 적혀 있다. 마법사는 와인이 필요하면 빈 용기를 가지고 밤에 외출만 하면 된다. 그리고 돌아오면 어째서인지 용기에는 와인이 가득 차 있다고 한다.

버터 절도 마법

 버터 절도 마법 ➡ 농가에서 버터를 훔치는 흑마술

버터를 훔치는 법

마법사(마녀)는 아래와 같은 방법으로 버터를 훔쳤다고 한다.

①옷을 벗고 냇물 안으로 들어가 상류 쪽으로 등을 돌린 채 웅크려 앉는다.

②주문을 외고 팔을 움직여 물을 등 뒤로 젓는다.

③물에서 나올 때에는 맛있는 버터를 한 가득 가지고 있다.

④언뜻 마법사가 물에서 버터를 만든 것처럼 보이지만, 그렇지 않다. 버터는 어느 농가에서 훔친 것이다.

왓, 버터가 사라졌어!

와인 절도 마법

마법사(마녀)는 아래와 같은 간단한 방법으로 와인을 훔쳤다고 한다.

필요한 때 빈 용기를 들고 밤길을 나선다. 돌아올 때에는 용기가 와인으로 가득 차 있다

용어해설

● 『마녀에게 내리는 철퇴』→1486년에 출판되어 그 후 200년 동안 성서 다음가는 베스트셀러가 된 악마학 서적으로, 마녀사냥을 위한 교과서로 이용되었다.

만드라고라 절도 마법

프랑스 남부 지방에서는 만드라고라를 소유한 마녀는 타인의 부를 점점 빼앗아 자신의 집을 부유하게 만든다고 생각했다.

●타인의 부를 빼앗아 풍족해지는 만드라고라의 사악한 마력

만드라고라는 뿌리가 두 갈래로 갈라져 있어 마치 사람처럼 보이는 기괴한 식물이다. 유럽의 전설에서는 이 식물을 지면에서 뽑으려 하면 기괴한 비명을 지르는데, 그 소리를 듣는 자는 발광하며 죽는다고 믿었다.

하지만 만드라고라는 반드시 식물인 것이 아니라, 경우에 따라서는 쥐, 여우, 다람쥐, 숫산양과 같은 작은 동물이기도 하였다.

중요한 것은 식물이든 동물이든 만드라고라에는 여러 마술적 효과가 있었다는 점이다. 프랑스 남부 지방에서 자주 보이는 만드라고라 절도 마법도 그중 하나이다.

절도 마법이란 우유 마법(No.033)과 같이 타인의 부를 빼앗아 자기 집안을 부유하게 만드는 마법이다. 하지만 만드라고라의 경우 그 효과는 소나 산양의 젖뿐만 아니라 모든 부에 미쳤다.

이 종류의 만드라고라는 행운에 따라 손에 넣을 수도 있지만 대부분은 마녀들이 어떠한 방법으로 손에 넣는다고 믿어졌다. 그리고 만드라고라를 손에 넣으면 그 집은 점점 풍족해졌다. 밭을 가꾸지 않아도 멋진 수확을 얻는다. 또 전혀 돌보지 않아도 가축들은 새끼를 많이 낳고 젖을 그득하게 냈다. 그 대신 같은 마을의 다른 집에서는 이유도 없이 수확량이 줄거나 가축이 병에 걸려 죽는 등 많은 재산을 잃게 된다.

그래서 마을 안에서 어떤 집만 풍족해지면 그 집의 구성원이 만드라고라를 숨기고 타인의 재산을 망가뜨려 부를 늘린다고 생각하였다. 그 결과 마녀로 고발되는 경우도 자주 있었다.

만드라고라 절도 마법

만드라고라 절도 마법 ⮕	타인에게서 여러 부를 훔친다.

절도 마법에 쓰인 다양한 만드라고라

보통의
만드라고라

⬇

사람처럼 생긴 기괴한 식물.

절도 마법의
만드라고라

⬇

식물 혹은 쥐, 여우, 다람쥐, 산양과
같은 작은 동물들.

만드라고라를 이용한 절도 마법의 메커니즘

만드라고라를 손에 넣은 마녀의 집은 아무것도 하지 않아도 점점 부유해지지
만, 같은 마을의 다른 집은 부를 빼앗겨 점점 가난해진다고 한다.

만드라고라가 있는 집

부를 빼앗긴 다른 집

점점 부유해진다.

모든 부

점점 가난해진다.

불임 마법

불임 마법은 옛날부터 존재하는 일반적인 흑마술로, 남성의 경우는 발기불능이나 사정불능을 일으키고, 여성의 경우는 질이 닫히는 상태가 된다고 한다.

●매듭이나 자물쇠로 타인의 생식능력을 빼앗는다

불임 마법은 타인의 생식능력을 빼앗아 남녀 관계를 맺을 수 없게 만드는 흑마술이다. 표적이 남성일 경우에는 발기불능이나 사정불능을 일으키고, 여성인 경우는 질이 닫히는 상태가 되는 등의 효과가 있다. 마녀사냥 시대의 유럽에서는 불임마법도 마녀의 악행 중 하나로 여겨졌다. 하지만 실제로는 마녀사냥 시대보다 오래전부터 존재하던 일반적인 흑마술이었다.

방법은 간단하다. 리본, 실, 가죽 끈 등으로 매듭을 만들어 그것을 해당 남성의 침대 안이나 베개 안, 문지방 밑 등에 숨기는 것이다. 이것만으로도 저주받은 상대는 정상적인 남녀 관계를 맺을 수 없게 된다. **악마학자 보댕**의 조사로는 성교불능으로 만들기, 생식불능으로 만들기, 대상 본인만을 저주하기, 본인과 배우자를 저주하기 등 목적에 따라 매듭을 만드는 방법에 50가지 이상의 방법이 있었다고 한다. 숨겨져 있던 리본 등을 찾아내 매듭을 풀어야 비로소 저주가 풀린다.

자물쇠를 사용하는 방법도 있었다. 자물쇠를 잠그고 자물쇠와 열쇠를 다른 어딘가에 숨기는 것이다. 물론 자물쇠와 열쇠를 찾아내 열면 저주는 풀린다.

불임 마법에 걸린 사람은 몸 어딘가에 부종이 생기는데, 이것은 본래라면 태어났어야 할 아이를 나타내는 것이라고 일컬어졌다.

중세 유럽에서는 이혼은 원칙적으로 금지되었지만 마술에 의해 성적 불능이 된 남성은 처와 이혼할 수 있었다. 그래서 중세 유럽에서는 불임 마법이 종종 불행한 결혼생활을 벗어나기 위한 구실로 이용되었다. 즉 새로운 애인이 생겨 처에게 정이 떨어진 남성이나 좀처럼 후계자가 태어나지 않는 왕이나 귀족 등이 불임 마법에 걸린 탓에 정상적인 남녀 관계를 맺을 수 없다고 주장한 것이다.

불임 마법

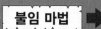 불임 마법 ➡ 마술의 힘으로 해당 남녀를 성적 불능으로 만든다.

옛날부터 존재하는 일반적인 흑마술 중 하나

성적 불능을 일으키는 일반적인 방법

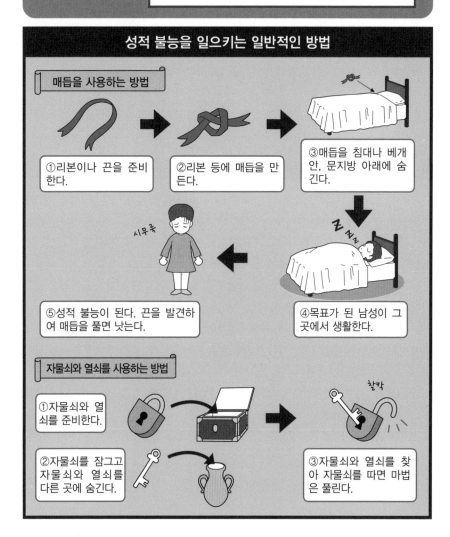

매듭을 사용하는 방법

①리본이나 끈을 준비한다.

②리본 등에 매듭을 만든다.

③매듭을 침대나 베개 안, 문지방 아래에 숨긴다.

④목표가 된 남성이 그곳에서 생활한다.

⑤성적 불능이 된다. 끈을 발견하여 매듭을 풀면 낫는다.

시무룩

자물쇠와 열쇠를 사용하는 방법

①자물쇠와 열쇠를 준비한다.

②자물쇠를 잠그고 자물쇠와 열쇠를 다른 곳에 숨긴다.

③자물쇠와 열쇠를 찾아 자물쇠를 따면 마법은 풀린다.

찰칵

용어해설

● **악마학자 보댕**→장 보댕. 16세기 후반에 활약한 프랑스가 자랑하는 인문학자이지만, 1580년에 유명한 마녀학서 『마녀의 악마광』을 간행하여 평판을 떨어뜨렸다.

마녀의 매듭끈

마녀의 매듭끈은 하나의 끈을 준비해 몇 개의 매듭을 만드는 것만으로 소젖이 잘 나오지 않게 만들거나 미운 상대를 죽일 수 있는 흑마술이다.

● 미운 상대의 목을 죄는 불길한 매듭의 마술

「마녀의 매듭끈」은 매듭 마술의 일종으로, 유럽의 마녀들이 소젖을 나오지 않게 하고 싶을 때나 미운 상대를 죽이고 싶을 때 사용했다고 여겨지는 흑마술이다.

방법은 간단하다. 우선은 하나의 끈을 준비해 몇 개의 매듭을 만든다. 매듭의 수는 기본적으로 9개 혹은 13개인데, 방식은 제각각이어서 그중에는 40개의 매듭을 만드는 방법도 있다.

매듭을 만들 때에는 자신의 바람을 확실히 빌며 입 밖으로 내어 왼다. 「○○가 죽기를」이라든가, 「○○네의 소가 젖이 나오지 않게 되기를」 같은 식이다. 그리고 매듭을 만든 끈을 미운 상대의 집 앞이나 침대 밑, 외양간 안이나 근처에 묻는다. 그러면 끈의 매듭이 조이듯이 미운 상대의 목이 서서히 죄어 결국은 죽음에 이른다. 혹은 외양간의 소들의 유두가 죄어 소젖이 나오지 않게 된다.

하지만 대항책이 없는 것은 아니다. 마법에 걸리면 곧바로 끈을 찾아내 매듭을 풀면 된다. 그렇게 하면 마법은 풀린다.

「마녀의 매듭끈」을 만들 때, 매듭에 닭의 깃털을 묶는 방법도 있다. 이렇게 닭의 깃털을 매단 「마녀의 매듭끈」은 「마녀의 화환」이라고도 불린다. 만드는 방법은 닭의 깃털을 묶는 것 이외에는 「마녀의 매듭끈」과 완전히 같고, 효과도 똑같다.

1887년에는 영국 서머싯 주의 웰링턴에서 마녀가 살았다고 소문이 난 집이 헐렸을 때, 지붕 밑 다락방에서 「마녀의 화환」이 발견되었다. 지붕 밑 다락방에는 마녀가 하늘을 날기 위해 사용한 것으로 보이는 빗자루 4자루와 팔걸이의자도 발견되었다고 한다.

마녀의 매듭끈

마녀의 매듭끈	→	· 매듭 마술의 일종 · 소젖을 나오지 않게 하는 흑마술 · 미운 상대를 죽이는 흑마술

마녀의 매듭끈을 만드는 법과 사용법

미운 상대를 죽인다는 마녀의 매듭끈의 만드는 방법과
사용 방법은 아래와 같다.

①끈을 준비해 매듭을 만든다. 매듭을 만들 때 「○○가 죽기를」하고 자신의 바람을 명확히 기도하며 입 밖에 내어 왼다. 매듭의 수는 9개 혹은 13개가 기본이다.

②미운 상대의 집 앞 등에 매듭을 만든 끈을 묻는다.

이렇게 하면 끈의 매듭이 조이듯이 미운 상대의 목이 서서히 죄어, 결국에는 죽음에 이른다.

매듭에 깃털을 묶은 「마녀의 화환」

「마녀의 매듭끈」의 매듭에 새의 깃털을 매단 것은 「마녀의 화환」이라고 불리는데, 만드는 방법이나 사용 방법은 완전히 똑같다.

주살 밀랍인형

사람에게 저주를 걸 때에 유럽에서 가장 일반적으로 이용된 것이 밀랍인형으로, 권력투쟁에 몰두했던 왕이나 귀족들이 표적이 될 때가 많았다.

● 주살(呪殺) 목적으로 가장 일반적이었던 밀랍인형 마술

유럽에서 사람에게 저주를 걸 때 가장 일반적으로 이용된 것이 밀랍인형이다. 특히 중세부터 르네상스 시대에는 권력투쟁에 열중이던 왕이나 귀족들이 종종 밀랍인형 저주의 표적이 되었다. 유럽에서는 밀랍인형 외에 점토인형도 자주 사용했는데, 그 의도는 마찬가지다. 우선 저주하고 싶은 상대와 가능한 한 닮은 형상을 만든다. 형상은 상대와 닮으면 닮을수록 좋다. 상대의 이름을 쓴 종이를 넣거나 상대의 모발이나 손톱 등을 섞으면 저주의 효과가 커진다. 어딘가 특정 장소에 병을 일으키고 싶을 때에는 인형의 그 부분에 가시, 침, 못 등을 박는다. 혹은 특정 부위를 떼어내 태운다. 심장에 침을 꽂거나 형상 전체를 태워 밀랍인형을 녹이면 상대는 죽는다. 상대를 계속 괴롭히고 싶을 때에는 그렇게 위해를 가한 형상을 어딘가에 묻어 숨기면 된다. 그렇게 하면 형상이 발견될 때까지 상대는 계속 괴로워하게 된다. 16세기에는 그 효과는 2년 정도 지속된다고 여겨졌다.

밀랍인형이 아니라 점토인형일 때는, 새로운 묘에서 퍼낸 흙, 구워 재가 된 남녀의 뼈, 흑거미를 섞어 물로 반죽해 만드는 등, 몹시 기분 나쁜 재료로 만드는 경우가 많았다.

프레드 게팅스의 『오컬트 사전』에 따르면, 한 마도서에는 밀랍인형은 적절한 시일과 시간에 만들어 개구리나 두꺼비로부터 채취한 피부 위에 마술적인 인을 그리고, 내부에 특별한 주문을 담아 한밤에 동굴 안에 자신의 머리털로 매달아야 한다고 쓰여 있었다고 한다.

어찌되었든 밀랍인형을 마술에 사용할 때는 무엇을 하고 싶은지를 입 밖으로 내거나 마음속으로 강하게 외야 한다. 왜냐하면 같은 밀랍인형이라도 상대를 죽이는 데 쓸 수도, 상대의 사랑을 거머쥐는 데 쓸 수도 있기 때문이다.

주살 밀랍인형

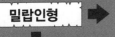 밀랍인형 ➡ · 유럽에서 가장 일반적인 주살 도구
· 왕이나 귀족들이 종종 목표가 되었다.

 점토인형을 이용하는 경우도 많았다.

주살 밀랍인형 만드는 법과 사용법

밀랍인형을 사용해 사람을 저주하는 방법은 아래와 같다.

 ①저주하고 싶은 상대와 닮은 밀랍인형을 만든다. 이 때 상대의 모발이나 손톱 등을 넣으면 효과가 커진다.

 ②상대를 죽이고 싶다면 그것을 강하게 바라며 인형의 심장에 못을 박거나 전부 태워버린다.

 ③상대를 계속 괴롭히고 싶을 때에는 상해를 입힌 형상을 묻어 숨긴다. 인형이 발견될 때까지 상대는 계속해 괴로워한다.

점토인형의 재료

저주의 점토인형은 참으로 기분 나쁜 재료로 만들어야 했다.

 새로운 묘의 흙

남녀의 뼈를 태운 재

 흑거미

 ➡ 물로 반죽한다.

 점토인형을 만든다.

기후 마법

자유자재로 날씨를 조종하여 우박이나 호우를 일으키는 기후 마법은 농업중심 생활에 큰 위기를 가져와 심각한 사회적 불안을 야기했다.

●악천후를 이용해 사회적 불안을 일으키는 흑마술

기후 마법은 자유자재로 날씨를 조종해 폭풍을 일으키거나 호우를 내리게 하거나 우박을 떨어뜨려 사람들을 괴롭히는 흑마술이다. 기후는 농업중심 생활에 큰 위기를 가져와 심각한 사회적 불안을 일으켰다. 그래서 중세 유럽에서는 기후 마법을 사용한 마녀라는 죄를 쓰고 수많은 사람들이 처형당했다.

기후 마법의 방법은 다양하다. 독일 라인 지방의 마을에서 화형을 당한 마녀의 경우, 그것은 다음과 같았다. 그 마녀는 마을에서 미움을 받는 자였는데, 어느 날 마을 사람의 결혼식에 모두가 들떠 있는데 자신만 고독한 것에 화가 났다. 마녀는 악마를 불러내 마을을 내려다볼 수 있는 언덕 위까지 날아갔다. 그곳에서 구멍을 파 자신의 오줌을 담고 손가락으로 휘저었다. 악마가 그 오줌을 들어 올려 거대한 우박과 태풍으로 바꾸어 마을을 공격하였다. 그렇게 하여 마녀는 왁자지껄 들떠 있던 마을사람들의 즐거움을 빼앗았다.

1590~92년의 「노스 버릭의 마녀재판」에서는 더욱 무시무시한 기후 마법이 문제가 되었다. 1589년 잉글랜드 왕국 제임스 1세가 덴마크의 앤 왕녀와 결혼했는데, 왕녀가 잉글랜드에 도항하려 하자 몇 번이나 태풍의 방해를 받았다. 이것을 마녀의 짓으로 판단하고 재판이 벌어졌는데, 심문을 받은 마녀의 자백에 따르면 이때 마녀들은 100명 규모의 집회를 열었다고 한다. 그리고 고양이 한 마리에게 세례를 하고 그 고양이의 몸 각 부분에 죽은 남자의 가장 중요한 부분과 몇 개의 육편을 붙여, 그것을 바다에 던져 태풍을 일으켰다는 것이다.

당시의 마녀재판 기록에는 그 외에도 부싯돌을 서쪽을 향해 왼쪽 어깨 너머로 던진다, 빗자루를 적셔 휘두른다, 거세한 수퇘지의 강모를 삶는다, 건조한 하천 근원에 지팡이를 늘어놓는다 등의 악천후를 일으키는 마술적 방법이 기재되어 있다.

기후 마법

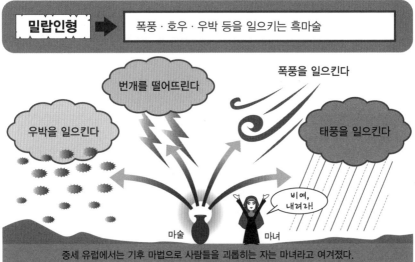

| 밀랍인형 | ➡ | 폭풍 · 호우 · 우박 등을 일으키는 흑마술 |

번개를 떨어뜨린다

폭풍을 일으킨다

우박을 일으킨다

태풍을 일으킨다

비여, 내려라!

마술   마녀

중세 유럽에서는 기후 마법으로 사람들을 괴롭히는 자는 마녀라고 여겨졌다.

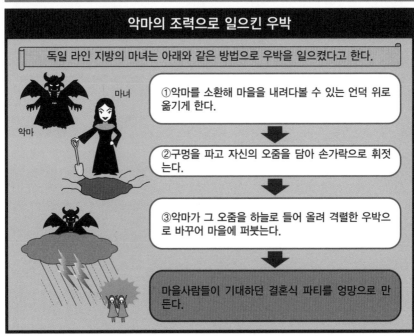

악마의 조력으로 일으킨 우박

독일 라인 지방의 마녀는 아래와 같은 방법으로 우박을 일으켰다고 한다.

마녀

악마

①악마를 소환해 마을을 내려다볼 수 있는 언덕 위로 옮기게 한다.

②구멍을 파고 자신의 오줌을 담아 손가락으로 휘젓는다.

③악마가 그 오줌을 하늘로 들어 올려 격렬한 우박으로 바꾸어 마을에 퍼붓는다.

마을사람들이 기대하던 결혼식 파티를 엉망으로 만든다.

용어해설
● **노스 버릭의 마녀재판**→스코틀랜드의 마녀재판 사상 가장 잔인한 심문이 이루어진 것으로 유명한 마녀재판 .

바람 마법

폭풍을 일으키거나 바람을 멈추는 바람 마법은 육지에 사는 농민들은 물론, 바다에 사는 선원들도 예로부터 두려워하였다.

● 선원들의 생사를 좌우한 바람의 흑마술

바람 마법은 기후 마법의 일종으로, 폭풍을 일으키거나 바람을 멈추는 흑마술이다. 바람 마법은 육지에서 사는 농민은 물론이고 바다에서 사는 선원들도 예로부터 두려워하였다. 선원들에게는 폭풍도 무섭지만, 바람이 없어도 곤란하기 때문이다. 배가 오지 않아서 육지의 사람들이 곤란해지는 때도 있다. 예를 들어 **콘스탄티누스 황제** 시대의 콘스탄티노플에서 소파텔이라는 자가 마법을 사용해 바람을 멈추었다는 죄로 사형을 받은 기록이 있다. 이집트와 시리아에서 와야 할 곡물선이 해상에 발이 묶여 굶어죽게 처지에 놓인 민중이 마법사가 바람을 없앴다, 역풍을 불게 했다고 소란을 피웠기 때문이다.

바람을 조종하는 방법으로 유명한 것은 매듭을 이용하는 것이다. 이것은 핀란드의 마법사 등이 이용한 방법인데, 풍차의 날개에 끈을 매달고 세 개의 매듭을 만들어 그곳에 바람을 가두는 것이다. 첫째 매듭에는 적당한 바람을 가둔다. 둘째 매듭은 강풍이다. 셋째 매듭에는 폭풍을 가두고, 이것을 풀면 폭풍이 일어난다. 그래서 핀란드의 선원들은 바람이 없어 곤란할 때 마법사에게 찾아가 필요한 바람을 사는 풍습이 있었다고 한다.

바람 마법은 배와 배가 해상에서 싸우는 전쟁에서 크게 도움이 될 것이라고 상상할 수 있다. 그래서 1653년, 스웨덴 왕국은 자국의 함대에 4명의 마녀를 편입하여 덴마크와의 전투에 임했다고 한다.

핀란드의 마법사가 조종하는 바람은 선원을 곤란하게 만드는 것만이 아니라 에스토니아 농민들에게도 위협을 가져왔다. 에스토니아 농민들은 핀란드의 마법사가 보내는 바람 때문에 말라리아나 류머티즘 등의 증상이 일어난다고 믿었다.

바람 마법

 바람 마법 폭풍을 일으키거나 바람을 멈추는 흑마술

논밭을 파괴하고 배를 묶어, 선원, 상인, 농민, 시민에게 큰 타격을 주었다.

핀란드의 바람 마법

핀란드의 마법사가 다루는 바람 마법은 매듭을 이용한 것으로, 다음과 같았다.

① 풍차 날개에 매단 끈에 3개의 매듭을 만들어 그곳에 바람을 가둔다.

② 첫째 매듭은 적당한 바람, 둘째는 강풍, 셋째는 폭풍을 담고, 이것을 풀면 태풍이 일어났다.

핀란드의 선원들은 바람이 없어서 곤란할 때 마법사를 찾아가 필요한 바람을 사는 풍습이 있었다.

해전에서도 도움이 된 바람 마법

바람 마법은 해전에서도 도움이 된다고 여겨져 1653년 스웨덴 왕국은 자국의 함대에 4명의 마녀를 편입하여 덴마크와의 싸움에 임했다.

바람이여, 일어나라!

용어해설
● **콘스탄티누스 황제**→로마 제국의 황제 (재위 306~337 년). 동서로 분열된 로마 제국을 재통일하고 수도를 콘스탄티노플 (비잔티움) 로 옮겼다 .

악마 빙의

악마와 계약하여 마녀가 된 자는 마왕 사탄에게 의뢰하여 노리는 상대에게 다양한 악마를 보내 악마 빙의를 일으킬 수 있었다.

● 마녀가 사탄에게 의뢰하여 일으키는 악마 빙의

악마 빙의란 악마가 사람이나 물건, 장소 등에 빙의하는 현상이다. 그것은 악마의 존재를 믿는 세계에서는 조금도 드문 것이 아니었고, 원인불명의 질병, 광기, 혼란, 불행이 생긴 경우 종종 악마의 탓이라고 여겼다. 하지만 통상의 악마 빙의는 악마가 자신의 의지로 빙의해 일으키는 것으로 흑마술이 아니다. 흑마술로서의 악마 빙의는 유럽에서는 16~17세기경 마녀사냥 시대에 활발했다. 그 시대에는 남자든 여자든 악마와 계약하여 마녀가 된 자는 마왕 사탄에게 의뢰하여 자신이 노리는 상대에게 갖가지 악마를 보내 악마 빙의를 일으킬 수 있다고 믿었다. 즉 악마와 계약한 마녀라면 악마 빙의를 일으키는 흑마술을 쓸 수 있는 것이다.

마녀들이 노린 상대에게 악마를 보낼 때는 어떠한 형태가 있는 것을 매개로 사용한다고 믿었다. 그 매개로 자주 사용된 것은 음식으로, 특히 사과였다. 17세기 악마학자인 **앙리 보게**는 악마를 보내는 데 가장 적절한 음식은 사과라고 주장했다. 사과는 악마가 숨기 쉽고 심지어 상대에게 들키지 않기 때문이라고 한다. 이것은 에덴의 정원에서 아담과 이브를 유혹한 방법과 똑같은 것으로, 악마에게는 어울리는 음식이라고 여겨졌다. 같은 시대에 프랑스의 **루덩** 지방에서 일어난 악마 빙의 사건에서는 마을의 주임 사제인 그랑디에 신부가 여자 수도원의 벽 안으로 던진 장미 다발에 악마가 숨어 있었다고 전해진다.

이렇게 악마가 쓴 사람은 어떻게 될까? 당시의 악마학자들은 악마 빙의의 증상으로 외설적이거나 모독적인 말을 한다, 외설적인 노출을 한다, 못이나 돌 등의 이상한 것을 입에서 토한다, 성유물(聖遺物)과 성사(聖事)를 두려워한다, 동물과 같은 소리를 내거나 움직임을 보인다는 등의 사례를 들었다.

악마 빙의

 ➡️ 악마가 사람·물건·장소 등에 빙의하는 현상

⬇️

악마와 계약한 마녀는 악마에게 의뢰하여 악마 빙의를 일으킬 수 있었다.

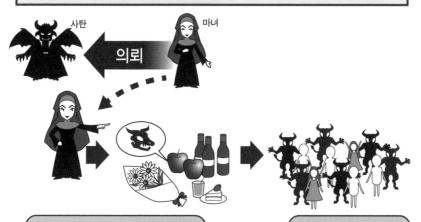

와인, 꽃다발 등에 악마를 숨겨 상대에게 보낸다. 가장 좋은 것은 사과.

선물로부터 악마가 나타나 사람에게 씐다.

악마학자가 생각한 악마 빙의 증상

- 악마에게 씌었다고 생각한다.
- 품행이 좋지 않다.
- 끊임없이 병에 걸려 혼수상태에 빠진다.
- 영(靈)에 시달린다.
- 외설적이거나 모독적인 말을 한다.
- 외설적인 노출을 한다.
- 못이나 걸쇠·철·돌 등의 이상한 것을 입에서 토한다.

- 성유물과 성사를 두려워한다.
- 기괴하고 무서운 외모를 보인다.
- 동물처럼 소리를 내고 움직인다.
- 흉포하고 폭력적이 된다.
- 살아가는 것에 질려한다.
- 발작 후에는 기억을 잃는다.

용어해설

● **앙리 보게**→17세기에 활약한 프랑스의 악마학자로, 마녀학 서적 『마녀론』이 유명하다.
● **루덩**→17세기 전반에 가장 유명한 악마 빙의 사건이 일어난 마을. 수많은 수도녀가 악마에게 빙의당했고, 그랑디에 신부가 범인으로 처형당했다.

사역마 흑마술

악마와 계약한 마녀들은 그 대가로 작은 애완동물 같은 사역마를 받았고, 흑마술을 사용할 때 자신의 조수로 이용하였다.

●애완동물 같은 사역마를 보내 못된 짓을 꾸미다

중세에서 근세에 걸쳐 유럽에서는 악마와 계약한 마녀들은 계약의 대가로 악마에게서 계급이 낮은 소악마를 받는다고 여겨졌다. 이것이 사역마이며,「임프」라고 불리기도 한다.

마녀는 사역마를 조수로 사용하여 사람이나 동물에게 마법을 걸어 죽였는데, 그 대가로 자신의 피를 사역마에게 주었다고 한다. 따라서 사역마를 기르는 것 자체가 흑마술인 셈이다.

사역마가 마녀의 피를 빼는 부위는「마녀의 표식」이라고 불렸다. 누구든 몸 어딘가에 점이나 사마귀 같은 돌기물이 있는데, 그것이「마녀의 표식」이며 작은 유두의 역할을 한다고 여겨졌다. 그리고「마녀의 표식」의 존재가 그자가 마녀임을 증명한다고 보았다.

사역마는 개, 고양이, 산양, 수소, 두꺼비, 부엉이, 쥐 등 일단 그 부근에 있는 동물의 모습을 하는 경우가 많았다. 단, 동물의 모습을 하고 있어도 사역마는 동물의 모습을 한 악마와는 별개의 존재였다.

마녀는 반드시 사역마를 기른다는 것이 정설이었기 때문에 마녀재판에서는 사역마의 존재 여부가 중요한 판정기준이 되었다. 혹시 마녀라고 의심받는 자가 개나 고양이를 기르고 있다면 그것이 사역마라고 여겨졌다. 개나 고양이를 기르지 않을 경우는 근처에 있는 파리나 바퀴벌레도 사역마라고 인정받았다.

사역마는 마녀에게 정말로 애완동물 같은 존재였던 듯, 마녀재판 기록에는 마녀가 여러 사역마에게 이름을 붙여 길렀다는 이야기가 많이 있다. 17세기에 마녀재판에서 희생이 된 엘리자베스 클라크는 새끼고양이인 홀트, 살이 찐 스패니얼 자마라, 그레이하운드 비네거 톰, 검은 토끼 색 앤 슈거, 족제비 뉴즈를 길렀다고 기록되어 있다.

사역마 흑마술

 사역마 ➡ 마녀가 악마와 계약한 대가로 받는 작은 동물

흑마술을 쓸 때 조수로 이용했다.

 ➡ 마녀의 명령으로 이곳 저곳으로 이동해 여러 악행을 저지른다.

· 마녀는 애완동물처럼 사역마를 돌보았다.
· 사역마가 명령을 실행하면 상으로 자신의 피를 주었다.

마녀가 소중히 여기던 사역마의 종류

사역마는 그 부근에 사는 동물의 모습을 한 경우가 많았다.

고양이 / 개 / 파리 / 산양 / 토끼 / 소 / 바퀴벌레 / 새 / 말 / 쥐

내 귀여운 사역마들이야.

마녀사냥꾼 마슈 홉킨스가 쓴 『마녀의 발견』(1647년)의 표지 안쪽 일러스트. 그가 단죄한 마녀 엘리자베스 클라크 가 기르던 사역마들이 그려져 있다.

마녀의 연고

악마와 계약한 마녀들은 기름을 주성분으로 한 연고를 사용해 하늘을 날거나 동물로 변신하거나 사람을 죽일 수 있었다.

● 비행이나 변신을 가능케 한 마녀의 연고

중세 유럽에서는 악마와 계약한 마녀들은 기름을 주성분으로 한 연고를 사용해 흑마술을 행했다고 믿었다. 이 연고를 사용해 마녀들은 하늘을 날거나 동물로 변신하거나 사람을 죽이기도 하였다.

연고의 재료는 실로 다양한데, 갓난아기의 지방이나 박쥐의 피와 같은 불길한 것들이나, 환각을 일으키는 마약류가 더해지는 경우가 많았다. 예를 들어 악마 빙의를 일으키는 연고로는 「성체(聖體), 성별(聖別)된 포도주, 분말로 만든 산양, 인간의 뼈, 어린아이의 두개골, 머리카락, 손톱, 근육, 마술사의 정액, 거위 새끼, 암쥐, 뇌」 등이 쓰였다. 살인용 연고에는 「독당근, 바곳속의 즙, 포플러의 잎, 그을음, 독미나리, 창포, 박쥐의 피, 갓난아기의 지방」 등이, 비행용에는 「묘에서 파낸 어린아이의 지방, 셀러리, 바곳속, 양지꽃의 즙」 등이 이용되었다.

이러한 재료를 마녀들은 큰 솥에 삶는다고 여겨졌다. 비행할 때에는 그 연고를 몸 전체에 바르고, 빗자루에도 발랐다. 그렇게 하면 마녀는 동물의 모습으로 변신하고, 빗자루를 타고 하늘을 날 수 있었다.

하지만 15세기가 되자, 유럽의 악마학자 대부분은 마녀의 연고에 그러한 현실적인 힘이 존재하는 것을 의심하게 되었다. 악마학자 쟝 드 니노는 『늑대 빙의와 마녀』(1615년)에서 아무리 악마라 할지라도 신이 아닌 이상 사물의 본질을 바꿀 수는 없기 때문에, 인간을 동물로 변신시키거나 영혼을 육체에서 끄집어내고 다시 원래대로 되돌릴 수는 없다고 말한다. 그럼에도 마녀들이 실제로 그랬다고 주장하는 것은 악마가 환각작용을 일으켜 그들의 감각을 어지럽혀서라고 하였다.

마녀의 연고

| 마녀의 연고 ➡ | 마녀가 비행·변신·살인을 하기 위한 불길한 약 |

연고의 목적과 재료

연고의 재료에는 갓난아기의 지방과 같은 잔인한 것이나
환각 작용이 있는 마약류가 자주 이용되었다.

악마 빙의용 연고

성체, 분말로 만든 산양, 어린아이의 두개골, 머리카락, 손톱, 근육, 거위 새끼, 암쥐, 뇌 등.

살인용 연고

독당근, 바곳속의 즙, 포플러의 잎, 독미나리, 박쥐의 피, 갓난아기의 지방 등.

비행용 연고

묘에서 파낸 어린아이의 지방, 셀러리, 바곳속, 양지꽃의 즙 등.

마녀는 연고를 큰 솥에 끓인다고 믿었다.

15세기 악마학자의 생각

| 마녀의 연고 ➡ | 환각 작용을 일으킨다. |

연고   마녀

환각

악마학자는 연고를 몸에 바른 마녀는 환각 작용의 영향으로 꿈을 꾸고, 그것을 현실이라고 착각한다고 생각했다.

재액 전이의 마술

갖가지 재액을 다른 인물이나 동물, 물건 등에 전이시키는 마술은, 그런 재액을 떠안게 된 인물에게는 완전한 흑마술인 셈이었다.

● 자신만 좋으면 된다는 이기적인 흑마술

재액 전이의 마술은 질병, 재액, 죄 등의 무거운 짐을 한 인물에게서 다른 인물이나 동물, 물건 등으로 전이시키는 마술이다. 큰 짐을 덜어내게 된 사람에게는 고마운 백마술이지만, 큰 짐을 짊어지게 된 사람에게는 완전한 흑마술이 되는 셈이다.

재액을 전이하는 방법은 재액의 종류나 지역에 따라 천차만별이다.

예를 들어 열병을 전이하기 위해서는 다음과 같은 방법이 필요하다. 로마에서는 환자의 손톱을 깎아 그 깎은 손톱과 밀랍을 섞어 반죽한다. 그것을 해가 뜨기 전에 옆집의 문에 붙인다. 그렇게 하면 열은 환자에게서 이웃으로 옮겨가게 된다. 그리스에서는 같은 마술을 쓰는데도 단순한 밀랍 덩어리가 아니라 밀랍인형의 형태로 사용했다고 한다. 오크니 제도에서는 열병 환자의 몸을 물로 씻고 그 물을 집 앞에 뿌렸다. 그렇게 하면 집 앞을 처음으로 지나는 사람에게 열병이 옮겨가고 환자의 열은 내려간다. 바이에른에서는 열병에 걸린 자가 「열이여, 물러가라! 나는 존재하지 않는다!」 하고 종잇조각에 쓰고 그것을 근처에 있는 타인의 주머니에 넣었다. 그렇게 하면 그 사람에게 열이 옮겨가고 환자의 열은 내려간다. 보헤미아의 열병 환자는 다음과 같은 방법을 썼다. 빈 항아리를 들고 교차로에 가서 그것을 땅에 던지고 곧바로 도망친다. 그렇게 하면 처음으로 그 항아리를 발로 찬 자가 열병에 걸리고 환자는 병이 낫는다.

사마귀 환자에게서 사마귀를 전이시킬 때에는 다음과 같은 마술이 쓰였다. 우선 사마귀와 같은 수의 돌멩이를 잡고 그것을 사마귀에 문지른다. 그리고 그 돌멩이를 담쟁이덩굴의 잎으로 감싸 길에 버린다. 그렇게 하면 언젠가 그 꾸러미를 줍는 자가 나타나는데, 그때 환자의 사마귀가 꾸러미를 주운 자에게 전이된다.

재액 전이의 마술

재액 전이의 마술	➡️	질병이나 불행을 다른 사람에게 전이시키는 마술

전이된 사람에게는 무서운 흑마술이다.

다양한 재액 전이의 마술

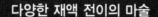

재액 전이의 마술은 지역마다 다양한 방법이 있었다.

로마에서는

환자의 손톱을 깎아 밀랍과 반죽하여 해가 뜨기 전에 이웃집의 문에 붙인다.

오크니 제도에서는

환자를 물로 씻고 그 물을 집 앞에 뿌린다. 집 앞을 처음으로 지난 사람에게 병이 옮겨간다.

바이에른에서는

환자가 직접 「열이여, 사라져라! 나는 존재하지 않는다!」 하고 종잇조각에 써서 타인의 주머니에 넣는다.

보헤미아에서는

환자가 빈 항아리를 교차로에 던지고 도망간다. 처음으로 항아리를 발로 찬 자에게 병이 옮겨간다.

이렇게 하면 환자의 병은 낫고, 타인에게 병이 전이된다.

영광의 손

영광의 손은 도둑을 위한 마술도구이며, 타인의 집에 침입하기 전에 초에 불을 붙이면 뭐든지 자유롭게 훔칠 수 있었다.

●소름 끼치는 도둑의 마술도구

영광의 손은 유럽에 전해지는 도둑을 위한 마술도구이다. 이것은 일종의 촛대이며, 영광의 손의 손가락 사이에 촛불을 세우고 불을 붙여서 사용한다. 이렇게 하면 그것을 본 자는 시체처럼 완전히 움직일 수 없게 된다. 혹은 촛불에 불이 붙어 있는 동안 집주인은 결코 눈을 뜨지 않게 된다. 혹은 불을 붙이면 자신이 투명인간이 될 수 있다고도 전해진다. 그리하여 타인의 집에 침입하기 전에 영광의 손에 불을 붙이면 뭐든지 자유롭게 훔칠 수 있었다.

심지어 영광의 손은 교수형에 처한 범죄자의 실제 손으로 만들어진다는 불길한 물건이었다. 그런 이유로 사람들은 더욱 기피하였다. 18세기 초에 출판된 마도서『소(小) 알베르』(소 알베르의 자연적 카발라적 마술의 놀라운 비의)에 따르면, 그 제작 방법은 다음과 같다.

우선 교수형을 당한 범죄자의 손을 아직 교수대에 매달려 있는 상태에서 자른다. 그것을 반드시 매장할 때 쓰는 천 조각으로 감싸 피를 잘 짜낸다. 그 뒤 흙으로 만든 그릇에 넣어 초석, 소금, 후추 열매 등을 가루로 낸 것에 15일 동안 담근다. 시일이 되면 꺼내 시리우스가 태양과 함께 오르는 가장 더운 시기에 완전히 마를 때까지 햇빛에 둔다. 일조량이 부족할 때에는 고사리와 마편초를 넣고 달군 아궁이에 넣어 말려도 된다. 이 과정에서 얻어지는 지방에는 새로운 밀랍과 라플란드 산 깨를 섞어 초를 만든다. 이렇게 만들어진 것이 영광의 손이다.

단, 문지방 등 침입이 가능한 곳에 검은고양이의 담즙, 흰 닭의 지방, 부엉이의 피로 만든 연고를 발라두면 영광의 손의 효과를 없앨 수 있다고 한다. 영광의 손에 켜진 불꽃은 물로도 맥주로도 끌 수 없지만, 우유를 뿌리면 끌 수 있다는 주장도 있다.

→ 도둑을 위한 촛대 모양 마술도구

영광의 손

불꽃을 본 순간 움직일 수 없게 된다.

초가 켜져 있는 동안은 집 주인이 눈을 뜨지 않는다.

초가 켜져 있으면 투명인간이 될 수 있다.

영광의 손 만드는 법

영광의 손은 교수형을 당한 범죄자의
실제 손으로 만드는 기분 나쁜 물건이다.

①교수형을 당한 범죄자의 손을 잘라 피를 짠다.

범죄자의 손.

초석, 소금,
후추.

②초석, 소금, 후추 열매 등에 15일간 재운다.

③가장 더운 시기에 완전히 마를 때까지 햇볕에 둔다.

햇빛에 말림.

완성.

완성

●『소 알베르』→중세의 대학자 알베르투스 마그누스가 쓴 『대(大) 알베르』를 의식한 책인데, 작자는 알베르투스 파르바스 루시우스라고 여겨진다.

마탄 만들기

마탄(魔彈)은 숨어 있는 적이라도 확실하게 죽일 수 있는 마법 총탄 혹은 화살이며, 성스러운 그리스도 형상을 쏘아서 사용한다고 한다.

●숨어 있는 적까지 쏘아 죽이는 마법의 화살과 총탄

마탄이란 숨어 있는 적까지 확실하게 죽일 수 있는 마법의 총탄이다. 총탄뿐만 아니라 화살에도 같은 전승이 있다.

유명한 마녀사냥 교본 『마녀에게 내리는 철퇴』에 반드시 명중하는 화살의 제작법이 적혀 있다. 우선 성(聖) 금요일(부활제 직전의 금요일)의 장엄한 미사가 한창일 때, 그리스도의 성스러운 책형상을 활로 쏜다. 그 뒤 「크리스트교를 버린다」라고 악마에게 맹세한다. 똑같이 세 번이든 네 번이든 필요한 화살의 수만큼 그리스도의 책형상을 쏜다. 그 결과 사수는 화살의 수와 똑같은 수의 적을 죽일 수 있다. 단지, 마탄을 쓸 때는 그 전에 죽이고 싶은 인물을 육안으로 확인해야 하고, 또한 그 인물을 죽이는 일에 모든 힘을 기울여야 한다.

이것은 마탄의 경우도 마찬가지다. 『마녀에게 내리는 철퇴』에는 마법의 총탄에 관한 이야기도 있다. 그 이야기에 따르면 일찍이 라인 지방의 군주 에버하르트 자왕이 어떤 성을 포위했을 때, 푼카라는 마탄 사수가 매일 성의 수비병을 사살하였다. 푼카는 매일 3발의 마탄을 발사했는데, 그것은 그가 매일 3번 그리스도상을 쏘았기 때문이라고 한다.

1821년 베를린에서 상영된 **카를 마리아 폰 베버**의 오페라, 『마탄의 사수(프라이슈츠)』도 무시무시한 마탄을 둘러싼 이야기이다. 주인공 막스는 삼림보호관이 되기 위해서 어떻게든 사격대회에서 우승해야 했는데, 그때 카스파르라는 무뢰한 사냥꾼이 찾아와 마탄을 사용하도록 부채질한다. 그렇게 두 사람은 을씨년스러운 이릿골에서 악마를 소환해, 그 악마의 도움을 얻어 마탄을 만든다. 이렇게 만들어진 마탄은 7발로, 그중 6발은 백발백중의 마탄, 나머지 한 발은 악마가 자유롭게 조종할 수 있는 마탄이었다고 한다.

마탄 만들기

 마탄이란? 백발백중의 마법 총탄 혹은 화살

마탄 만드는 법

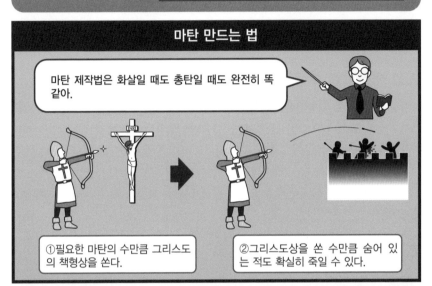

마탄 제작법은 화살일 때도 총탄일 때도 완전히 똑같아.

①필요한 마탄의 수만큼 그리스도의 책형상을 쏜다.

②그리스도상을 쏜 수만큼 숨어 있는 적도 확실히 죽일 수 있다.

악마에게서 마탄을 얻을 때 주의할 점

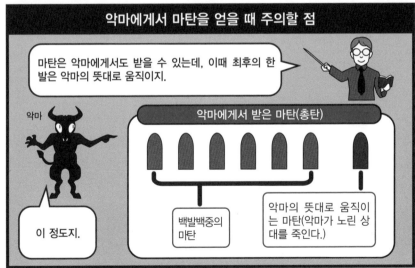

마탄은 악마에게서도 받을 수 있는데, 이때 최후의 한 발은 악마의 뜻대로 움직이지.

악마

악마에게서 받은 마탄(총탄)

이 정도지.

백발백중의 마탄

악마의 뜻대로 움직이는 마탄(악마가 노린 상대를 죽인다.)

용어해설

● **카를 마리아 폰 베버**→1786~1826년. 독일 낭만파 초기 작곡가. 오페라 『오베론』, 기악곡 『무도회의 권유』 등의 작품이 있다.

No.047

마녀의 사안

태어나면서부터 사안을 가진 자, 혹은 악마와 계약한 마녀들은 그저 시선 한 번만으로 본 자를 불행하게 만들 수 있었다고 한다.

●전 세계에서 두려움을 산 가장 원시적인 흑마술

사안이란 사악한 영향력을 가진 인간의 눈 혹은 시선을 가리키며, 그저 그 시선만으로도 사람을 불행에 빠뜨렸다는 흑마술이다. 사안을 가진 자는 살짝 건드리기만 해도 사람이나 동물을 죽음에 이르게 할 수 있었다고도 전해진다.

사안은 대부분 의도적인 것이 아니라 선천적인 것이다. 그래서 사안의 주인은 본인도 깨닫지 못하는 사이에 타인을 불행에 빠뜨린다. 하지만 유럽의 마녀가 쓴 사안은 달랐다.

마녀사냥 시대의 유럽에서는 악마와 계약한 마녀는 악의적인 시선을 향하는 것으로 의도적으로 실연, 질병, 사고, 가난, 죽음과 같은 다양한 불행을 일으킬 수 있다고 믿었다. 그래서 사안으로 재액을 뿌렸다는 죄로 수많은 마녀들이 사형당했다. 유명한 마녀사냥 교본 중 하나인 『마녀에게 내리는 철퇴』에 따르면, 마녀 중에는 한 번 노려보기만 해도 이단심문관인 재판관을 저주할 수 있기에 결코 자신을 벌할 수 없을 것이라고 호언하는 자도 있었다고 한다. 또 **세일럼의 마녀재판**에서 재판을 받은 마녀 중 하나인 브리짓 비숍도 강렬한 사안의 소유자로, 그 눈에 노출된 것만으로도 세일럼의 소녀들이 쓰러졌다고 전해진다.

사안이 발동하는 상황에는 공통점이 있다. 그것은 사안의 주인이 다른 이의 소유물에 대해 진심으로 부러운 시선을 던질 때이다. 그런 눈에 노출된 어린아이는 병에 걸리고, 가축은 죽고, 재산은 순식간에 없어진다.

그리고 사안은 어디든지 존재하는 원시적인 흑마술이기에 사안으로부터 몸을 지키기 위한 다양한 호부와 부적이 전 세계에 존재한다.

마녀의 사안

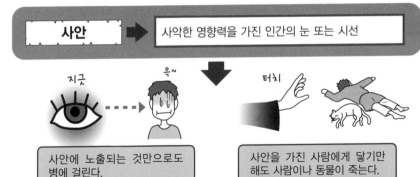

| 사안 | ➡ 사악한 영향력을 가진 인간의 눈 또는 시선 |

지긋
윽~
터치

사안에 노출되는 것만으로도 병에 걸린다.

사안을 가진 사람에게 닿기만 해도 사람이나 동물이 죽는다.

유럽의 마녀의 사안

보통 사안을 가진 자는 무의식적으로 사람을 불행에 빠뜨리지만, 마녀사냥 시대의 유럽의 마녀는 의식적으로 사안을 사용하여 사람을 불행하게 만들 수 있었다.

● 보통의 사안

안녕하세요
우울

보기만 해도 무의식적으로 상대를 불행하게 만든다.

● 마녀의 사안

불행하게 만들어주마

사안을 통해 의식적으로 노린 상대를 불행하게 만들 수 있다.

사안이 일어나기 쉬운 상황

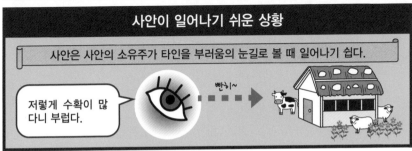

사안은 사안의 소유주가 타인을 부러움의 눈길로 볼 때 일어나기 쉽다.

저렇게 수확이 많다니 부럽다.

빤히~

용어해설
● 세일럼의 마녀재판→1692~1693년에 매사추세츠 주 세일럼에서 일어난 신세계(아메리카) 최대의 마녀사건 재판. 19명이 교수형에 처했다.

흑미사

흑(黑)미사는 가톨릭교회에서 열리는 정통 미사의 사악한 패러디이며, 사람을 곤란에 빠뜨리거나 저주해 죽이는 등 사악한 목적으로 쓰였다.

●흑마술을 목적으로 한 악마숭배의 외설적인 미사

흑미사는 흑마술을 목적으로 열리는 미사이다.

본래의 미사는 빵과 포도주를 이용해 예수와 일체화하기 위한 **가톨릭교회**의 중심적인 의식이다. 하지만 옛날부터 미사에는 마술적인 힘이 있다는 신앙이 있어서 날씨를 좋게 만드는 미사, 비를 기원하는 미사, 자식을 바라는 미사, 병을 낫게 하는 미사 등이 사제의 주도 하에 열렸다. 이것들은 물론 백마술로 분류되지만, 흑마술사들은 이것들을 악마숭배를 위한 사악한 의식으로 변경하였다. 이렇게 만들어진 것이 흑미사이며, 인간을 곤경에 빠뜨리거나 저주해 죽이는 등의 사악한 목적으로 이용되었다.

그래서 흑미사는 본래의 미사를 그로테스크하게 패러디한 의식이 되었다. 미사를 패러디하는 것이 주제이며, 정해진 형식은 없었다. 패러디한다는 것은 이런 것이다. 예를 들어 십자가를 들 때 거꾸로 뒤집어서 든다. 십자가에 침을 뱉거나 발로 짓밟는다. 성수나 포도주 대신 오줌을 이용한다. 얼굴에 숫산양의 가면을 쓴다. 신이 아니라 악마의 이름을 왼다. 또 신성한 제단 대신 나체의 여성을 사용하는 방법이 쓰였다. 그 때문에 흑미사는 종종 외설적인 행위를 동반하기도 하였다.

「흑미사」라는 말이 쓰이게 된 것은 19세기부터이지만, 흑미사의 기원은 마녀사냥 시대로 거슬러 올라간다. 마녀사냥 시대에 실제로 흑미사가 열렸는지는 확실하지 않지만, 흑미사와 같은 의식을 치렀다는 죄로 처형당한 마녀는 수없이 많다.

역사상 최초로 열린 흑미사는 16세기 말 루이14세의 궁정을 떠들썩하게 한 라 보와쟁의 흑미사 사건이었다고 한다.

흑미사

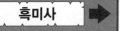

| 흑미사 | → | · 흑마술 목적의 악마숭배 미사
· 크리스트교 정통 미사의 패러디 |

크리스트교 미사와 흑미사의 차이

크리스트교 미사

빵과 포도주를 이용해 예수와 일체화
하기 위한 가톨릭교회의 의식.

흑미사

· 미사를 패러디한 악마숭배를 위한 흑마술 의식
· 크리스트교 미사의 반대로 한다.

십자가를
거꾸로 든다.

십자가에 침을 뱉는다.

십자가를 짓밟는다.

숫산양의 가면을 쓴다.

성수나 와인 대신
오줌을 쓴다.

나체의 여성을
제단으로 사용한다.

용어해설

● **가톨릭교회**→로마 교황을 중심으로 하는 크리스트교 최대 교파로, 사도 시대까지 거슬러 올라가는 가장 전통적인
교회.

라 보와쟁의 흑미사 사건

루이14세의 정부 몽테스판 부인이 국왕의 총애를 되찾기 위해 일으킨 역사상 가장 충격적인 흑미사 사건의 진상은?

●루이14세의 정부가 일으킨 흑미사 사건

17세기 말 루이14세 시대에 흑미사가 대유행한 시기가 있었다. 귀족들은 몰래 사제를 고용해 비밀스러운 장소에서 흑미사를 열었다. 그 결과 수많은 흑미사가 사건으로 적발되었는데 그중에서도 충격적이고 유명한 것이 라 보와쟁의 흑미사 사건이다.

이 흑미사 사건의 관계자는 1679년에 체포되고, 주최자인 마녀 라 보와쟁은 다음 해 처형당했는데, 재판 과정에서 그 그로테스크한 내용이 밝혀졌다.

흑미사의 내용은 참가자들이 고문당한 결과 자백한 것으로, 어디까지가 진실인지는 알 수 없지만 내용은 다음과 같다.

발단은 루이14세의 정부 몽테스판 후작부인이었다. 왕이 다른 여성을 사랑하기 시작했음을 느낀 후작부인은 라 보와쟁의 힘으로 왕의 총애를 되찾으려 하였다. 라 보와쟁은 마녀라고 소문나 있었는데, 흑미사를 주재하는 것으로 유명했다. 이렇게 1673년에 기부르 사제에 의해 제1회 흑미사 의식이 열렸다. 이 의식에서 제단이 된 것은 몽테스판 후작부인의 나체였다. 그 앞에서 기부르는 3번 미사를 열었다. 나체의 배 위에 잔을 올리고, 사제는 어린아이의 목을 따서 그 피를 잔에 따랐다. 그리고 그 피를 가루에 섞어 성체(빵)를 만들었다. 그 후 아스타로트, 아스모데우스의 이름을 부르며 몽테스판의 희망을 이루도록 기도했다. 미사 도중에 사제가 제단에 입맞춤을 할 때에는 기부르는 몽테스판의 나체에 입맞춤했다. 또 성체의 성별 작업은 여성 기관 위에서 이루어지고, 그 성체를 여성 기관에 삽입했다고 한다.

이러한 흑미사가 그 뒤로도 3회 열렸다. 하지만 그 효과가 나타나기도 전에 후작부인을 제외한 수많은 관계자가 체포되고 만다.

라 보와쟁의 흑미사 사건

라 보와쟁의
흑미사 사건

→

· 루이14세 치하의 유명한 흑미사 사건
· 몽테스판 부인도 관련되었다.

라 보와쟁의 흑미사 사건 개요

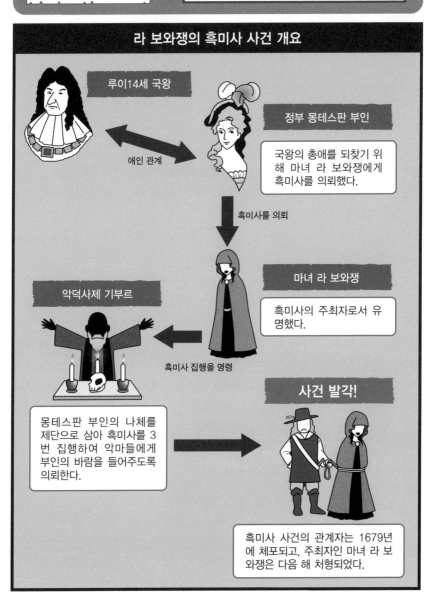

루이14세 국왕

정부 몽테스판 부인

국왕의 총애를 되찾기 위
해 마녀 라 보와쟁에게
흑미사를 의뢰했다.

애인 관계

흑미사를 의뢰

마녀 라 보와쟁

흑미사의 주최자로서 유
명했다.

악덕사제 기부르

흑미사 집행을 명령

사건 발각!

몽테스판 부인의 나체를
제단으로 삼아 흑미사를 3
번 집행하여 악마들에게
부인의 바람을 들어주도록
의뢰한다.

흑미사 사건의 관계자는 1679년
에 체포되고, 주최자인 마녀 라 보
와쟁은 다음 해 처형되었다.

성 세케르의 흑미사

성 세케르의 흑미사를 집행하는 극악한 사제는 이 세상이 끝나는 날에 그 죄로 인해 영원한 지옥에 떨어진다고 여겨졌다.

●극악한 사제가 행하는 악인을 위한 흑미사

성 세케르의 흑미사는 옛 프랑스의 가스코뉴 지방에서 열렸다고 전해지는 사악한 흑마술이다. 이 흑미사는 악인들이 적에게 복수하기 위한 의식이었다. 악인들의 의뢰를 받은 극악한 사제가 집행한다고 그 지방 농민들은 믿었다. 하지만 이 흑미사를 아는 사제는 매우 적었으며, 설령 안다 하여도 대부분의 사제는 그 흑미사를 맡으려 하지 않았다. 왜냐하면 이 흑미사를 여는 극악한 사제는 이 세상이 끝나는 날에 그 죄로 인해 영원한 지옥에 떨어진다고 믿었기 때문이다. 단지 로마 교황만이 그 무서운 죄를 사할 수 있었다고 한다.

이 흑미사는 부엉이가 둥지를 틀고 박쥐가 날아다닐 듯한, 폐허가 된 어둑한 교회 예배당 안에서 열렸다.

극악사제가 요녀와 함께 나타나 11시의 종을 신호로 미사를 조용히 시작하고, 한밤중의 종과 함께 정확히 멈춘다. 그동안 요녀는 조수를 맡는다. 이 흑미사의 내용은 크리스트교의 미사를 패러디한 것이다. 사제가 축복하는 제병(祭餠)은 본래는 하얗고 둥근 빵이지만, 여기서는 검고 삼각형을 띠고 있다. 포도주 대신 세례를 받지 않은 갓난아기를 던져 넣은 우물물을 이용한다. 십자를 그을 때는 손이 아니라 왼발로 땅에 그린다. 그 외에도 여러 가지로 비밀스러운 작법이 있는데, 선량한 크리스트 교도가 그 광경을 보면 평생 맹인과 농아가 된다고 여겨졌다.

이러한 성 세케르의 흑미사가 열리면 표적이 된 자는 서서히 쇠약해져 이윽고 죽음에 이른다. 하지만 그 원인은 누구도 모른다. 어떠한 의사도 손을 쓰지 못하고 당사자도 자신이 어째서 이 지경이 되었는지 알 수 없다.

성 세케르의 흑미사

성 세케르의 미사 ➡
· 프랑스 가스코뉴 지방에서 열린 흑미사
· 악인들이 적에게 복수하기 위한 의식
· 이것을 행한 사제는 지옥에 떨어진다고 여겨졌다.

성 세케르의 미사의 식순

성 세케르의 미사는 다음과 같이 열렸다고 전해진다.

어둠 속에 박쥐가 날아다닐 듯한 폐허가 된 교회 예배당을 찾는다.

극악사제가 오후 11시의 종을 신호로 미사를 개시하고, 한밤중을 알리는 종과 함께 멈춘다.

미사의 내용에는 여러 규정이 있었다.

· 미사에서 사용하는 제병은 본래는 하얗고 둥글지만, 이곳에서는 검고 삼각형인 것을 썼다.

· 포도주 대신 세례를 받지 않은 갓난아기를 던져 넣은 우물물을 사용했다.

· 십자는 손이 아니라 왼발로 땅에 그었다.

이런 식으로 성 세케르의 미사가 열리면 표적이 된 자는 서서히 쇠약해져 죽음에 이른다.

강령술 – NECROMANCY

죽은 자의 영을 불러내는 강령술은 악마 소환 의식과도 비슷한 무시무시하고 불길한 의식을 해야 했기에 예로부터 흑마술의 일종으로 여겨졌다.

●현재의 심령주의와는 다른 무서운 흑마술

강령술(Necromancy)은 죽은 자를 불러내 과거나 미래에 대해 듣는 예언의 일종이다. 예언이라고 하면 흑마술 정도로 사악한 것은 아닌 것처럼 보이지만 강령술은 충분히 사악하다. 현재의 심령주의적 강령술과는 달리 전통적인 강령술은 인간에게 혐오감을 불러일으키는 무시무시한 의식이기 때문이다. 또 중세 유럽에서는 강령술로 불러낸 영은 악마라고 여겨져, 그 술법을 「Nigromancy」라고 불렀다. 「Nigro」는 검다는 뜻이며, 즉 강령술은 흑마술임을 강조한다.

중세 유럽에서 강령술이 극도로 기피된 것은 강령술 의식 안에 크리스트교가 금지했던 여러 마술 형태가 응축되어 있었기 때문이다. 그것은 악마 소환의 의식과 매우 비슷했다.

의식은 보통 한밤중에 묘지나 전쟁, 살인사건이 벌어진 지 얼마 안 된 불길한 곳에서 열렸다. 그리고 의식에서는 때때로 인형을 성별하고 시체의 머리를 불태웠다. 악마 소환 의식처럼 높은 위치의 악마 이름을 사용해 낮은 위치의 악마를 불러내기도 하였다. 다양한 기호나 도형이 사용되기도 하였다. 기도를 더럽히기 위해 들은 적도 없는 이름을 부르거나, 악마의 이름과 천사나 성자의 이름을 뒤섞어 사용하였다.

그리고 강령술사들은 묘를 파헤쳐 시체를 끄집어냈다. 인간의 시체를 잘게 자르고, 동물을 산 제물로 바쳐 죽였다. 필요하다면 자기 자신의 피까지도 제물로 바쳤다.

물론 강령술의 역사는 오래되어 크리스트교 이전인 고대 그리스·로마 시대부터 존재했다. 하지만 그 시대부터 강령술은 시체를 다루거나 동물을 바치거나 불길한 의식을 치르는 흑마술이었다.

강령술 – NECROMANCY

강령술	→	시체의 영을 불러내 과거나 미래를 묻는 예언

시체의 영을 불러내 과거나 미래를 묻는 예언

↓

무시무시하고 불길한 의식

↓

중세 유럽에서는 강령술로 불려나온 영은 악마라고 여겨졌다.

↓

흑마술이라고 여겨졌다.

강령술 의식의 특징

강령술에는 크리스트교가 금지했던 다양한 마술 형태가 응축되어 있었다.

한밤중 묘지나 살인사건 등이 벌어진 지 얼마 안된 불길한 장소에서 의식이 열렸다.

종종 인형을 성별했다.

악마 소환처럼 갖가지 기호나 도형이 사용되었다.

들은 적도 없는 이름을 부르고, 악마의 이름과 천사나 성자의 이름을 섞어 사용했다.

묘를 파헤쳐 시체를 끄집어내고, 인간의 시체를 잘게 찢거나, 동물을 제물로 바쳐 죽였다.

마녀 에릭트의 강령술

네로 황제 시대의 고대 로마의 시인 루카누스의 서사시 『파르살리아』에 크리스트교 이전의 오래된 강령술 의식이 상세히 묘사되어 있다.

●고대 로마 시대 강령술의 불길한 의식

네로 황제 시대의 고대 로마의 시인 루카누스의 서사시 『파르살리아』에, **대(大) 폼페이우스**의 아들 섹스투스 폼페이우스의 의뢰로 마녀 에릭트가 강령술을 행하는 장면이 있다. 이것을 보면 크리스트교 이전의 오래된 시대부터 수많은 사람들이 강령술을 불길한 것으로 여겼다는 것을 알 수 있다.

마녀 에릭트는 평소부터 마치 자신이 시체인 듯이 황폐한 묘에서 살며 고깃덩이, 화장된 아이의 뼈, 시체의 거죽, 손톱, 혀, 눈알, 시체의 옷 등에 둘러싸여 생활하였다. 그리고 의뢰를 받으면 의식을 치르기 위해서는 큰 소리로 이야기할 수 있는 건강한 폐를 가진 새로운 시체가 필요하다고 하였다. 오래된 시체로는 목소리가 작고 기억도 애매해서 무슨 말을 하는지 알 수 없기 때문이다. 에릭트는 최근에 죽은 시체를 발견하면 주변이 주목으로 둘러싸인 어두운 곳으로 옮겼다. 그리고 시체의 가슴을 갈랐다. 새로운 경혈, 광견병에 걸린 개의 침, 스라소니의 장, 시체를 먹은 하이에나의 혹, 탈피한 뱀의 허물, 에릭트가 침을 뱉은 식물의 잎을 섞어 시체의 가슴에 넣었다. 그 뒤 늑대의 신음소리, 개가 짖는 소리, 야행성 부엉이의 날카로운 울음소리, 야수가 짖는 소리, 뱀이 내는 소리, 바위를 치는 물소리, 숲의 소리, 천둥 등이 뒤섞인 듯한 또렷하지 않은 주문을 외웠다. 또한 명계나 지옥에서 활동하는 신 페르세포네, 헤카테, 헤르메스, 운명의 세 여신, 뱃사공 카론의 이름을 부르며 호소했다.

그렇게 하면 영이 나타났다. 영은 처음에는 시체에 들어가는 것을 거부하지만, 에릭트가 협박하면 들어갔다. 곧바로 시체의 피는 따뜻해지고 맥이 뛰기 시작하며 호흡을 개시하고 결국에는 몸을 일으켜 폼페이우스의 모든 질문에 대답했다. 이렇게 모든 질문의 대답을 얻은 후 에릭트는 영이 자유롭게 죽은 자의 나라로 돌아갈 수 있도록 시체를 태우고 재로 만들었다.

마녀 에릭트의 강령술

마녀 에릭트의
강령술

→ · 크리스트교 이전의 고대 로마 시대의 강령술
· 서사시 『파르살리아』에 등장

마녀 에릭트의 강령술 특징

마녀 에릭트의 강령술을 보면 크리스트교 이전 시대부터
강령술이 불길한 것이었음을 알 수 있다.

마녀 에릭트의 생활

황폐한 묘에 살며 고깃덩이, 화장된
어린아이의 뼈, 시체의 거죽 등에
둘러싸여 지냈다.

강령술의 방법

①큰 소리로 말할 수 있는 건강한 폐를 가진
새로운 시체를 찾는다.

②시체를 어두운 곳에 옮겨 시체의 가슴을 가
른다. 새로운 경혈, 광견병에 걸린 개의 침 등
을 넣는다.

③불길한 목소리로 주문을 외고 페르세포네,
헤카테, 헤르메스 등에게 호소하면 영이 나타
나 시체에 들어간다. 그때 영에게 묻고 싶은
것을 묻는다.

④모든 질문이 끝나면 시체를 태워 재로 만들
어서 영을 해방한다.

용어해설
● 대 폼페이우스→기원전 1세기 공화정 말기, 로마의 군인이자 정치가. 카이사르, 크라수스와 함께 삼두정치를 행하
였다.

문 차일드의 강령술

20세기 흑마술사 알레이스터 크로울리의 소설 『문 차일드』에 묘사된 강령술의 매우 불길한 의식이란?

● 20세기의 흑마술사가 소설에 그린 강령술

비교적 새로운 강령술 의식으로 20세기의 흑마술사로 유명한 알레이스터 크로울리의 소설 『문 차일드』에 묘사된 의식을 살펴보자. 이 작품은 1917년에 발표된 것으로, 크로울리의 강령술이 어떠한 것이었는지를 알려주는 귀중한 자료이다.

이 묘사에 따르면 의식은 일몰에 시작한다고 한다. 장소는 황폐한 예배당의 한구석. 그곳에는 습지대에서 가져온 진흙이 깔려 있고, 그 위에 유황층이 덮여 있다. 그 위에 끝이 두 갈래로 갈라진 지팡이로 마법원을 그리고, 선으로 생긴 골에는 석탄가루를 넣는다. 그리고 그 안에 인간의 시체가 머리를 북쪽으로 가도록 둔다.

참가자는 강령술사와 조수 두 사람이다. 한 조수가 불을 켠 검은 촛불을 들고, 다른 한 명이 산양을 끈으로 매단 채 큰 낫을 들고 선다. 마지막으로 흑마술사가 마법원에 들어가 원의 테두리에 9개의 초를 세우고 불을 밝힌다. 그리고 우리에 넣어 온 검은고양이 4마리를 동서남북에 산 채로 검은 강철 화살로 박아 세운다.

조수 중 하나가 기도를 시작하고 사악한 악마의 이름을 연이어 부른다. 그리고 악마들의 이제까지의 잔인한 소행을 나열하며 찬양한다. 그러면 지옥의 웃음소리가 울리며 악령들이 모습을 나타낸다. 그것은 보기만 해도 불길하고 끈적끈적한 외계 생물과 같은 모습이다. 여기서 조수 중 하나가 거대한 나이프로 날뛰는 산양의 심장을 찌른다. 산양의 머리를 자르고 인간 시체의 배를 가른다. 잘린 산양의 머리를 배 속에 채운다. 그렇게 하면 갑자기 그 조수가 미친 듯이 시체에 달려들어 이빨로 시체를 찢고 피를 핥기 시작한다. 잠시 후 몸을 일으키면 소환된 죽은 자의 영이 강령술사들이 알고 싶어 하는 비밀에 대해 결연히 떠들기 시작한다고 한다.

문 차일드의 강령술

문 차일드	➡	· 20세기의 흑마술사 알레이스터 크로울리의 소설 · 강령술이 세세히 묘사되어 있다.

크로울리가 생각한 강령술

소설 『문 차일드』에서는 강령술은 아래와 같이 열렸다고 한다.

① 의식은 일몰에, 황폐한 예배당 한 곳에서 시작한다.

② 의식 장소에 습지대에서 퍼온 진흙을 깔고, 그 위에 유황으로 층을 만든다.

③ 끝이 두 개로 갈라진 지팡이로 마법원을 그리고, 선이 만든 골에 석탄가루를 채운다.

④ 마법원 안에 사람의 시체를 머리가 북쪽으로 가도록 둔다.

⑤ 조수 1 이 불이 켜진 검은 촛불을 들고, 조수 2 가 산양의 끈과 큰 낫을 들고 마법원으로 들어간다. 흑마술사가 마지막으로 마법진에 들어가 원의 테두리에 9 개의 초를 세워 불을 켠다. 검은 고양이 4 마리를 동서남북에 산 채로 검은 철제 화살로 박아 세운다.

⑥ 조수 1 이 기도를 하면 악령이 나타난다.

뭐든지 물어라

⑦ 조수 2 가 산양의 목을 베고 그것을 시체의 배에 채우면 발광한다. 잠시 후 죽은 자의 영 대신 알고 싶었던 것 모두를 알려준다.

No.054

기라디우스의 종

불길한 의식을 치르지 않고 아주 간단히 죽은 자의 영을 불러낼 수 있는 기라디우스의 종의 제작법이 오래된 사본에 자세히 적혀 있다.

● 마도서에 기재된 강령술사의 종

그리요 드 지브리의 저서 『요술사 · 비술사 · 연금술사의 박물관』에 따르면, 프랑스 국립도서관의 사본 3009번 『기라디우스의 작은 빛의 소책자, 자연의 놀라운 비밀에 대하여』 안에 기라디우스 강령술사의 종이라는, 마법의 종에 대한 기재가 있다고 한다.

이 종은 아주 쉽게 강령술을 실천할 수 있는 것으로, 여기서 소개한다.

사본 안에는 강령술사의 종에 대한 그림이 있는데, 이 그림에 따르면 종의 크기는 손바닥보다 크다고 한다. 그리고 종 밑 부분에 그 이름을 입에 담아서는 안 되는 유일신 야훼(YHWH)의 신성 4문자를 가리키는 테트라그라마톤의 문자가 있다. 그 위에 7행성의 기호가 있다. 또 그 위에는 아도나이의 문자가 있다. 종의 고리 부분에는 예수의 이름이 적혀 있다. 종의 그림 주변은 두 겹의 원으로 감싸여 있으며, 그 안에 7행성의 기호가 있고 또 그 안쪽에 각각 행성의 영의 이름이 적혀 있다. 이들 영의 이름은 마도서 『마술 아르바텔』에 기재된 올림피아의 영과 같다. 맨 위부터 시계방향으로 태양의 영 오크, 금성의 영 하기스, 수성의 영 오피엘, 달의 영 펄, 토성의 영 아라트론, 목성의 영 베토르, 화성의 영 팔레그이다. 이 종은 납, 주석, 철, 금, 동, 불휘발성 수은, 은의 합금이어야만 하고, 이 합금은 불러낼 영의 탄생일과 같은 시각에 녹인 것이어야만 한다고 한다. 정장을 한 강령술사의 그림도 있다. 오른손에는 7행성의 기호가 적힌 양피지, 왼손에는 종을 들고 있다.

종이 완성되면 녹색의 태피터 천으로 감싸고 강령술사가 묏자리 한가운데에 놓아 7일 동안 방치한다. 그렇게 하면 그 후 영원히 이 종을 흔드는 것만으로도 간단히 영을 불러낼 수 있다고 한다.

기라디우스의 종

강령술사의 종 ➡ 간단히 강령술을 실현할 수 있는 종

강령술사의 종의 특징

프랑스 국립도서관의 사본에 있는 강령술사의 종의 그림은 아래와 같다.

화성의 영 팔레그

목성의 영 베토르

토성의 영 아라트론

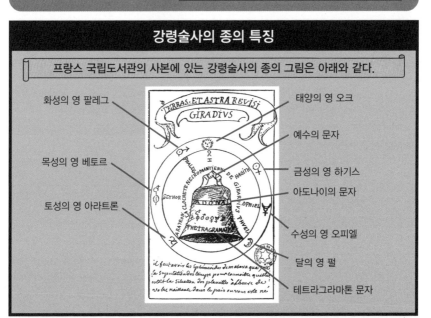

태양의 영 오크

예수의 문자

금성의 영 하기스

아도나이의 문자

수성의 영 오피엘

달의 영 펄

테트라그라마톤 문자

종 만드는 법

강령술사의 종을 만드는 법은 아래와 같다.

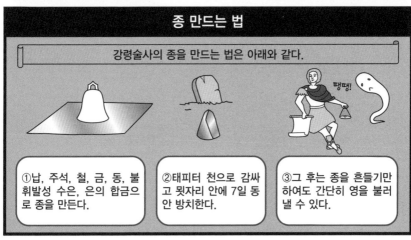

①납, 주석, 철, 금, 동, 불휘발성 수은, 은의 합금으로 종을 만든다.

②태피터 천으로 감싸고 묏자리 안에 7일 동안 방치한다.

③그 후는 종을 흔들기만 하여도 간단히 영을 불러낼 수 있다.

용어해설

● 「마술 아르바텔」→1575년 스위스 바젤에서 라틴어판이 출판된 마도서. 『솔로몬의 열쇠』 계열에 속하지 않은 마도서이다.

『솔로몬의 열쇠』와 『솔로몬의 작은 열쇠』

14~18세기경 유럽에서는 악마를 사역하여 자신의 소망을 이루는 의례 마술 방법을 기록한 마도서(그리모와르)라는 마술서가 대량 유통되었다. 이들 마도서 중에서도 가장 유명한 것으로 『솔로몬의 열쇠』와 『솔로몬의 작은 열쇠』가 있다. 이름이 비슷하여 혼동하기 쉬우므로 간단히 설명하고자 한다.

『솔로몬의 열쇠』(별명 『솔로몬의 큰 열쇠』)는 솔로몬 왕이 썼다는 전설도 있지만 역사적으로는 14, 15세기경에 작성된 것으로 추정되는 마도서이다. 이 책은 우주에 존재하는 수많은 영(악마나 천사 등) 중에서 목적에 맞는 영을 움직여 자신의 바람을 이루려는 내용인데, 최대의 특징은 영을 사역하기 위해 필요한 44개의 펜타클이 소개되어 있는 점이다. 펜타클은 특별한 표식이 그려진 메달 혹은 와펜과 같은 것으로, 이것을 보이면 술자는 확실하고 안전하게 영을 복종시킬 수 있다. 예를 들어 화성의 제6펜타클을 사용해 영을 소환하면 술자는 위대한 방어력을 손에 넣는다. 그 누구에게 공격당하더라도 다치지 않을 뿐더러, 적의 무기가 도리어 적 자신을 상처 입히게 된다고 전해진다.

한편 『솔로몬의 작은 열쇠』(별명 『레메게톤』)도 솔로몬 왕이 썼다는 전설이 있는데, 원래는 독립된 5개의 마도서였다. 이들 다섯 마도서는 각각 14~16세기경에 쓰여 17세기에 한 권의 책으로 정리되었다. 그 때문에 『솔로몬의 작은 열쇠』는 5부 구성이며, 각 부마다 다른 영의 집단을 대상으로 하고 있다. 최대의 특징은 「게티아」라고 명명된 제1부로, 유명한 솔로몬의 74악마 소환법이나 각 악마의 지위나 능력에 대해 상세히 해설되어 있다. 이것을 보면 친구들의 사이를 틀어지게 하고 싶으면 불화를 흩뿌리는 힘을 가진 안드라스라는 악마를 소환하여 명령하면 된다는 것을 알 수 있다.

단지 『솔로몬의 열쇠』도 『솔로몬의 작은 열쇠』도 결코 사악한 마술에 대해서만 기술되어 있는 것은 아니다. 약초, 천문학, 수학 등 다양한 학문 지식을 얻고자 할 때에도 이들 마도서는 도움이 된다. 이것이 당시의 사람들에게 흑마술로 인식된 것은 이들 마술이 신이 아니라 악마의 힘을 빌린다는 점 때문이었을 것이다.

『솔로몬의 열쇠』에 실려 있는 화성의 제6펜타클.

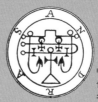

『솔로몬의 작은 열쇠』에 실려 있는 악마 안드라스의 인장.

제3장
일본의 흑마술

일본 흑마술의 특징

신도, 음양도, 밀교(불교), 수험도 등 예로부터 수많은 사상·종교가 한곳에 존재했던 일본에서는 흑마술의 종류도 풍부했다.

●사상·종교에 따라 다양하게 발달한 일본의 흑마술

일본은 다종교 및 다종파의 나라이다. 신도(神道), 음양도(陰陽道), 밀교(密敎), 수험도(修驗道) 등 예로부터 실로 수많은 사상과 종교가 좁은 국토 안에 빼곡하게 들어차 있었다. 그런 만큼 일본의 흑마술은 실로 다채롭다.

일본의 흑마술은 헤이안 시대에는 충분히 발달하였다. 헤이안 시대의 귀족들은 정적을 제거하기 위해 종종 저주에 의지했다. 저주를 실행한 것도 저지한 것도 음양사가 대부분이었다. 이 시대의 귀족들은 질병 등은 저주의 탓이라고 여겨 음양사를 불러 액땜 의식을 했다.

음양사가 사용하는 음양도는 중국에서 유래하였으나, 불교와 마찬가지로 5~6세기경 일본에 전래되어 7세기에는 음양료(陰陽寮)라는 관공서가 설치되었다. 그리고 식신 주법을 사용한 아베노 세이메이의 활약으로 10세기경에 전성기를 맞이하며, 그 후부터 에도 말기까지 일본인의 행동양식에 영향을 끼쳐왔다. 고치 현의 모노노베 마을에서 지금도 열리고 있는 「이자나기 류(流)」도 음양도계의 마술이다.

종교계의 흑마술에서는 밀교계와 수험도계의 흑마술이 왕성하게 이용되었다.

수험도는 산악신앙에 근원을 두며 밀교, 도교, 음양도 등이 습합(※역자 주 : 褶合, 서로 다른 신앙을 하나로 융합하는 것)한 신앙으로, 산악 수행으로 초자연적 험력(驗力) 획득을 목표로 하는 종교이다. 험력을 얻은 수험자는 이른바 주술적 힘을 가진 마술사였고, 서민의 의뢰로 종종 흑마술을 행하였다. 밀교는 쿠카이, 사이초 등이 일본에 들여왔는데, 소망 성취를 위한 가지기도(※역자 주 : 加持祈禱, 부처의 가호를 얻기 위해 올리는 기도) 부류가 체계적으로 발달하고 다른 종교 이상으로 본격적인 주법이 행해졌다. 적을 제압하는 흑마술인 조복법(調伏法)도 육자경법, 항삼세법, 대위덕법 등으로 다양하다. 원나라 군대가 쳐들어왔을 때 치쿠젠의 칸온 사(寺)에서 몽고를 조복(調伏, 적을 제압함)하기 위해 익혔던 오단법(五壇法)도 밀교의 조복법이다.

그 외에도 에도 시대에 유행한 축시 참배처럼 서민이 개인적으로 행하는 흑마술도 있었다.

일본 흑마술의 특징

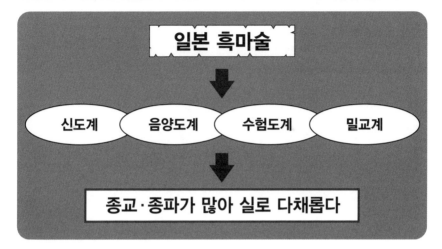

일본 흑마술

신도계　음양도계　수험도계　밀교계

종교·종파가 많아 실로 다채롭다

● 일본 주법의 주요 계통

　　일본에 흑마술의 계통은 다양하지만 그중에서도 세력이 왕성했던 것은 음양도계, 밀교계, 수험도계이다. 원래 이들 종교에는 다음과 같은 특징이 있다.

 음양도

- 5~6 세기경에 중국에서 전래 .
- 아베노 세이메이가 등장한 10 세기경에 최전성기 .
- 현재의 고치 현에 전해지는 「이자나기 류」 도 음양도계 .

 수험도

- 산악 수행을 통한 초자연적 험력 획득을 목표로 하는 종교 .
- 수험자는 마술사와 마찬가지로 서민의 의뢰로 흑마술을 행했다 .

 밀 교

- 쿠카이 , 사이초 등이 일본에 전파 .
- 가지기도 종류가 체계적으로 발달하여 다른 종교 이상으로 본격적인 주법을 행했다 .
- 육자경법 , 항삼세법 , 대위덕법 등의 주법이 있다 .

 그 외

- 축시참배와 같이 개인적으로 행하는 흑마술도 있다 .

축시 참배

원한을 가진 일본의 서민은 한밤중 축삼시(丑三時)에 몰래 신사나 절에 참배하고 저주할 상대를 본뜬 짚인형을 신목이나 토리이 등에 못으로 박았다.

● 저주할 상대의 짚인형을 신목에 박는다

축시 참배는 한밤 축삼시(오전 2시~2시 반 사이)에 몰래 신사나 절에 참배하고 저주할 상대를 본뜬 짚인형을 신목이나 토리이 등에 못으로 박아 저주를 기원하는 의식이다. 「축시 참배」는 「축시 순례」라고도 하며, 「축시(우시노코쿠)」는 「우시노토키」라고도 읽는다.

축시 참배가 활발히 이루어진 것은 에도 시대인데, 요쿄쿠(※역자 주 : 謠曲, 노라쿠/能楽의 대사, 혹은 시나 노래)나 죠루리(※역자 주 : 淨瑠璃, 샤미센 연주를 반주로 공연하는 이야기), 우키요에(※역자 주 : 浮世絵, 에도 시대에 유행한 세속화) 등의 주제로 자주 거론되었다. 그것을 바탕으로 작법이나 의상도 결정되었다. 그것에 따르면 복장은 하얀 소복을 입고, 가슴에 거울을 걸고, 굽이 높은 게다를 신고, 머리는 풀어헤치고, 머리에 삼발이를 거꾸로 쓰고, 세 개의 초를 세운다. 그리고 결코 남의 눈에 띄지 않게 7일에 걸쳐 축시 참배를 한다. 그렇게 하면 마지막 7일째 인형에 못을 박은 곳과 똑같은 부위가 아파와 상대는 죽는다고 한다. 사용하는 못이나 인형에 절대적인 규정은 없지만 못은 가능한 한 커다란 철제로 된 5치의 못을 사용한다. 또 인형 안에 상대의 손톱이나 머리털을 넣으면 주력은 한층 더 강력해진다는 설이 있다.

야시로 본(本) 『헤이케 모노가타리』(검의 권)에, 질투하는 여자를 죽이기 위해 키후네다이묘진(貴船大明神)에 축시 참배를 하는 어떤 여자의 이야기가 있다. 그 결과 여자는 키후네다이묘진으로부터 계시를 얻는다. 그것은 긴 머리카락을 다섯 갈래로 감고, 송진으로 굳혀 다섯 개의 뿔을 만들고, 얼굴과 몸에 붉은 염료를 바른 다음, 머리에 철제 고리를 쓰고, 그 고리의 3개의 발에 횃불을 매달아 불을 밝히고, 21일 동안 반복하여 우지(宇治) 강에 몸을 담그라는 내용이었다. 여자가 그 말대로 하자 마지막 날 그녀 자신이 결국 귀신이 되어 질투하던 여자는 물론이고 그 관계자들까지 차례차례 죽일 수 있었다. 이것이 그 유명한 우지의 하시히메(橋姫)이다. 이 이야기에는 짚인형도 못도 등장하지 않지만, 여기에 묘사된 축시 참배로부터 훗날의 무서운 축시 참배로 발전해왔다고 여겨진다.

축시 참배

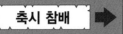

한밤중에 짚인형을 신사의 신목 등에 못으로 박는 저주의 의식

축시 참배는 에도 시대에 가장 왕성하게 행해져, 죠루리나 우키요에의 주제로 자주 사용되었어.

※오른쪽은 에도 중기 우키요에 화가 토리야마 세키엔이 그린 「축시 참배」.

축시 참배의 표준적인 복장

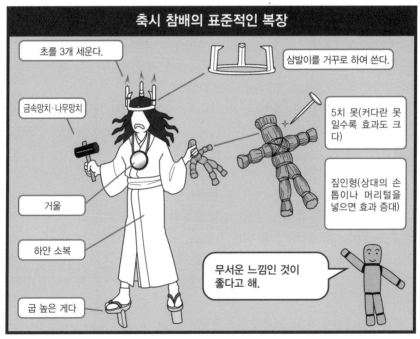

초를 3개 세운다.

삼발이를 거꾸로 하여 쓴다.

금속망치·나무망치

5치 못(커다란 못일수록 효과도 크다)

짚인형(상대의 손톱이나 머리털을 넣으면 효과 증대)

거울

하얀 소복

무서운 느낌인 것이 좋다고 해.

굽 높은 게다

용어해설

● 야시로 본 『헤이케 모노가타리』→『헤이케 모노가타리』의 사본 중 한 계통으로, 비파법사(琵琶法師)가 사용하기 위한 대본으로 쓰인 가장 오래된 사본.

음침의 법

음침(蔭針)의 법은 축시 참배와 마찬가지로 인형을 사용한 주법이며, 신도·고신도(古神道)의 세계에서 스쿠나비코나노미코토의 비전으로 여겨지는 저주법이다.

●신도에 전해지는 스쿠나비코나노미코토의 비전으로 여겨지는 저주법

음침의 법은 신도·고신도의 세계에서 **스쿠나비코나노미코토(少彦名命)**의 비전으로 여겨지는 주법이다. 인형을 사용한 흑마술로서 원적을 굴복시킬 때 이용할 수 있지만 그 외에도 질병 치유, 액땜, 인연 맺기, 인연 끊기 등에도 효험이 있었다고 전해진다.

준비할 것은 침, 다다미, 인형이다. 침의 재질은 금, 은, 혹은 철이 좋고, **갑자일** 해가 뜰 시각에 완전히 정화한 모루를 이용하여 만든다. 길이는 전부 4치 8분, 머리 부분의 폭은 4분이다. 침의 종류는 양침(陽針) 하나, 음침(陰針) 하나, 그 외 8개이다. 다다미는 2장 준비한다. 한 장은 길이 8치, 폭 5치, 두께 1치 8분. 다른 한 장은 길이 8치, 폭 5치, 두께는 4분이다. 2장 모두 다다미의 사방 테두리에 야마토니시키(※역자 주：大和錦, 일본제 비단)의 붉은 옷감을 이용한다. 인형은 2장의 한시(※역자 주：半紙, 일본 전통지의 규격. 가로세로 약 1척 3치와 2척 3치)를 접어서 만든다. 인형의 크기는 2장의 다다미 사이에 완전히 가려질 수 있도록 한다.

의식 전에는 제사용 책상에 인형, 침, 다다미를 놓고, 신에게 2번 절하고 2번 박수를 친다. 다음으로 재계(齋戒)하여 자기 자신의 몸을 정화한 후 스쿠나비코나노미코토의 혼을 부른다.

그 후 두께 1치 8분의 다다미 위에 인형을 두고, 그 위에 두께 4분의 다다미를 올린다. 침을 양손에 들고, 목적을 떠올리고, 다음으로 침을 배꼽 부근으로 가져가 마음을 담는다. 오른손으로 침을 들고 왼손으로 침 끝을 다다미 위에 댄다. 그리고 원한을 풀고 싶은 상대가 있을 때는 「금염(禁厭)의 일념을 통한 신의 침. 원적 조복.」하고 3번 읊고, 기백이 가장 높아진 순간에 단숨에 침을 다다미에 꽂아 그 침이 인형의 머리를 관통하도록 한다. 이렇게 침을 하나 박은 후 다음 침을 들고 두 손으로 드는 부분부터 마음이 풀릴 때까지 반복한다.

의식 후는 바람이 성취될 때까지 침을 빼지 않고 둔다. 그리고 바람이 이루어진 후에 「압빠레, 아나오모시로시, 아나타노시, 아나사야케오케」하고 카구라의 비문을 읊으며 침을 뺀다. 마지막으로 인형은 불태우고 그 재는 바다나 강에 흘려보낸다.

음침의 법

음침의 법이란? ➡
- 신도 · 고신도의 스쿠나비코나노미코토의 비전
- 인형을 사용한 원적 조복의 흑마술
- 질병 치료, 액땜, 인연 맺기, 인연 끊기에도 효험

준비물과 사용법

준비물

침

양침   음침   그 외

금, 은, 혹은 쇠를 재료로 만든다.

다다미

길이 8치, 폭 5치, 두께 1치 8분과 4분 다다미 2장.

인형

天
心
地

2장의 다다미 사이에 들어갈 크기의 한시제 인형.

사용법

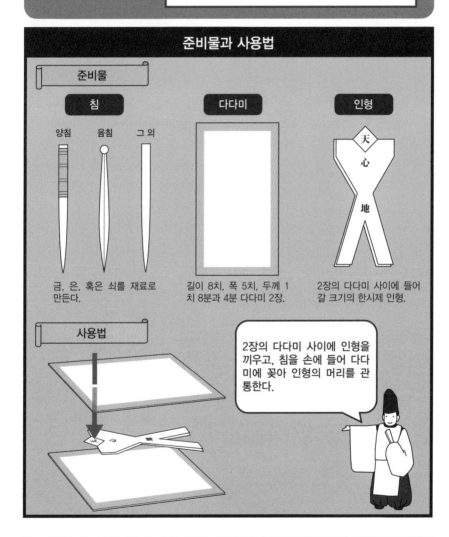

2장의 다다미 사이에 인형을 끼우고, 침을 손에 들어 다다미에 꽂아 인형의 머리를 관통한다.

용어해설
- **스쿠나비코나노미코토**→일본 신화에서 오오쿠니누시노미코토(大国主命)의 건국에 협력한 신. 상세(常世)의 신이지만 술, 의약, 주문 등의 신으로도 알려져 있다.
- **갑자일**→갑자(甲子)는 간지(干支) 조합의 첫 번째 날이며, 갑자의 날은 길일로 여긴다.

이누가미의 주법

이누가미(犬神)의 주법은 개의 영을 집안의 신으로 모시고 그 영을 자유자재로 조종하여 타인의 부를 빼앗아 자신의 집을 부유하게 만드는 흑마술이다.

●개의 혼백을 사역하는 고독법(蠱毒法)의 일종

시코쿠의 이자나기 류 등에 전해지는 이누가미의 주법은 중국에서 실천되었던 고독법의 흐름을 받아들인 것으로, 개의 영을 조작하여 타인에게 손해를 입히고 주인의 집을 부유하게 만드는 흑마술이다. 이누가미는 집에 빙의하는 영이며, 그 집의 일원은 대대에 걸쳐 이누가미가 만족할 수 있도록 신으로 모셔야 한다. 그렇게 하는 한 이누가미는 그 집안에 부를 가져다주지만 형편없이 대우하면 집안에게 재액을 내린다.

이누가미를 손에 넣기 위해서는 다음과 같은 과정을 밟아야 한다고 전해진다. 살아 있는 개를 목만 내놓고 땅에 묻어 굶긴다. 눈앞에 먹을 것을 놓고 굶주림이 극한에 달했을 때 목을 친다. 그 목을 북적이는 사거리 등에 묻고 수많은 사람들이 밟게 한다. 그 후 목을 꺼내 주물로서 받든다. 이것만으로도 이누가미는 그 사람의 것이 되고 주인은 그 영을 자기 뜻대로 조종할 수 있다. 바란다면 증오하는 상대를 죽이게 할 수도 있다.

하지만 이렇게 하여 한 번이라도 이누가미를 조종한다면 그자의 집에는 그 후 줄곧 이누가미가 정착하게 된다. 이러한 집을 이누가미 가계라고 하며, 그 집안의 자손이나 가족들도 모두 이누가미를 조종할 수 있게 된다. 그 대신 대대에 걸쳐 이누가미를 모셔야만 한다.

이누가미로 받들어진 개의 영은 시코쿠의 벽촌에서는 쥐나 족제비 정도의 크기라고 전해진다. 그리고 이누가미가 씐 가계는 여자아이가 한 명 태어나면 이누가미는 75마리씩 늘어난다고 여긴다. 또 이누가미 가계의 집에서 며느리를 들이면 그 며느리와 함께 이누가미도 따라와 시댁에도 이누가미가 정착하게 된다고 한다. 따라서 그 집에서도 이누가미를 받들어야 한다.

이누가미의 주법

이누가미란?

집안에 빙의하는 개의 영으로, 집을 부유하게 만들고 바람을 들어준다.

집에 빙의하는 개의 영.

대대에 걸쳐 모셔야만 한다.

집을 부유하게 만들어준다.

미운 상대에게 손해를 입히고 죽여준다.

이누가미 만드는 법

이누가미를 손에 넣는 방법은 굉장히 잔혹하여, 지금은 용납되지 않는다!

어? 뭐야!

이럴 수가~ 꼬륵~

계속 할 거야?

신이시다!

개를 목만 남도록 땅에 묻고 굶긴다.

먹이를 보이고 굶주림이 절정에 달했을 때 목을 벤다.

사거리에 묻고 많은 사람들이 밟게 한다.

파내어 주물로서 받든다. 이누가미는 그 사람의 것이 된다.

음양도의 식신과 주살

헤이안 시대의 음양사들은 식신을 주물에 빙의시키고, 그것을 적의 집 마루 아래에 묻어 적을 병들게 하거나 죽일 수도 있었다.

●음양사들이 사역한 식신의 정체는?

식신(式神, 시키가미)이란 헤이안 시대의 음양사들이 자유롭게 조종했던 귀신(무서운 신령)이다. 인간이나 동물, 혹은 요괴 등 다양한 모습을 취할 수 있었는데, 눈에 보이지 않는 것도 있다. 음양사는 식신을 저주에만 사역하는 것이 아니었지만, 저주에 이용할 때에는 식신은 주물처럼 이용되었다. 즉 어떤 물건에 식신을 빙의시키면 주물이 완성되는 것이다. 이때 이용되는 물건은 토기, 키리가미(切紙), 모발, 떡 등 뭐든지 상관없었다.

『**우지슈이모노가타리**(宇治拾遺物語)』(권11의3속 「세이메이 개구리를 죽이다」)에 다음과 같은 이야기가 있다. 헤이안 시대의 관료 음양사 아베노 세이메이가 어떤 승려의 저택에 갔을 때, 함께 있던 젊은 중들이 「당신은 식신을 쓸 수 있다고 하던데, 곧바로 사람을 죽일 수 있습니까?」 하고 물었다. 세이메이는 「간단히는 할 수 없습니다만, 조금 힘을 주면 할 수 있지요. 벌레라면 간단합니다.」 하고 대답했다. 그러자 중들이 「그렇다면 연못가에 있는 개구리 한 마리를 주살해주십시오.」 하고 말했다. 세이메이는 내키지 않았지만 풀잎을 따 주문을 왼 다음 개구리 쪽으로 던졌다. 그러자 풀잎이 개구리 위에 떨어지나 싶더니, 개구리가 납작하게 짜부라지고 말았다. 즉 풀잎에 식신이 빙의하여 개구리를 죽인 것이다. 그 광경을 본 자들은 모두 간담이 서늘해졌다고 한다.

하지만 이것은 일반적인 방법이 아니다. 음양사들이 식신이 씐 주물을 사용할 때 가장 일반적인 방법은 주물을 땅에 묻는 것이었다. 묻는 장소는 저주의 목표가 될 인물이 생활하는 가옥의 마루 밑이나 우물 바닥, 혹은 그 인물이 방문하는 사원 등의 경내 어딘가이다. 그렇게 하면 그 인물이 왔을 때 식신이 움직여 그 인물에게 저주를 건다. 그 결과 그 인물은 병에 걸리거나 목숨을 잃는다.

음양도의 식신과 주살

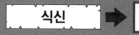 식신 ➡ 음양사가 조종하는 귀신

사람, 동물, 요괴 등 다양한 모습이 있다.

식신과 주물

식신을 저주에 쓸 경우는 식신을 물건에 빙의시켜 주물로 이용한다.

식신   빙의

물건

토기   키리가미

떡   머리카락

주물

이누가미 만드는 법

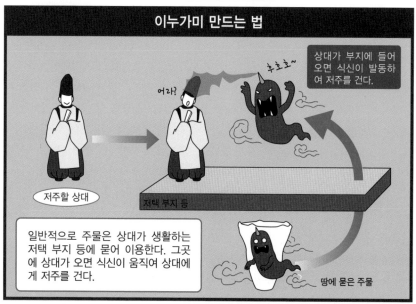

상대가 부지에 들어오면 식신이 발동하여 저주를 건다.

어라?

후호호~

저주할 상대

저택 부지 등

일반적으로 주물은 상대가 생활하는 저택 부지 등에 묻어 이용한다. 그곳에 상대가 오면 식신이 움직여 상대에게 저주를 건다.

땅에 묻은 주물

용어해설

● 키리가미→종이를 잘라 어떠한 형태로 만든 것.
● 「우지슈이모노가타리」→13세기 전반 성립한 일본 설화집으로, 「콘쟈쿠모노가타리슈(今昔物語集)」와 나란히 설화문학의 걸작으로 꼽힌다.

129

식신 반사의 주술

적의 음양사에게서 식신의 저주를 받는다 하더라도, 식신 반사의 주술을 알고 있다면 식신을 돌려보내 적을 죽일 수 있었다.

●음양사를 덮치는 식신

음양사는 식신을 사용해 표적을 저주할 수 있지만, 표적이 된 인물에게도 대항수단이 있었다. 그것은 더욱 우수한 음양사에게 의뢰하여 적의 음양사가 보낸 식신을 반사하는 것이다. 이렇게 적의 저주를 저지할 수 있으면, 식신은 적에게 돌아가고 그 음양사는 자신이 보낸 식신에게 살해당하게 된다.

『우지슈이모노가타리』(권2의8, 「세이메이, 쿠로도 소장을 봉인하다」)에 바로 그러한 이야기가 있다. 어느 날 쿠로도도코로(※역자 주 : 蔵人所, 궁중의 경호와 비서업무를 담당하던 곳)의 관료이자 근위소장이었던 사람이 다이리(内裏, 천황 거주구)에 가려는 참에, 그 위에 까마귀가 날아와 똥을 누었다. 그 모습을 아베노 세이메이가 보고 「젊고 훌륭한 인물인데도 저주를 받았구나. 저 까마귀가 바로 식신이다.」하고 간파했다. 거기서 세이메이는 곧바로 소장에게 다가가, 식신의 저주를 받았으니 내버려두면 목숨이 위험하다고 설명했다. 소장이 놀라며 도와달라고 요청했고, 세이메이는 소장과 함께 곧바로 자택을 방문했다. 세이메이는 소장을 안고, 미가타메(身固め)의 법을 사용하여 밤새도록 주문을 외며 가지기도를 올렸다. 그러자 동틀 녘, 사람이 찾아왔다. 그것은 소장을 저주한 음양사의 사자였고, 다음과 같은 사정을 설명했다. 사실 소장에게는 쿠로도 5위 지위에 있는 동서가 있었다. 한 집에서 살았지만 집에서는 소장에게만 관심을 가지고 동서는 하찮게 보았다. 그것을 원망한 동서가 음양사에게 의뢰하여 식신을 사용해 소장을 저주해 죽이려 했다. 하지만 세이메이가 기도를 해서 식신이 돌아오는 바람에 지금은 그 음양사 자신이 식신에게 당해 죽을 위기라는 것이다. 그리고 이것은 나중에야 알게 된 일인데, 그 음양사는 그대로 죽어버렸다고 한다.

이렇게 우수한 음양사는 저주받은 자를 지키는 미가타메의 법으로 식신을 되돌리고 저주를 건 음양사를 죽일 수도 있었다.

식신 반사의 주술

| 식신 반사 | ➡ | 적이 보낸 식신을 적에게 되돌리는 마술 |

가랏!

예잇!

슝~

죽여주마~

식신 반사!

펑!

끄엑!

우수한 음양사는 적이 보낸 식신을 격퇴하여 되돌려 보내고, 그 결과로 적을 죽일 수 있었다.

● 아베노 세이메이의 미가타메의 법

| 미가타메의 법 | ➡ | · 몸의 안전을 기원하는 호신의 주술
· 식신의 공격을 막고 식신을 반사한다. |

와아, 다가갈 수가 없어~!

식신에게 걸린 사람을 안고 밤새 주문을 외며 가지기도를 드린다. 동이 틀 때까지 지켜내면 식신은 격퇴되고 그 결과 식신 반사가 이루어진다.

이자나기 류 『염매』의 법

고대 음양도의 흐름을 따라 고치 현 벽촌에 지금도 전해지는 민간종교 이자나기 류의 저주 인형은 1 년의 달마다 다른 재료를 이용한다.

●고대 음양도의 흐름을 따르는 「짚인형」의 저주

이자나기 류 염매(厭魅)의 법은 인형을 이용해 사람을 저주하는 저주법 중 하나이다.

이자나기 류는 고치 현 카미 부 모노노베 마을에 전승되는 민간종교로, 고대 음양도 의 흐름을 이어가는 종교이다.

인형을 이용한 저주법은 수없이 많지만 이자나기 류의 특징은 1년 중 달마다 인형 의 재료가 달라진다는 것이다.

구체적으로는 정월은 소나무, 2월은 띠, 3월은 복숭아꽃, 4월은 보릿짚, 5월은 푸른 잎, 6월은 병꽃나무의 꽃, 7월은 싸리, 8월은 벼의 잎, 9월은 국화, 10월은 겨자, 11 월은 백지, 12월은 얼음이다.

단, 이들 재료는 꼭 필요한 것은 아닌 듯 일반적인 짚인형을 대신 써도 된다.

인형을 괴롭히는 방법으로는 「산(杣)법」, 「천신(天神)법」, 「침법」 3종류가 있다.

산법은 목공이 목재에 선을 그을 때 사용하는 스미츠보(墨壺)의 먹실을 활의 현으로 삼고, 밑에 둔 인형에게 끝이 뾰족한 작은 화살을 쏘는 것. 천신법은 모루 위에 인형을 두고 쇠망치로 두드리는 것. 침법은 쇠망치로 인형에게 침이나 못을 박는 것이다. 인 형을 괴롭히기 전에는 땅에 머리를 문지르고 또 하늘을 우러러보며 「나는 잘 되리라, ○○(적의 이름)은 잘못되리라, 그 자손은 끊길지어다」하고 큰 목소리로 되풀이한다. 그리고 증오를 담아 몇 번이고 집요하게 인형을 괴롭히면 된다.

이렇게 하여 증오하는 표적을 저주해 죽일 수 있는 것은 물론, 그 자손에게까지 고 통을 안겨줄 수 있다.

하지만 만약 저주를 받은 자가 저주한 자보다 강력한 주력을 가진 기도사를 고용해 저주를 반사할 경우, 보냈던 저주는 배가 되어 돌아오니 주의가 필요하다.

이자나기 류 『염매』의 법

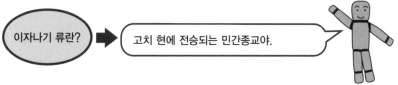

| 이자나기 류 염매의 법 | ➡ | 인형을 이용한 저주법 |

이자나기 류란? ➡ 고치 현에 전승되는 민간종교야.

● 각 달마다 정해진 인형의 재료

이자나기 류 염매의 법에는 각 달마다 인형의 재료가 아래의 표처럼 정해져 있어.

1월	소나무	2월	띠	3월	복숭아꽃	4월	보릿짚
5월	푸른잎	6월	병꽃나무의 꽃	7월	싸리	8월	벼의 잎
9월	국화	10월	겨자	11월	백지	12월	얼음

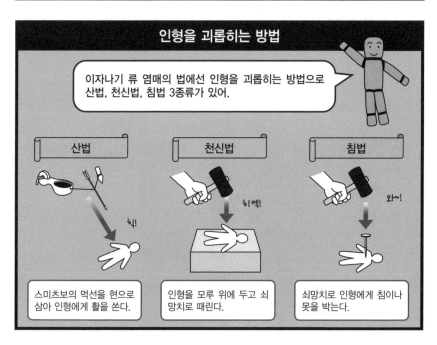

인형을 괴롭히는 방법

이자나기 류 염매의 법에선 인형을 괴롭히는 방법으로 산법, 천신법, 침법 3종류가 있어.

산법	천신법	침법
히!	히엑!	와~!
스미츠보의 먹선을 현으로 삼아 인형에게 활을 쏜다.	인형을 모루 위에 두고 쇠망치로 때린다.	쇠망치로 인형에게 침이나 못을 박는다.

최마원적법

최마원적법(摧魔怨敵法)은 주로 국가나 일족을 멸망시키기 위해 행해졌던 밀교 마술 중에서도 강력한 주법인데, 때로는 개인을 주살하기 위해서도 이용되었다.

●다수의 신의 힘으로 적대국가나 일족을 멸한다

최마원적법은 주로 적대하는 국가나 일족을 멸하기 위해 행해지는 밀교의 마술 중에서도 강력한 부류의 주법이다. 때로는 개인을 주살하기 위해서도 행해졌으며, 다른 이름으로 전법륜법(転法輪法)이라고 한다. 쿠카이가 중국에서 수입한 『전법륜보살최마원적법(轉法輪菩薩摧魔怨敵法)』을 원전으로 진언종 **토미츠** 이류 중, 오노 류의 시조 진카이(951~1046년)가 처음으로 실천하였다고 한다. 호겐의 난(1156년) 때에는 고시라카와 덴노의 명령으로 실천되어 적대하는 스토쿠 덴노의 세력을 물리쳤다고 전해진다.

이 의식을 행하기 위해서는 우선 전법륜통이라고 불리는 높이 18cm, 직경 4cm의 원통을 만든다. 전법륜통의 재료는 님나무(소태나무)가 이상적이지만, 오동나무나 대나무, 금속제도 가능했다고 한다.

다음으로 저주에 이용할 적의 종이인형을 준비한다. 이 종이인형은 머리나 배 부분을 부동명왕에게 밟게 한 후에 그 부분에 적의 씨명을 적어둔다.

준비가 되면 조복용 삼각로를 둔 호마단(護摩壇) 중앙에 전법륜통을 배치하고 의식을 시작한다. 안실향(安悉香)을 피우고 멸하고 싶은 적의 종이인형을 접어 통 안에 넣는다. 최마원적법의 본존에 빌며 **십육대호(十六大護)의 신** 등을 권청(※역자 주:勸請, 신불의 강림을 비는 행위)하고, 관상(※역자 주:觀想, 신불을 떠올리며 인식하는 행위)으로 다수의 신과 일체화하여 적을 멸망시킨다. 최마원적법의 본존은 미륵보살, 대위덕명왕, 항삼세명왕 등의 여러 가지 설이 있는데, 어떤 본존을 이용해도 좋다고 한다.

신을 부르기 위한 진언은 「노우마크사만다 보다난 아크 산바타라 파라 치카타 보타 갸탄크샤 보우지샤리야 하리호라캬 소바라」이다.

이상으로 의식은 끝나며, 의식을 마친 뒤에는 인형을 꺼내 삼각로에 넣고 소각한다.

최마원적법

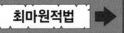

최마원적법 ➡️ · 국가나 일족을 멸하기 위한 강력한 주법
· 개인의 주살에도 사용할 수 있다.

최마원적법의 사용법

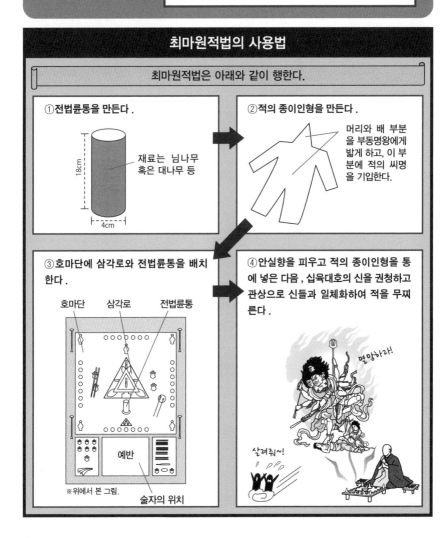

최마원적법은 아래와 같이 행한다.

①전법륜통을 만든다.

재료는 님나무
혹은 대나무 등

18cm
4cm

②적의 종이인형을 만든다.

머리와 배 부분을 부동명왕에게 밟게 하고, 이 부분에 적의 씨명을 기입한다.

③호마단에 삼각로와 전법륜통을 배치한다.

호마단   삼각로   전법륜통

예반

※위에서 본 그림.

술자의 위치

④안실향을 피우고 적의 종이인형을 통에 넣은 다음, 십육대호의 신을 권청하고 관상으로 신들과 일체화하여 적을 무찌른다.

멸망하라!

살려줘~!

용어해설
●토미츠(東密)→진언종의 밀교를 가리킨다. 쿠카이가 도지(東寺)를 본거지로 삼았기 때문에 이렇게 불린다. 헤이안 시대 중기에 히로사와 류와 오노 류의 이류로 나뉜다.
●십육대호의 신→국가의 수호신이라고 여겨진 비수갈마(毘首羯摩), 각비라(却比羅), 법호(法護) 등의 16신.

육자경법

육자경법(六字経法)은 천호(天狐), 지호(地狐), 인형의 형태를 가진 삼류형(三類形)을 조복로(調伏爐)로 불태워 행하는 밀교의 흑마술로, 헤이안 시대의 황족이나 귀족의 권력투쟁에 종종 이용되었다.

●천호 · 지호 · 인형의 상을 불태워 저주하는 흑마술

육자경법은 육자명왕(六字明王)을 본존으로 받들고 증오하는 적을 저주해 죽이기 위한 밀교의 주법이다. 육자명왕 대신 육관음(성관음, 천수관음, 마두관음, 십일면관음, 준제관음, 여의륜관음)이나 성관음을 본존으로 하는 경우도 있다. 종종 헤이안 시대의 황족이나 귀족의 권력투쟁에 이용되었는데, 12세기 전반에는 고후쿠지(興福寺) 세력과 대립한 토바 덴노가 육자경법의 실천을 부하에게 명하여 적을 저주했다는 기록이 남아 있다.

방법은 다음과 같다. 육자명왕을 본존으로 삼는다면 육자명왕의 그림을 걸고, 그 앞에 호마단과 조복용 삼각형 호마로를 설치한다. 조복용 호마목(약목(若木), 나무뿌리 등)을 화로 안에서 태운다. 육자명왕의 진언 「온 갸치갸치 갸비치 칸쥬칸쥬 타치바치 소와카」를 되풀이해 외며 본존을 부른다.

미리 천호(솔개), 지호(개), 인형(저주할 상대)의 형태를 가진 삼류형을, 각 7장, 합계 21장 용기에 준비해두고, 진언을 외며 호마로에 전부 태운다. 삼류형에는 모든 저주하고 싶은 상대의 이름을 먹으로 써둔다. 태운 재는 용기 안에서 꺼내 보존한다. 호마단 위에 화살을 준비하고, 갈대 화살을 동, 남, 서, 북, 상, 하 순으로 여섯 방향으로 쏜다. 이상이 하루 분량의 의식이고, 이것을 7일 동안 행한다. 그 후 저주의 의뢰주에게 삼류형을 태운 재를 보내, 뜨거운 물에 풀어 마시게 한다.

이것으로 모든 의식은 끝이 나고, 나머지는 적이 죽는 것을 기다리기만 하면 된다.

여기서 서술한 육자경법은 진언종의 방식인데, 천태종에는 이것에 대항하기 위해 발명된 「육자하림법(六字河臨法)」이라는 주법이 있다. 이것은 배 위에서 육자경법을 행하는 것으로, 삼류형을 강에 던져 적을 저주해 죽인다.

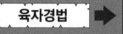

육자경법

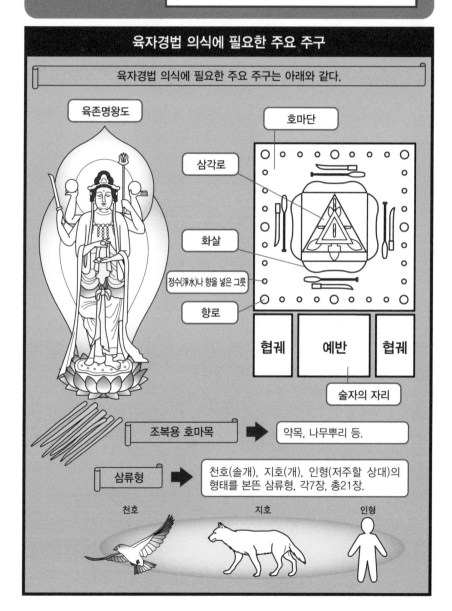

| 육자경법 | ➡ | · 육자명왕을 본존으로 모신 밀교의 주살술
· 헤이안 시대의 권력투쟁에 자주 이용되었다. |

육자경법 의식에 필요한 주요 주구

육자경법 의식에 필요한 주요 주구는 아래와 같다.

육존명왕도

호마단

삼각로

화살

정수(淨水)나 향을 넣은 그릇

향로

협궤

예반

협궤

술자의 자리

조복용 호마목 ➡ 약목, 나무뿌리 등.

삼류형 ➡ 천호(솔개), 지호(개), 인형(저주할 상대)의 형태를 본뜬 삼류형, 각7장, 총21장.

천호

지호

인형

대위덕명왕 조복법

대위덕명왕(大威德明王)의 조복법은 전승기원이나 악마항복 등을 목적으로 자주 이용되었는데, 개인의 주살에도 응용할 수 있는 무서운 흑마술이기도 하였다.

● 악인을 주살하고 남녀를 이별시키는 밀교의 비의

대위덕명왕은 오대명왕 중 일존으로 밀교의 신이다. 6개의 머리, 18개의 눈, 6개의 팔, 6개의 다리를 가지고, 물소에 탄 모습의 상으로 잘 알려져 있다. 오대명왕 중에서도 특히 무서운 신이며 그 조복법은 전승기원이나 악마항복 등을 목적으로 자주 이용되었다. 예를 들어 **타이라노 마사카도**가 동쪽에서 난을 일으켰을 때, 쿄토 야사카 호칸지(法観寺)의 죠조가 대위덕명왕법을 행했다. 그 결과 타이라노 마사카도의 난은 순식간에 진압되었다고 한다.

하지만 대위덕명왕의 조복법은 인간을 주살하는 데도 응용이 가능하여, 그런 의미에서는 무시무시한 흑마술이기도 하다.

인간을 주살할 때의 방법은 아래와 같다. 우선 호마단을 남향으로 만들고, 그 위에 조복용 정삼각형의 호마로를 배치한다. 그리고 호마단의 앞에 대위덕명왕의 그림을 건다.

뒤이어 아래 의식을 행한다.

대독고인(大独鈷印)을 맺고 진언 「온 슈치리 캬라로하 운켄 소와카」를 1만 번 왼다.

끝나면 점토로 적과 닮은 인형을 만들어, 호마단에 위로 향하도록 눕힌다.

적당한 길이의 끝이 뾰족한 쐐기를 5개 준비해 동물의 똥을 바른다.

쐐기 두 개를 인형의 좌우 어깨에, 두 개를 양쪽 정강이에 박는다. 나머지 하나는 심장에 박는다. 하나씩 찌를 때마다 진언을 108번씩 왼다.

다시 호마단 앞에 앉아 안실향을 피우고 진언을 1만 번 왼다.

이렇게 하면 증오하는 상대는 입에서 피를 토하며 죽는다.

하지만 이 정도의 의식으로도 충분하지 않다고 생각되면, 쐐기를 박은 인형을 쇠망치로 산산조각 내면 된다. 이렇게 하면 증오하는 상대는 한층 더 확실하게 죽음에 이른다고 한다.

대위덕명왕 조복법

 대위덕명왕법
· 전승 기원, 악마항복의 주법
· 개인의 주살에도 유효

타이라노 마사카도 난의 진압에도 이용되었다.

대위덕명왕법으로 개인을 주살하는 방법

대위덕명왕법으로 개인을 주살하는 방법은 아래와 같다.

①조복용 호마단을 설치하고, 그 앞에 대위덕명왕의 그림을 건다.

②대독고인을 맺고 진언 「온 슈치리 캬라 로하 운켄 소와카」를 1만 번 왼다.

 대독
고인

③적과 닮은 점토인형에 동물의 똥을 바른 쐐기를 5개 꽂는다.

④호마단 앞에 앉아 안실향을 피우고 진언을 1만 번 왼다.

이상으로 미운 상대는 입에서 피를 토하고 죽는다고 한다.

대위덕명왕

점토 인형

용어해설
● **타이라노 마사카도**→칸무 덴노의 피를 이은 헤이안 중기의 칸토 방면 호족으로, 동쪽 지역의 독립을 표방하고 반란을 일으켜 조정과 대립했다.

항삼세명왕 조복법

증오하는 상대를 단순히 죽이는 것만이 아니라 공포와 불안에 시달리게 하거나 질병에 걸려 괴롭게 하거나 가사상태로 빠뜨릴 수 있는 밀교의 주법.

●증오하는 적을 공포와 불안으로 괴롭히고 주살한다

항삼세명왕(降三世明王)의 조복법은 미운 상대를 단순히 죽이는 것만이 아니라 공포와 불안으로 괴롭히거나 병에 걸리게 하거나 가사상태에 빠뜨릴 수 있는 밀교의 주법이다. 항삼세명왕은 대위덕명왕과 마찬가지로 오대명왕 중의 일존으로, 3개의 얼굴과 8개의 팔을 가지고 머리털을 불꽃처럼 곤두세운 무서운 모습을 한 명왕이다. 일설로 대일여래의 화신이라고도 불린다.

항삼세명왕의 조복법을 행하기 위해서는 다음과 같은 준비를 해야 한다. 즉 49일 동안 5곡(쌀, 보리, 밤, 콩, 조)과 소금을 끊고, 「온 손바 니손바운 바아라 운하타」라는 항삼세명왕의 진언을 10만 번 왼다. 이렇게 몸을 깨끗하게 하면 신의 가호를 얻을 수 있기 때문이다. 그리고 조복용 호마단을 남쪽을 향해 설치하고 그 앞에 항삼세명왕의 그림을 건다. 그리고 목적에 따라 다음 의식을 행한다.

증오하는 상대를 공포와 불안으로 괴로워하게 하기 위해서는 가시가 있는 나무를 준비하고 「온 손바 니손바운 갸리칸다갸리칸다운 갸리칸바하야운 아나우야코쿠하갸반 바자라 운하타」 하고 외며 나무를 태운다. 이것을 324번 행한다.

적을 병에 걸리게 하고 싶다면 조복용 호마단을 만든 후 근본진언 「온 아비라운켄 소와카」를 108번 왼다. 그리고 빨강과 검정 두 종류의 겨자를 1080알 태우며 적의 이름을 왼다.

적을 죽이고 싶을 때에는 화로 안에 적과 닮게 만든 인형과 그 이름을 적은 종이를 넣고 진언을 108번 외며 반드시 주살할 것을 빈다. 그리고 모래를 집어 인형에게 던지고 마지막에는 태워버린다. 이렇게 하면 적은 죽은 것처럼 가사 상태에 빠지며, 특별한 방법으로 소생시키지 않는 한은 이윽고 정말로 죽는다고 한다.

항삼세명왕 조복법

| 항삼세명왕의 조복법 | → | · 증오하는 상대를 주살하는 주법
· 공포와 불안으로 괴롭히거나, 병에 걸리게 하거나, 가사 상태에 빠뜨릴 수도 있다. |

항삼세명왕 이란?

· 대위덕명왕과 같은 오대명왕 중 일존.
· 3개의 얼굴과 8개의 팔, 불꽃처럼 곤두선 머리카락을 가졌다.
· 대일여래의 화신이라고도 불린다.

항삼세명왕의 주살법

적을 주살하는 항삼세명왕법은 아래와 같이 행해졌다.

①49일 동안 5곡(쌀, 보리, 밤, 콩, 조)과 소금을 끊고, 항삼세명왕의 진언 「온 손 바 니손바운 바아라 운하타」를 10만 번 외며 몸을 정갈하게 한다.

②조복용 호마단을 남쪽을 향해 설치하고 그 앞에 항삼세명왕의 그림을 건다.

③조복용 삼각로 안에 적과 닮게 만든 인형 과 그 이름을 적은 종이를 넣고, 진언을 108 번 외며 반드시 주살할 것을 바란다.

조복용 삼각로

④모래를 집어 인형에게 던지고 마지막에는 태워버린다.

비사문천 주살법

비사문천(毘沙門天) 주살법은 권력을 거스르는 자나 극악한 범죄자에게 강력한 힘을 발휘하지만, 상대에 따라 의식을 변형해야 한다.

● 비사문천의 그림을 직접 그려 저주한다

비사문천 주살법은 비사문천을 본존으로 삼고 증오하는 적을 주살하는 밀교의 주법이다. 권력을 거스르는 자나 극악한 범죄자에게 큰 힘을 발휘하지만 상대에 따라 의식을 변형해야 하는 특징이 있다. 비사문천은 다문천(多聞天)이라고도 불리며 불교의 수호신을 대표하는 사대천왕의 일존이며, 북방을 수호하는 무신(武神)이다.

비사문천 주살법은 다음과 같다. 우선 왼손에 삼지창을 들고 오른손을 허리에 댄 비사문천의 모습을 직접 그린다. 또 비사문천의 곁에서 그를 모시는 나타태자(那吒太子)와 발치에 앉은 야차(夜叉)를 그린다.

누구도 볼 수 없는 땅을 골라 호마단과 삼각형 조복로를 설치하고, 그 앞에 비사문천의 그림을 건다. 조복단에는 각종 꽃을 장식하고 청결한 의복을 입고 향을 피운다.

주살의 의식은 달이 이울어 완전히 보이지 않게 된 밤에 개시한다. 증오하는 적을 타도하는 저주의 다라니(陀羅尼, 주문)「온 치샤나베이시라 마도야마카라샤야야크카샤 치바타나마크바가바테이마타라하타니 소와카」를 30만 번 왼다. 그리고 향을 피우고 본존상을 공양한다.

이 이후는 저주하는 상대에 따라 다른 의식을 행한다.

국가에 대한 반역자를 주살할 때는 솔잎을 삼각로에 태운다. 그리고 「바자라치시츠반」 하고 외며 상상의 세계에 들어가 적의 머리와 심장을 금강저(金剛杵)로 찌른다.

폭력적인 극악인을 주살할 때는 조복의 주문을 외며 님나무를 삼각로에 태운다. 그리고 님나무를 끓인 즙에 황토를 섞어 적의 인형을 7개 만들고 동체에 저주하는 상대의 이름을 쓴다. 이 인형을 하루 한 개씩 불 속에 던져 태우면 된다.

비사문천 주살법

 비사문천 주살법 ➡️ 비사문천을 본존으로 모셔 적을 주살한다.

⬇️

권력을 거스르는 자나 극악한 범죄자에게 절대적인 힘

비사문천 주살법의 순서

비사문천 주살법은 아래와 같은 순서로 행해진다.

 ①직접 비사문천의 그림을 그린다.

⬇️

 ②누구도 볼 수 없는 곳에 조복용 호마단을 설치하고 그 앞에 비사문천의 그림을 건다.

⬇️

 ③달이 이울어 완전히 보이지 않는 밤, 의식을 시작한다. 저주의 다라니를 30만 번 외고, 본존상을 공양한다.

⬇️

 ④반역자를 주살할 경우, 솔잎을 삼각로에 태우고 금강저로 적을 없애는 장면을 관상한다.

⬇️

⑤극악인을 주살할 경우, 님나무를 태우고 적의 인형 7개를 하루에 한 개씩 불에 던져 태운다.

비사문천상. 앉아 있는 것은 야차. 모시는 것은 나타태자.

금강저

님나무 = 가시가 돋친 나무나 악취가 나는 나무.

귀자모신 저주법

사랑의 획득, 수복, 인연 맺기 등의 힘이 있다고 여겨지는 귀자모신(鬼子母神)의 환희모법(歡喜母法) 중에 있는, 사악한 적을 없애기 위한 무서운 저주법이란?

● 인간의 아이를 먹어치운 야차와 같은 흑마술

귀자모신은 인도명으로 하리티(訶梨帝)라고 하며, 별명으로 하리제모(訶梨帝母), 환희모(歡喜母) 등이 있는 신이다. 원래는 인간의 아이를 빼앗아 먹는 것으로 두려움을 샀던 야차였지만, 붓다에게 혼이 나고 불법에 귀의하여 유아의 수호신이 되었다는 신이다. 그와 같은 신이기에 그 이름을 가진 밀교의 환희모법은 보통은 사랑의 획득, 수복, 인연 맺기 등에 힘을 가진 마법이다.

하지만 그런 귀자모신의 환희모법 중에도 무서운 흑마법인 조복의 저주도 포함되어 있다. 이것은 끊임없이 이쪽을 협박하는 엄청나게 사악한 적을 없애기 위한 것이다. 심지어 그냥 없애는 것이 아니라, 적의 가족 전원이 광란 상태에 빠지고 서로를 증오하며 욕하고 때리고 나아가서는 죽여서 대가 끊기는 상황을 일으킬 수 있는 무서운 저주이다.

이 마술 의식은 다음과 같다. 우선 묘지 등에서 인간의 두개골 하나를 훔친다. 살아 있을 때 가능한 한 질투가 심했던 인간의 것이 좋다. 이 두개골에 피갑(被甲)의 인계(※역자 주 : 印契, 손가락을 모아 부처나 보살의 깨달음을 나타내는 손 모양)를 맺고 귀자모신의 다라니(주문) 「노우모라치노우치라야 다모가리치에이 마카야카시테이 (중략) 바리바테이 네이치라카츠치 사츠바키츠바카라다에이 소우카」를 21번 왼다. 그 후 두개골을 증오하는 적이 사는 저택 어딘가에 숨긴다. 그것만으로 적의 일가에 무서운 상황이 일어나게 된다.

하지만 저주받은 적이 너무 무서운 나머지 포기하고 개심한 뒤 용서를 빌 때는 저주를 풀어주는 것이 중요한 마음가짐이라고 한다. 저주를 푸는 것은 귀자모신의 주문을 21번 왼 후 적의 저택에 숨겼던 두개골을 회수하고 원래 있던 곳에 되돌려놓으면 된다. 이것으로 적은 저주에서 해방된다.

귀자모신 저주법

귀자모신 저주법 적의 가족 전원을 서로 미워하게 만들고 죽이게 만드는 무서운 흑마술

귀자모신 저주법의 의식

귀자모신의 저주법은 아래와 같이 행한다.

①흉포하고 질투 깊었던 인간의 두개골을 하나 준비한다.

②두개골에 피갑의 인계를 맺고 귀자모신의 다라니를 21번 왼다.

③두개골을 적이 사는 저택 어딘가에 숨기면 적의 일가에 무서운 상황이 일어난다.

④저주를 풀기 위해서는 귀자모신의 주문을 21번 외고 적의 저택에 숨겼던 두개골을 회수해 원래 장소에 둔다.

귀자모신
임신·순산·자녀교육·부부원만 등의 영험이 있다고 전해진다.

피갑의 인계

귀자모신의 다라니

노우모라치노우치라야 다모가리치에이 마카야캬시테이 아포캬에이 사츠치에이하지네이 보타바리야에이 쟈다카리니에이 한사호치라 샤타하리바에이히리카라에이 바캬다사바사치바 노우반키리타에이 바캰바카리치에이 키리타이야바베이타이샤메이 보타테이쟈바니치 사바라타에니 바가반호라 라키샤시 바가반모시타시 하라호치라 비킨노우비노우야카 보리하산바니 타토라다라 만치라바다호라 카라샤에이 치니야타 시바타이 바리바테이 네이치라카츠치 사츠바키츠바카라다에이 소우카

구자법

일본에서 가장 널리 보급된 주법 중 하나로, 수험도나 음양도를 중심으로 전해지는 구자법(九字法)에는 구자인(九字印)을 맺는 것과 사종오횡인(四縱五橫印)을 긋는 것, 두 종류가 있다.

●조복법으로서도 활용할 수 있는 수험도의 호신법

구자법은 일본에서 가장 널리 보급된 주법 중 하나로, 수험도나 음양도를 중심으로 전해졌다. 중국의 도교에서 유래한 것으로, 4세기의 갈홍(葛洪)이 쓴『포박자(抱朴子)』에「육갑비주(六甲秘呪)」라는 마를 쫓는 주문이 있으며,「임병투자개진열전행(臨兵鬪者皆陣列前行)」이라고 구자를 외었다고 한다. 즉 원래는 호신법이었지만, 일본에 들어온 뒤에 호신법으로서만이 아니라 원적을 멸하는 유력한 조복법으로도 사용된 것이다.

일본의 구자 주문은『포박자』의 것과는 조금 다르다. 또 종파에 따라서도 사용되는 문자가 다소 다른데, 수험도에서는「임병투자개진열재전(臨兵鬪者皆陣列在前)」의 구자가 사용되었다.

구자의 방법에는 구자인을 맺는 것과 사종오횡인을 긋는 것, 두 가지가 있다.

구자인을 맺는 경우는 구자를 한 자 한 자 외며 각각의 문자에 대응하는 인을 맺는다. 인은 순서대로 금강고인(독고인), 대금강륜인, 외사자(외사자)인, 내사자(내사자)인, 외박인, 내박인, 지권인, 일륜(일광)인, 보병(은형)인이다.

사종오횡인을 긋는 것은 도인보(刀印寶) 혹은 조구자(무九字)라고도 불리는데, 손가락 두 개를 세운 검인(劍印)을 맺고 구자를 한 자 한 자 외면서 가로, 세로, 가로…… 하고 재빨리 허공을 격자형으로 긋는 것이다. 즉「임」이라고 외며 가로로,「병」이라고 외며 세로로,「투」라고 외며 가로로…… 라는 식이다.

어느 경우든 미운 상대를 향해 구자를 행하는 것으로 자신의 사념을 상대에게 보내 상대의 상태를 악화시킬 수 있다고 여겨진다.

구자를 사용해 상대를 저주하였지만 저주를 멈추고 싶다면「친키리캬하 하라하라 후요란바 소와카」하고 진언을 3번 외면 된다고 한다.

구자법

구자법	→	· 중국 전래의 구자 문자를 사용한 주법 · 원래는 호신법이지만 조복법으로도 이용된다.

구자 문자란?

임　병　투　자　개　진　열　재　전

구자법의 방법

구자법의 방법은 구자인을 맺는 것과 사종오횡인을 긋는 것, 두 가가 있다.

임 = 독고인

병 = 대금강륜인

투 = 외사자인

자 = 내사자인

개 = 외박인

진 = 내박인

구자인을 맺는 방법

구자를 한 자 한 자 외며 각각의 문자에 대응하는 인을 맺는다.

열 = 지권인

재 = 일륜인

전 = 보병인

사종오횡인을 긋는 방법

두 손가락을 세운 검인을 맺고, 구자를 한 자 한 자 외며 가로, 세로, 가로, 세로…… 하고 재빨리 허공에 격자를 긋는다.

검인

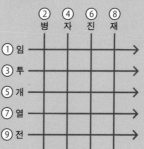

② 병　④ 자　⑥ 진　⑧ 재
① 임
③ 투
⑤ 개
⑦ 열
⑨ 전

사종오횡인의 순서

마리지천 은형법

마리지천(摩利支天) 은형법(隱形法)은 어떤 적에게서도 몸을 지킬 수 있는 호신법인데, 적을 조복하기 위한 마리지천 신편법과 조합하면 최강의 흑마술이 완성된다.

●반드시 안전한 흑마술을 실현하는 마리지천

마리지천은 신기루의 신이며 그 모습은 누구도 볼 수 없고 그 때문에 적의 공격을 받는 일도 없어 불사신이라고 여겨진다. 그 때문에 마리지천은 은형법(모습을 지우는 술법)의 수호신이라고도 여겨졌으며, 닌자나 무사 사이에서 크게 숭배되었다.

그런 마리지천을 마음속에 그리고 마리지천과 일체화하는 것으로 마리지천의 가호를 얻으려는 것이 수험도에 전해지는 마리지천 은형법이다. 즉 마리지천 은형법이란 마리지천을 관상(상상)하는 것으로 마리지천과 같이 신기루처럼 보이지 않는 존재가 되어 어떤 공격에서도 몸을 지킬 수 있는 수호법이다. 따라서 마리지천 은형법은 그것 자체로는 흑마술이라고 할 수 없다. 하지만 마리지천은 구자법의 본존이라고 여겨지는 신이며, 원적이나 악마의 조복에 절대적인 힘을 가진 신이기도 하다. 그리고 마리지천 신편법(No.070 참조)이라는 무서운 원적조복법의 본존이기도 하다.

그래서 이 마리지천 은형법을 같은 마리지천 신편법과 조합하면 한층 무서운 흑마술이 완성된다. 왜냐하면 이 두 주법으로 자기 자신은 절대로 공격을 받지 않는 안전한 장소에서 원적을 공격해 없앨 수 있기 때문이다.

그 방법은 특별히 어려운 것이 아니다. 마리지천 은형인을 맺고 마리지천의 진언 「나오마크 산마다 보다난 온 마리시에이 소와카」 하고 외며 자신이 마리지천의 몸 안에 들어가 마리지천과 일체화했다고 상상한다. 이렇게 하는 것으로 자기 자신이 신기루와 같은 존재가 되고, 아무에게게도 들키는 일 없이 마리지천 신편법을 사용할 수 있게 된다. 단지 은형법은 현실에서 모습을 지우는 술이 아니라 마음의 동요를 없애는 술이라고 전해진다.

마리지천 은형법

마리지천의
주법
- **은형법** → 자신의 모습을 보이지 않게 하는 최강호신법
- **신편법** → 무서운 조복법

이 두 가지를 조합하는 것으로 자신은 절대로 공격을 받지 않는 안전한 곳에서 적을 공격하여 없애는 최강의 흑마술이 완성된다.

모습이 보이지 않는
안전한 장소

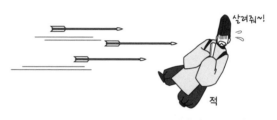

살려줘~!

적

마리지천 은형법의 방법

마리지천 은형법은 아래와 같이 행한다고 한다.

 ①마리지천 은형인을 맺고, 마리지천의 진언 「나 오마크 산마다 보다난 온 마리시에이 소와카」 하고 왼다.

마리지천

①동시에 자신이 마리지천의 몸 안에 들어가 마리지천과 일체화하였다고 상상한다.

마리지천 은형인

 ③이것으로 절대적으로 안전한 곳에서 마리지천 신편법을 행할 준비가 갖추어진다.

왼손 엄지를 감싸고 오른손으로 전체를 가린다.

마리지천 신편법

수험도에 전해지는 마리지천 신편법(神鞭法)은 종이에 적의 이름을 써서 봉 형상의 매로 찌르는 원적 조복법이며, 가장 기본적인 방법의 흑마술이다.

●원 안에 적의 이름을 쓰고 예리한 봉으로 마구 찌른다

마리지천 신편법은 수험도에 전해지는 조복법으로, 증오하는 적이나 악마를 파멸시키기 위한 주법이다. 마리지천은 신기루를 신격화한 신으로 삼면육비의 모습을 하고 있다 수험도에서 받드는 신불 안에서도 가장 무서운 본존이며, 특히 무사의 수호신으로 받들어온 신이다.

마리지천 신편법은 종이에 적의 이름을 쓰고 봉 형태의 매로 찌르는 가장 기본적인 방법의 흑마술이며, 방법은 매우 간단하다.

우선 붉나무의 가지 끝을 깎아 매를 만든다. 붉나무는 옻나무과의 식물로 산에 가면 어디에나 자라나 있는 흔한 식물이다. 이 붉나무의 가지를 잘라 길이가 30~50cm의 매를 만든다.

그것이 완성되면 매를 묵으로 적시고 종이 위에 원을 그린다. 원 안에 마리지천을 상징하는 마 자(字)와 자신의 실명을 적는다. 그리고 마리지천의 진언 「온 마리시에이 소와카」를 외며 자신이 삼족오(三足烏)가 되어 그 새가 다시 마리지천이 되는 것을 상상한다. 다음에 다시 원을 그리고, 그 안에 「파적(破敵)」이라 적고, 또 저주하고 싶은 상대의 이름을 적는다. 오른손으로 매를 들고, 왼손을 주먹 쥐고 허리에 댄 다음, 적의 이름을 3번 찌른다. 그리고 「온 마리시에이 소와카」를 1000번 반복해 외며 매로 적의 이름을 마구 찌른다. 그것이 끝나면 종이를 태워 버린다. 이 작업을 백 일이면 백 일이다 기간을 정하고 매일 행한다. 이렇게 하면 증오하는 적이나 악마를 파멸시킬 수 있다.

이때 마리지천 신편법을 실행할 경우, 그전에 반드시 마리지천 은형법(No.069 참조)을 실행해두어야 한다. 마리지천 은형법은 마리지천과 일체화하는 것으로 자신의 모습을 감추는 술법이며 자신이 하는 일을 비밀로 하는 효과가 있기 때문이다.

마리지천 신편법

마리지천 신편법 무사의 수호신·마리지천의 저주법

마리지천 신편법의 사용법

마리지천 신편법은 가장 기본적인 흑마술이며, 방법은 간단하다.

①붉나무의 가지 끝을 잘라 매를 만든다.

②매를 묵으로 적시고 종이 위에 원을 그린다. 원 안에 마리지천을 상징하는 마 자(字)와 자신의 실명을 적는다.

지

실명

③마리지천의 진언을 외고 자신이 삼족오가 되고, 그 새가 다시 마리지천이 되었다고 상상한다.

④원을 그리고 그 안에 「파적」이라 적고, 또 저주를 걸고 싶은 상대의 이름을 적는다.

파적

적의 이름

⑤오른손으로 매를 들고, 적의 이름을 3번 찌른다. 그리고 「온 마리시에이 소와카」를 1천 번 반복해서 외며 매로 적의 이름을 마구 찌른다.

무사의 신인 마리지천은 무장을 하고 멧돼지를 탄 모습으로 그려진다.

⑥이 작업을 100일 동안 매일 행하면 적을 없앨 수 있다.

이즈나의 법

이즈나의 법은 텐구나 여우의 영을 조종해 자신의 바람을 이루는 마술이며, 적을 주살하는 사악한 목적으로 사용할 수 있다.

●텐구나 여우를 날려 바람을 실현하는 사법(邪法)

이즈나(飯網, 飯縄)의 법은 텐구나 여우의 영을 조종해 바람을 이루고자 하는 수험도계의 흑마술이다. 어째서 흑마술인가 하면 바람 중에는 자신의 적을 주살하겠다는 사악한 목적도 포함되기 때문이다.

이즈나는 나가노 현 호쿠신 지방에 있는 산의 이름으로, 토가쿠시(戶隠) 산, 묘코(妙高) 산 등과 어깨를 나란히 하는 명산이다. 이 산에 이즈나곤겐(飯縄権現)이라는 신이 있어서 이즈나법을 전수해준다고 전해진다. 에도 시대의 전승에 따르면 1233년 이토 부젠노 카미타다나와라는 자가 이즈나 산을 올라 단식을 하며 이즈나곤겐에게 기도해 신통력을 얻은 것이 이즈나법의 시작이었다고 한다. 이즈나곤겐은 흰 여우에 타고 검과 삭(동아줄)을 가진 **카라스텐구**의 모습을 한 신으로, 우에스기 켄신이나 타케다 신겐 등의 무장이 열심히 받든 무신으로도 유명하다.

기본이 자신의 바람을 이루는 주법이기에 이즈나법으로 실현할 수 있는 일은 다양한 분야에 이른다. 무로마치 시대의 무장 호소카와 마사모토는 이즈나법을 수행하여 공중부유나 비행이 가능했다고 한다. 전국시대의 칸파쿠(関白)인 쿠죠 우타나미치는 와가사(輪袈裟)를 걸치고 인을 맺으며 진언을 외어 이즈나법을 성취했다. 그 뒤로는 어디에서 자도 밤이 되면 지붕에 부엉이가 와 울게 되었다. 또 길을 걸으면 반드시 전방에 회오리바람이 일어났다고 한다.

이즈나법을 사용할 수 있으려면 힘든 수행이 필요한데, 그 수행을 극복하면 이즈나법을 쓰는 것은 간단하다. 그것을 위해서는 우선 이즈나 육인법(六印法) 등의 인형(印形)을 맺는다. 육인이란 불교의 지옥 · 아귀 · 축생 · 인간 · 아수라 · 하늘의 육도에 대응하는 인형을 가리킨다. 그리고 관상(觀想)으로 자기 자신이 이즈나곤겐과 융합 일체화하여 이즈나 육인에 숨을 불어넣으며 텐구나 여우를 날려 조종하는 모습을 강하게, 구체적으로 상상한다. 이것만으로도 텐구나 여우를 이용해 자신의 바람을 성취할 수 있었다고 한다.

이즈나의 법

이즈나의 법 ➡ 텐구나 여우의 영을 통해 자신의 바람을 이루는 술법

이즈나법이란?

· 나가노 현 호쿠신 지방의 이즈나 산에 사는 이즈나곤겐이 전수해주는 술법.

· 1233년 이토부젠노 카미타다나와가 이즈나산에서 이즈나곤겐에게 기도해 신통력을 얻은 것이 이즈나의 법의 시작.

· 이즈나곤겐은 무신으로서 우에스기 켄신이나 타케다 신겐 등의 무장이 열렬히 받들었다.

이즈나곤겐

이즈나법으로 할 수 있는 것

이즈나의 법은 바람을 이루어주는 술법이기에 흑마술만이 아니라 모든 마술에 응용할 수 있다.

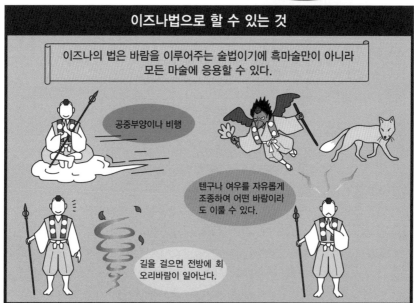

공중부양이나 비행

텐구나 여우를 자유롭게 조종하여 어떤 바람이라도 이룰 수 있다.

길을 걸으면 전방에 회오리바람이 일어난다.

용어해설

● **카라스텐구**→평범한 텐구와 같이 수험자의 복장을 하고, 까마귀(카라스)의 부리와 날개를 가진 텐구.

군승비주

군승비주(軍勝秘呪)는 남(南) 큐슈의 수험도에 전해지는 주살의 비법이며, 인간의 머리카락, 인간의 뼈, 인간의 피, 뱀의 허물, 소의 머리, 소의 피 등 불길한 제물이 대량 사용되었다.

●남 큐슈 시마즈(島津) 가의 병도가 · 목가의 비전

군승비주란 남 큐수의 수험도에 전해지는 주살의 비법이다. 막부 말기의 **시마즈번**(島津藩)에서 시마즈 나리오키의 후계자 자리를 둘러싸고 나리오키의 측실 오유라의 자식 히사미츠와 정실의 자식 시마즈 나리아키라가 다투는 집안 소동이 일어났다. 이것이 훗날 말하는 「오유라 소동」인데, 이 싸움 중에 히사미츠 측이 나리아키라와 그의 자녀를 군승비주를 사용해 저주로 죽였다는 전설이 있다.

나오키 산쥬고의 소설 『남국태평기』에 따르면, 군승비주는 아비샤로카(阿毘遮魯迦)법을 따라 대위덕명왕을 받든 인명(人命) 조복법이다. 시마즈 가의 향토에서 병도가의 목가에게만 전해지는 비전으로, 다음과 같이 행해졌다.

우선 다양한 주구(呪具)를 놓기 위한 정삼각형의 수법단(修法壇)을 설치한다. 이것을 단상삼문(壇上三門)이라고 하며 한 변은 6, 7척이다. 그 중앙에 정삼각형의 호마로를 놓는다. 이것을 균소로(鈞召爐)라고 한다. 수법단 구석에는 향로를 놓는다. 그리고 예반(禮盤) 옆에 108개의 호마목(기름에 절인 유목(乳木)과 단목(段木))을 둔다. 수법단 위에 사람의 머리카락, 사람의 뼈, 사람의 피, 뱀의 허물, 간, 쥐의 털, 멧돼지의 똥, 소의 머리, 소의 피, 정향, 백단, 소합향(蘇合香), 독약 등도 준비해둔다. 이것들은 모두 주살을 위한 제물인데, 그 외에도 종종 개의 머리를 이용하기도 한다.

그 뒤 예반에 앉아 「동방아축여래(東方阿閦如来), 금강분노존(金剛忿怒尊), 적신대력명왕(赤身大力明王), 예적분노명왕(穢迹忿怒明王)은 월륜 안에, 결가부좌를 하고, 원광위위(圓光魏魏), 악신을 최멸(摧滅)하시오. 바라옵건대, 염타라화(閻吒羅火), 모하나화(謨賀那火), 사악심(邪惡心), 사악인(邪惡人)을 태워, 원명(円明)의 지화(智火)를, 허공계(虛空界)에 충만하도록 해주시오」하고 왼다. 호마목에 불을 붙이고, 겨자와 소금을 섞은 것을 뿌려 호마단에 넣는다. 검은 연기가 피어오르면 순서대로 호마목과 제물을 던져 넣는다. 그리고 「나무(南無), 금강분노존(金剛忿怒尊), 본체에서 청광(青光)을 발하여, ○○의 수명을 줄여주시오」, 「나무적신대력명왕(南無赤身大力明王), 예적분노명왕(穢迹忿怒明王), 이 큰 바람을 성취하여주시오」하고 왼다. 이렇게 하여 적을 조복할 수 있다고 한다.

군승비주

군승비주	→	· 남 큐슈 시마즈번에 전해지는 주살법 · 시마즈 가 소동에 쓰인 전설의 흑마술

군승비주를 위한 수법단

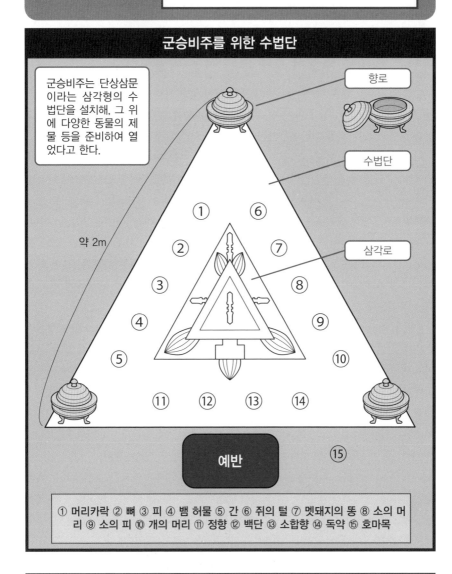

군승비주는 단상삼문이라는 삼각형의 수법단을 설치해, 그 위에 다양한 동물의 제물 등을 준비하여 열었다고 한다.

향로

수법단

삼각로

약 2m

예반

① 머리카락 ② 뼈 ③ 피 ④ 뱀 허물 ⑤ 간 ⑥ 쥐의 털 ⑦ 멧돼지의 똥 ⑧ 소의 머리 ⑨ 소의 피 ⑩ 개의 머리 ⑪ 정향 ⑫ 백단 ⑬ 소합향 ⑭ 독약 ⑮ 호마목

용어해설
● **시마즈번**→카고시마 현 전역과 미야자키 현 남서부를 영지로 삼았던 사츠마번(카고시마번)을 가리킨다.

빙의용 저주 반사

일련종(日蓮宗)에 전해지는 빙의용 저주 반사의 법은 날아온 저주를 무력화하고 그 저주를 보낸 자에게 되돌려 보내, 보낸 자를 파멸시켰다고 한다.

●여우 빙의를 되돌려 보내 보낸 자를 파멸시킨다

남에게 저주를 받은 탓에 여우 빙의 등의 병에 걸린 사람을 위해 일련종에서는 빙의용 저주 반사의 법이 전해진다. 이것은 단순히 저주를 무력화하는 것만이 아니라 그 것을 보낸 자에게 되돌려 파멸시키는 술로, 백마술임과 동시에 흑마술인 마술이다.

이 의식을 행하기 위해서는 짚인형이 필요하다. 짚인형에는 오체에 특정 주문을 종이에 써서 붙인다. 좌우의 팔에는 「중생피곤액(衆生被困厄), 무량고핍신(無量苦逼身)」, 가슴 좌우에는 「제여원적(諸余怨敵), 개실최멸(皆悉摧滅)」, 중앙에는 「환저어본인(還著於本人)」, 좌우 다리에는 「주저제독약(呪詛諸毒藥), 소욕해신자(所欲害身者)」이다. 또 짚인형에는 양손에 불제봉을 들린다. 그 외에 목검 몇 자루와 5치 바늘을 26개 준비해둔다. 의식에서는 여우에게 썬 병자에게도 두 손에 불제봉을 들린다. 그리고 인형의 불제봉과 병자의 불제봉을 5색의 실로 잇는다. 인형은 의자형 받침대에 앉힌 형태로 묶어둔다.

의식은 밤 7시부터 시작한다. 참가자는 의식을 집행하는 험자(驗者), 조수인 협험자(脇驗者), 병자와 시중인이다. 우선 『법화경(法華經)』의 최초의 문장을 반복해 읊는다. 이윽고 병자가 손에 든 불제봉이 움직이기 시작하고 그것에 따라 인형의 불제봉도 움직이기 시작하면 「주저제독약, 소욕해신자, 염피관음력(念彼観音力), 약불순아주(若不順我呪), 뇌란설법자(脳乱説法者), 제여원적(諸余怨敵), 개실최멸(皆悉摧滅)」 하고 외며 5치 못을 인형의 머리, 양 어깨, 두 허벅지에 목검으로 박는다. 한 번의 의식에 박는 못의 수는 7개에서 11개까지로 한다. 이것을 매일 밤 되풀이한다. 하나의 인형에 36개의 못이 박히면 그 인형은 상자에 넣어 숨긴다. 그리고 새로운 짚인형을 준비해 같은 의식을 처음부터 행한다. 이 의식을 되풀이하는 것으로 병자는 회복하고 썬 영은 주인에게 돌아가며 보낸 자는 머리가 깨져 죽는다. 이렇게 모든 문제가 해결되면 인형에서 못을 빼고 마을에서 멀리 떨어진 곳에 구멍을 파고 묻으면 된다.

빙의용 저주 반사

| 저주 반사의 법 | ➡ | 빙의를 되돌리고 보낸 자를 파멸시키는 주법 |

저주 반사법의 짚인형

저주 반사법의 짚인형에는
아래와 같은 문자를 적는다.

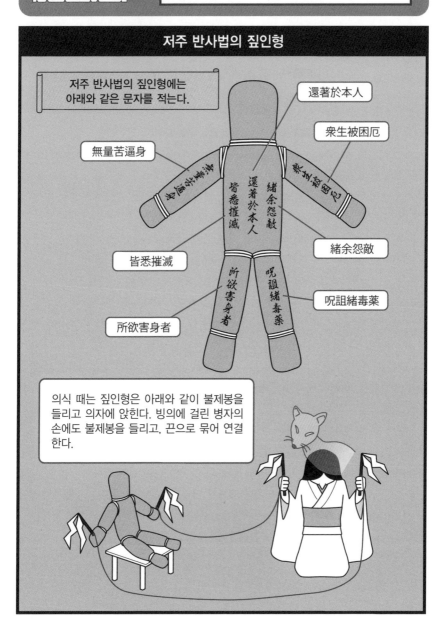

還著於本人

衆生被困厄

無量苦逼身

皆悉摧滅

所欲害身者

緒余怨敵

呪詛緒毒薬

의식 때는 짚인형은 아래와 같이 불제봉을
들리고 의자에 앉힌다. 빙의에 걸린 병자의
손에도 불제봉을 들리고, 끈으로 묶어 연결
한다.

두꺼비 요술

에도 시대의 소설이나 연극 안에서 악한들이 사용하던 두꺼비 요술은 거대한 두꺼비로 변신하여 입에서 불을 토하거나 독기를 뿜는 흑마술이다.

●텐지쿠 토쿠베에와 지라이야 이야기로 유명한 흑마술

두꺼비 요술은 에도 시대의 소설이나 연극 안에서 악당들이 사용하는 사악한 흑마술 중 하나이다. 두꺼비 요술을 사용하는 요술사로는 죠루리 『케이세이 시마바라 카에루 캇센(傾城島原蛙合戰)』(1719년)의 나나쿠사 시로 후지와라노 타카히라, 카부키 『텐지쿠 토쿠베에 문서왕래』(1757년)나, 소설 『원수 갚는 텐지쿠 토쿠베에』(1808년) 등에 나오는 텐지쿠 토쿠베에, 소설 『지라이야 설화』(1806년)나 『지라이야 호걸 이야기』(1839~1868년)에 나오는 지라이야가 유명하다.

두꺼비 요술의 유래나 내용은 이야기에 따라 다소의 차이는 있지만, 대개는 비슷하며 여기서는 텐지쿠 토쿠베에의 경우를 소개한다.

『원수 갚는 텐지쿠 토쿠베에』에 따르면 두꺼비 요술은 중국의 두꺼비 선인에게서 유래하는 요술이다. 토쿠베에는 키카이가 섬의 두꺼비 계곡에서 기이한 능력을 가진 니쿠시 도인에게 3년 동안 입문하여 갖은 고생 끝에 그 술을 전수받았다. 그 이후 텐지쿠 토쿠베에라고 이름을 대게 되었다고 한다. 두꺼비의 술은 기본적으로는 변신술이다. 주문을 외면 자신이 거대한 두꺼비로 변신할 수 있다. 두꺼비가 되면 구름을 타고 하늘을 날거나, 입에서 불을 토하거나, 독기를 뿜거나, 안개를 일으킬 수 있다. 사람을 혼란에 빠뜨리거나 사람들의 눈을 속일 수도 있다.

주문은 여러 종류가 있는데 가장 간단한 것은 「데이데이. 하라이소하라이소.」로, 이 주문을 외는 것만으로도 변신할 수 있다. 참고로 「데이」도 「하라이소」도 크리스트교의 용어이며 「제우스(신)」와 「파라다이스(천국)」가 아닐까 하는 설이 있다.

하지만 두꺼비는 결국 두꺼비이기에 뱀에게 약하다는 결점이 있다. 또 뱀과의 관계로 사년(巳年)에 태어난 적에게도 패배한다. 그렇게 패배한 토쿠베에의 가슴에서는 두꺼비 선인이 튀어나와 사라졌다고 전해진다.

두꺼비 요술

두꺼비 요술 ➡ 거대한 두꺼비로 변신하여 남의 눈을 속이는 흑마술

텐지쿠 토쿠베에의 두꺼비 요술

『원수 갚는 텐지쿠 토쿠베에』에서 두꺼비 요술은 아래와 같은 것으로 그려진다.

창시자 　중국의 두꺼비 선인

주문은? 　데이데이. 하라이소하라이소.

무엇을 할 수 있을까?

구름을 타고 하늘을 남

거대한 두꺼비로 변신

독기를 뿜음

입에서 불을 토함

안개를 피움

사람을 혼란에 빠뜨림

남의 눈을 속임

결점은? 　뱀에 약하다. 뱀해에 태어난 적에게도 패배한다.

쥐 요술

쥐 요술은 몇천 몇만이나 되는 대량의 쥐를 조종하거나, 자기 자신이 쥐로 변신하여 사람을 덮쳐 괴롭히는 흑마술이다.

● 입에서 쥐를 토해 사람을 괴롭히는 흑마술

쥐 요술은 두꺼비 요술과 마찬가지로 에도 시대의 소설이나 연극 안에서 악당들이 사용하는 흑마술 중 하나이다. 쥐 요술을 쓰는 악당으로는 산토 쿄덴의 소설 『무카시카타리 이나즈마효시(昔話稲妻表紙)』(1806년)의 라이고인, 쿄쿠테이 바킨의 소설 『라이고아쟈리 카이소덴(頼豪阿闍梨恠鼠伝)』(1808년)의 시미즈노칸쟈 요시타카, 카부키 『메이보쿠 센다이하기(伽羅先代萩)』의 닛키 단죠 등이 있다.

여기서 잘 살펴보면 라이고라는 이름이 두 번 나왔다. 사실 쥐 요술은 라이고와 깊은 관계가 있다. 라이고는 11세기 후반 미이데라라는 절의 고승인데, 엔료쿠지라는 절과의 권력투쟁에 패하여 원한을 품고 죽었다. 하지만 얼마 있지 않아 라이고의 원령이 강철 엄니, 돌로 된 몸을 가진 8만 4천 마리의 쥐가 되어 엔료쿠지를 공격해 불상과 교전을 먹고 찢기 시작했다고 전해진다. 그래서 에도 시대의 이야기에서는 쥐 요술이라고 하면 라이고를 가리키는 것이나 다름없었다.

쥐 요술의 내용도 라이고 전설과 비슷하다. 그것은 몇천 몇만 마리나 되는 대량의 쥐를 조종하는 술법이다. 혹은 자기 자신이 쥐로 변신하는 술법이다.

『무카시카타리 이나즈마효시』의 이야기를 살펴보자. 이 이야기에서는 라이고인이라는 수험자가 등장하여 악당들의 의뢰를 받아 수법(修法)을 행하여 주군의 자식에게 저주를 건다. 그러자 그 젊은이는 병에 걸렸을 뿐 아니라 무수한 쥐에게 머리카락을 뜯기고 근육을 파 먹혀 점점 쇠약해졌다. 더욱이 라이고인 자신이 쥐로 변신하여 젊은이의 목숨을 빼앗으러 온다. 다행히도 경호역이 등장해 젊은이를 구하는데, 다음에는 정체를 드러낸 라이고인이 입에서 대량의 쥐를 토해내 모두가 움직일 수 없게 된 사이에 도망치고 만다.

그렇다고는 해도 쥐이기 때문에 고양이에게는 이길 수 없다는 약점이 있다. 대부분의 이야기에서 쥐 요술은 고양이가 나오면 깨지고, 이름에 고양이 묘(猫)가 들어간 인물에게도 패배한다.

쥐 요술

쥐 요술 ➡ · 무수한 쥐를 조종해 적을 괴롭히는 술.
· 자기 자신이 쥐로 변신할 수도 있다.

쥐의 원령이 되어 엔료쿠지를 덮쳤다는 전설이 있다. 11세기 후반 미이데라의 고승 라이고는 에도 시대의 요괴 화집 『화도(畵圖) 백귀야행』(토리야마 세키엔 저)에서는 「철서(鉄鼠)」라는 이름의 요괴로 그려진다.

라이고

소설 『무카시카타리 이나즈마효시』에 나오는 쥐 요술

에도 시대의 소설 『무카시카타리 이나즈마효시』에서는 쥐 요술을 사용하면 무수한 쥐를 출현시켜 남을 병들게 하거나, 거대한 쥐로 변신하거나, 입에서 쥐를 토해낼 수 있다고 묘사한다.

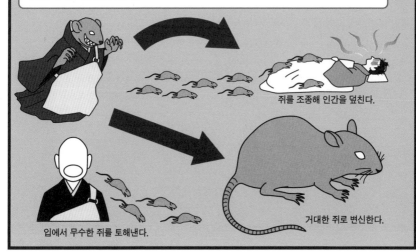

쥐를 조종해 인간을 덮친다.

거대한 쥐로 변신한다.

입에서 무수한 쥐를 토해낸다.

주술 · 마술 · 요술 · 사술…

주술(呪術), 마술(魔術), 요술(妖術), 사술(邪術), 마법(魔法) 등 마술적인 사항을 표기하는 일본어는 다양한데, 각각 어떤 의미를 가지고 있을까? 여기서 세계적으로도 유명하고 권위 있는 사람들의 사용법을 살펴보도록 하자.

우선 제임스 프레이저의 『황금가지』를 보자. 제1장 마지막 칼럼에서 설명했듯이 『황금가지』에는 주술에 대한 많은 정보가 기술되어 있다. 여기서는 번역서 이와나미 문고판을 이용했는데, 이 책에서 주술로 번역된 원래의 영단어는 magic이다(magic은 마술로도 번역할 수 있기에 주술과 마술은 같은 것인 셈이다). 또 프레이저는 주술을 이론적 주술과 실제적 주술로 나누고, 실제적 주술을 적극적 주술과 소극적 주술로 나누었다. 적극적 주술이라는 것은 타인의 병을 고치거나 저주해 죽이는 등, 행사를 적극적으로 하는 주술이다. 소극적 주술이란 본명에는 그 사람의 본질이 깃들어 있기에 결코 본명을 불러서는 안 되는 것과 같이 무엇을 해서는 안 된다는 주술이다. 이들 두 종류의 주술에 대해 프레이저는 적극적 주술을 sorcery, 소극적 주술을 taboo라고 기록했다. 번역하면 sorcery가 마법, taboo가 터부다. 여기서 마법이라는 것은 적극적으로 무언가를 하는 주술임을 알 수 있다.

다음으로 미스즈 쇼보에서 일본어판을 낸 E·E·에반스 프리차드의 『아잔데 족의 세계』(1937년)를 살펴보자. 이 책은 아프리카 중앙부에 사는 미개부족 아잔데 족의 주술을 다룬 명저인데, 주술(magic) 안에 요술(witchcraft)과 사술(sorcery)이라는 이제까지 없었던 개념을 만든 것으로 알려져 있다. 그 내용에 따르면 어떤 사람들은 태어나면서부터 남을 해하는 심적인 힘을 가진다고 여겨지는데 그 힘이 요술이라고 한다. 즉 요술은 태어나면서부터 가지고 있는 심적인 힘이기에, 요술사는 사람을 해하기 위해 어떤 특별한 일을 할 필요가 없으며 본인의 의지와 관계없이 사람을 해하기도 한다. 이와 반대로 주물(呪物) 등을 이용해 타인을 해하는 나쁜 주술은 사술이다. 이것은 태어나면서부터 가지는 힘이 아니라 어떤 방법을 따르면 누구든 가능한 술이다.

하지만 witchcraft라는 영단어는 항상 이러한 의미로 쓰인 것은 아니기 때문에 주의가 필요하다. 유럽의 마녀사냥 시대의 마녀를 다루는 책에서는 witchcraft는 마녀술이라고 번역된 적이 있다. 이때 witchcraft는 악마와 계약한 마녀의 술이며, 그 의미는 결코 어떤 사람들이 태어나면서부터 가지는 심적인 힘으로서의 요술이 아니다. 또 sorcery라는 영단어는 『황금가지』에서는 마법이었지만, 『아잔데 족의 세계』에서는 사술이라고 번역되었다는 사실도 주목하길 바란다.

이와 같이 주술, 마술, 요술, 사술, 마법… 등의 단어는 각각 다른 의미를 가진 것은 분명하지만, 그 의미를 엄밀히 정의하기란 어렵다.

제4장
중국과 그 외 세계의 흑마술

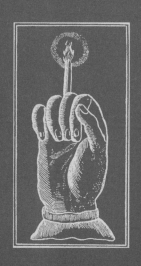

중국의 흑마술

중국에는 인형을 이용한 일반적인 흑마술 외에 중국 특유의 기(氣) 사상에 기반을 둔 것, 이민족에게서 수입한 것 등 다양한 방식의 흑마술이 있었다.

●고대부터 고도로 발달한 중국의 흑마술

흑마술은 중국에서는 무고(巫蠱) 혹은 염매(厭魅)라고 불리는 경우가 많았는데, 4천 년의 역사가 존재하는 나라인 만큼 흑마술의 역사도 매우 오래되었다.

전국시대인 기원전 3세기 초, 진의 소양왕은 강적이었던 초의 회왕을 저주하기 위해 저초문(詛楚文)이라는 조각을 돌에 새기도록 하였다고 한다. 이 시대에 벌써부터 국가 규모의 저주가 행해졌던 것이다. 기원전 2세기 말 무제 시대에 대원을 공격했을 때도 국가 규모의 적국 저주 제의가 집행되었다.

개인 수준에서도 한나라 시대로 오면 나무 인형을 사용한 저주가 왕성하게 이루어 졌다. 그래서 나이가 든 무제는 주변인들이 모두 자신을 저주하고 있다며 의심하고 죄가 없는 자들에게 흑마술의 죄를 씌워 대거 처형하는 사건까지 일으켰다. 하지만 궁 정에서는 흑마술에 의지한 것은 남자보다는 여자 쪽이 더 많았다. 권력자의 처들은 자신이 낳은 아이를 어떻게든 후계자로 만들기 위해 흑마술사를 고용하여 경쟁자들 을 저주하였다.

중국은 「기(氣)」 사상으로 유명한데, 이 기의 힘만으로 사람을 죽이는 금인(禁人)이라는 마술을 사용하는 자도 있었다. 이것은 이미 마술이라기보다는 초능력에 가까웠다. 흑마술로 돈을 벌려 하는 악독한 마술사도 많았다. 그들은 사람의 영혼을 빼앗는 섭혼(攝魂)이라는 마술을 사용하거나, 주조가의 술을 썩게 만들어 돈을 갈취하였다.

중국은 역사가 깊은 것은 물론 지역적으로도 광대하여 예전에는 이민족의 활동도 활발했다. 그 때문에 이민족을 거쳐서 들어온 무서운 흑마술도 많았다. 그 대표격이 고독(蠱毒)이라고 불리는 흑마술로, 원래는 서남 이민족 사이에서 유행한 것이라고 한다. 중국 서남부 지역은 특히 별난 흑마술이 풍부하였다는데, 여우의 침으로 사람을 저주하는 호연법(狐涎法)이나 여자를 알몸으로 만들어 간음하기 위한 옥녀희신술(玉女喜神術) 같은 흑마술도 있었다.

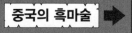
중국의 흑마술

중국의 흑마술 ➡ · 무고 혹은 염매라고 불렸다.
· 기원전부터 국가 규모의 흑마술이 존재했다.

국가적 흑마술

적국이나 적국의 왕을 저주하는 마술.

개인적 흑마술

적대하는 개인을 저주하는 마술.

● 중국의 주된 개인적 흑마술

광대한 중국에는 개인 수준의 흑마술에도 다양한 종류가 있었다.

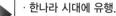

나무인형 저주 ➡ · 한나라 시대에 유행.
· 궁정의 여자들이 경쟁자를 제거하기 위해 사용했다.

금인 ➡ 「기」의 힘만으로 사람을 저주해 죽이는 초능력적 흑마술.

섭혼 ➡ 생령을 빼앗아 사람을 병들게 하거나 살해하는 흑마술.

부패 마술 ➡ 주조가의 술을 썩게 하여 금품을 갈취하는 흑마술.

고독 ➡ 서남부 이민족을 거쳐서 유입된 무서운 흑마술.

호연법 ➡ 서남부 지방에서 유행한 여우의 침으로 사람을 저주하는 흑마술.

옥녀희신술 ➡ 서남부 지방에서 행해진 여자를 알몸으로 만들어 간음하는 흑마술.

우보에 대하여

우보(禹步)는 도교의 마술 의식에서 이용되던 보행 기술로, 그것만으로는 흑마술이 아니지만 종종 흑마술을 행하기 위하여 빠뜨릴 수 없는 기법이 되기도 한다.

● 흑마술에도 응용할 수 있는 도가의 보행 주술

우보는 **도교**의 마술 의식에서 종종 이용되는 한 걸음씩 비틀거리듯이 걷는 보행 기법이다. 도교의 흐름을 따르는 마술이라면 설령 백마술이든 흑마술이든 의식의 일부에 우보가 포함되기도 한다.

예를 들어 묘귀법(猫鬼法)의 일종으로 사람의 머리를 가진 고양이 괴물을 만드는 무서운 흑마술이 있다. 이것은 다음과 같다. 우선 고양이 한 마리를 기른다. 그리고 어딘가에서 1살 정도의 유아가 죽어 매장되면, 고양이를 안고 묘로 간다. 그리고 유아의 시체를 파내 우보를 밟으며 주문을 왼다. 다음은 고양이의 목과 유아의 시체의 목을 베어, 유아의 머리를 고양이의 시체 배 안에 넣고 주문을 왼다. 그렇게 하면 고양이는 되살아나며 인두묘신의 괴물이 된다. 이 괴물에게 명령해 도둑질을 시키면 한밤에 집에 숨어들어도 아무도 깨닫지 못한다고 한다. 단지 개에게는 들킨다. 괴물은 개만은 싫어하고 아무리 저항해도 지고 만다고 한다.

이와 같이 우보는 그것만으로는 흑마술이 아니지만 종종 흑마술을 행하기 위해 반드시 필요한 기법이 된다.

우보의 걸음법은 새로운 시대로 올수록 복잡하게 변한다. 하지만 도교 마술의 성서라고도 할 수 있는 갈홍의 『포박자』에 실린 방법은 간단하다. 『포박자』 선약(仙藥)편에 따르면 다음과 같다. 두 발을 나란히 하고 서서, 우선은 왼발을 앞으로, 다음은 오른발을 앞으로, 마지막으로 앞으로 내밀었던 오른발에 왼발을 나란히 맞춘다. 이것이 제1단계이다. 제2단계는 우선 오른발을 앞으로 내밀고, 다음으로 왼발을 앞으로, 마지막으로 앞으로 내민 왼발에 오른발을 맞춘다. 그리고 제3단계는 제1단계와 똑같이 행한다. 이것으로 끝이다.

우보라는 이름에서 우(禹)는 중국 고대의 전설적인 성왕(聖王)이다. 우는 황하 치수 사업으로 활약했는데, 그 도중에 부상을 입어 발을 끌며 걸었다. 그 걸음법이 우보가 되었다는 설이 있다.

우보에 대하여

우보란? ➡ · 비틀거리듯이 걷는 보행 기법
· 중국 마술 의식에 빠뜨릴 수 없는 기법

우보의 사용 예

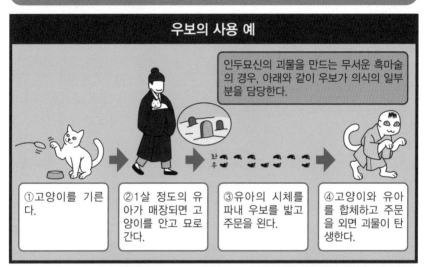

인두묘신의 괴물을 만드는 무서운 흑마술의 경우, 아래와 같이 우보가 의식의 일부분을 담당한다.

①고양이를 기른다.

②1살 정도의 유아가 매장되면 고양이를 안고 묘로 간다.

③유아의 시체를 파내 우보를 밟고 주문을 왼다.

④고양이와 유아를 합체하고 주문을 외면 괴물이 탄생한다.

우보의 걸음법

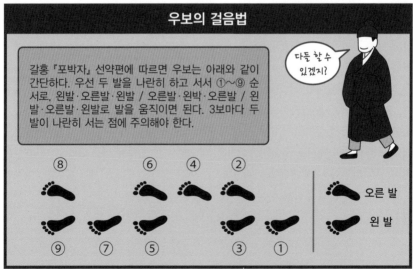

갈홍 『포박자』 선약편에 따르면 우보는 아래와 같이 간단하다. 우선 두 발을 나란히 하고 서서 ①~⑨ 순서로, 왼발·오른발·왼발 / 오른발·왼박·오른발 / 왼발·오른발·왼발로 발을 움직이면 된다. 3보마다 두 발이 나란히 서는 점에 주의해야 한다.

다들 할 수 있겠지?

⑧ ⑥ ④ ②

⑨ ⑦ ⑤ ③ ①

오른 발

왼 발

용어해설
●도교→중국의 대표적인 민간종교로, 현세이익을 우선하고 주술적 성격이 짙으며 불로불사를 주요 목표로 삼는다.

금인

금인은 고대 중국에서 행해진 금술(禁術)이라는 마술의 일종으로, 기의 힘을 이용하여 상대의 능력을 빼앗거나 힘을 역방향으로 움직이게 하는 마술이다.

●상대의 능력을 빼앗는 금술의 일종

금인이란 고대 중국에서 행해진 금술이라는 마술의 일종이다.

금술이란 「기(氣)」의 힘으로 상대의 능력을 빼앗는 마술이다. 혹은 그 힘을 반대 방향으로 움직이게 하는 마술이다. 예를 들어 큰 못이 나무에 깊이 박힌 상태에서 큰 못에 금술을 걸면, 나무에 박혀 있던 큰 못이 나무에서 튀어나온다. 화살에 맞은 병사의 몸에 화살촉이 남아 있어도, 그 화살촉에 금술을 걸면 몸에서 빠져나온다. 독뱀이 나타나는 산이나 강에 갈 때에 독뱀에게 금술을 걸면 독뱀에게 물리지 않는다. 또 흐르는 강에 금술을 걸면 강의 흐름을 1리에 걸쳐 역류시킬 수도 있다.

이 금술을 인간에게 응용하는 것이 금인이며, 기합 하나로 인간을 포박하여 꼼짝 못하게 만들 수 있다. 금술과 똑같이 사용법에 따라서는 백마술이라고 할 수 있지만, 포박이 너무 지나치면 머리가 깨질 정도로 무서운 흑마술이다.

『**신선전**(神仙傳)』(5권)에 따르면 유빙(劉憑)이라는 신선은 금술의 달인이었다. 어느날 유빙은 상인들에게 대상의 호위를 의뢰받는데, 그 여행 도중 산속에서 몇백 명이나 되는 도적에게 포위당한다. 거기서 유빙이 금술을 사용하자 도적이 쏜 화살이 전부 도적 쪽으로 튕겨 날아갔다. 그리고 큰 바람이 불고, 모래가 휘몰아치고, 나무가 쓰러졌다. 유빙은 도적들을 질타하고 금인의 술을 사용했다. 그러자 도적들은 일제히 무릎을 꿇고 땅에 이마를 문지르며 손을 등에 돌리고 움직일 수 없게 된 데다 숨을 쉬는 것도 괴로워졌다. 그중에서도 우두머리 3명은 비참했는데, 코에서 피를 흘리고 머리가 깨져 즉사하고 만다. 유빙은 우두머리 3명 이외에는 별다른 벌 없이 해방했지만, 이것만으로도 금인의 술이 얼마나 무서운지 알 수 있을 것이다.

금인

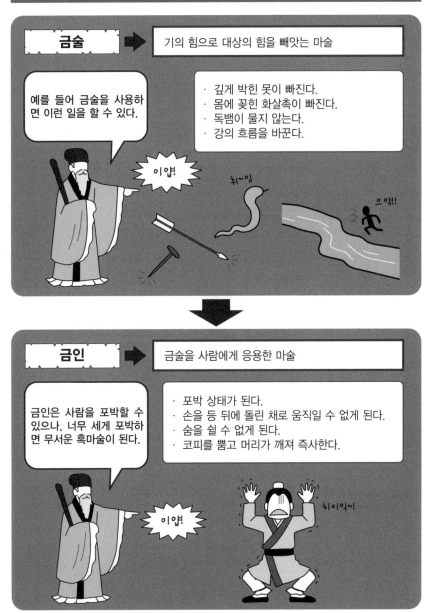

금술 ➡ 기의 힘으로 대상의 힘을 빼앗는 마술

예를 들어 금술을 사용하면 이런 일을 할 수 있다.

· 깊게 박힌 못이 빠진다.
· 몸에 꽂힌 화살촉이 빠진다.
· 독뱀이 물지 않는다.
· 강의 흐름을 바꾼다.

이얍!

휘~잉

으악!

금인 ➡ 금술을 사람에게 응용한 마술

금인은 사람을 포박할 수 있으나, 너무 세게 포박하면 무서운 흑마술이 된다.

· 포박 상태가 된다.
· 손을 등 뒤에 돌린 채로 움직일 수 없게 된다.
· 숨을 쉴 수 없게 된다.
· 코피를 뿜고 머리가 깨져 즉사한다.

이얍!

히이이익~!

용어해설

●기→중국인이 전통적으로 믿어온 우주적인 힘.
●『신선전』→90명 이상의 신선의 전설을 모은 중국의 서진, 동진 시대의 책. 『포박자』와 마찬가지로 갈홍의 저서.

섭혼(섭생혼)

살아 있는 사람의 영(靈)이나 혼(魂)을 불러들이는 섭혼은 악의를 가지고 이용하면 사람의 생명을 빼앗거나 타인의 생령을 노예로 만들 수 있는 무서운 흑마술이다.

● 인간의 생령을 빼앗아 구속하는 사술

섭혼(攝魂) 혹은 섭생혼(攝生魂)은 남의 생령 · 생혼(살아 있는 사람의 영이나 혼)을 불러들여 사역하는 술법이다. 단순히 생령을 부를 뿐이라면 해는 없지만 악의를 가지고 사용하면 무서운 흑마술이 될 수 있다.

사람을 해할 때 자주 쓰이는 방법은 항아리나 통 속에 불러들인 생령을 가두는 것이다.

북송, 인종 황제 시대의 어떤 도사는 사례를 하지 않는 손님이 있으면 밀실에 제단을 만들어 큰 통을 두고 산발한 채로 검을 마구 휘둘러 그 사람의 생혼을 통에 넣은 후, 돌을 올려 가둬버렸다고 한다. 그렇게 하면 저주받은 사람은 병에 걸리거나 자칫하면 죽고 만다. 물론 최악의 사태가 되기 전에 그 사람 혹은 관계자가 사례를 하면 혼을 해방해준다. 그렇게 하면 어느 새 그 사람의 병도 낫는다.

우선 생령을 손에 넣어 그 사람을 살해하고, 그 후에 남은 영을 사역하여 범죄에 사용할 수도 있다. 원나라 지정3년(1343년)에는 왕만리라는 점술사가 소년 소녀 몇 명의 생령을 붙잡아 그들을 참살한 후, 그들의 영을 사역하여 죄를 저지른 요술 살인 사건이 있었다. 그때 왕만리가 사용한 다양한 마술도구가 압수되었는데, 그것은 다음과 같았다. 나무도장, 검은 끈, 여자 인형, 종이, 다섯 색의 비단실, 작은 호리병이 1개. 이 호리병 상부는 붉은 실이 달려 있고 내부에는 호박 구슬이 2개, 외부는 5색의 털실로 감싸이고 붉은 먹으로 쓴 부적이 달려 있었다. 관인이 더욱 자세히 조사한 결과, 이들 물건은 소년 소녀의 심장이나 간장을 빼내 말리고 굳혀서 가루로 만든 다음, 감싸서 5색의 실로 머리털과 한데 묶어 인형을 만들거나 물에 타서 마법을 건 것임을 알았다. 즉 왕만리는 이들 마술도구를 사용해 빼앗은 소년 소녀의 생령을 사역하는 흑마술을 행한 것이다.

섭혼 (섭생혼)

섭혼	⮕	· 생령이나 생혼을 불러들여 사역하는 술 · 생령, 생혼을 통 등에 가두어 사람을 해하는 술

사람의 영을 통에 가두는 방법

생령을 포획하기 위해서는 밀실에 제단을 만들고 커다란 통을 마련한 다음, 산발한 채로 검을 휘둘러 생령을 통에 몰아놓고 돌을 올리면 된다.

생령을 빼앗긴 사람은 최악의 경우 죽게 된다.

밀실

검   산발

생령

돌

제단   통

사람의 영을 사역하여 죄를 저지르는 마술 도구

호리병

도장   검은 끈   5색의 비단실   여자 인형

00

원 시대에 체포된 흑마술사는 이들 도구를 사용하여 소년 소녀를 죽이고 그 영을 사역하여 죄를 저질렀다고 한다.

호리병은 5색의 실로 감싸고, 상부는 빨간 끈이 달리고, 붉은 글씨의 부적을 매달고, 안에 호박 구슬 2개를 넣었다.

목우 염매의 술

목우(木偶) 염매는 나무 인형을 사용해 사람을 저주하는 일반적인 흑마술인데, 중국에서는 인형의 소재에 나무를 이용하는 것은 특정 개인을 노리는 경우가 많았다.

● 주로 특정 개인을 저주하는 데 쓰인 목우 염매

목우 염매는 나무 인형을 사용하여 상대를 저주하는 중국의 흑마술이다. 중국에서도 세계의 다른 지역과 마찬가지로 예부터 인형을 사용하여 상대를 저주하는 마술이 자주 행해졌다. 인형의 소재는 다양하며, 일반적으로 나무 인형은 특정 개인을 저주해 죽일 때 자주 이용되었다. 또 한나라 시대에는 오동나무가 많이 이용되어, 저주의 인형을 동인(桐人)이라고 부르기도 하였다.

저주의 자세한 수순이나 의식은 술자에 따라 제각각이었는데, 기본은 나무를 깎아 인형을 만들고 땅에 묻는 것이다. 그 상태에서 원한의 마음이 강하다면 인형에게 칼, 족쇄를 걸거나 양손을 묶거나 심장 부근에 못을 박기도 하였다.

여기서 중국의 옛 문헌에 기록된 목우 염매 방법을 살펴보자.

청나라 시대의 작가 저인확의 『견호광집(堅瓠廣集)』 3권 「주상원(呪狀元)」에 실린 이야기이다. 이 내용에 따르면 어느 날 절강성의 한상원이라는 자가 이웃의 토지를 침략했다. 이웃은 어떻게든 저항하려 했지만 상원은 위세가 좋아 도저히 감당이 안 되었다. 그때 어느 풍수지리 감정가가 염매의 술에 능하다는 말을 듣고 곧바로 큰돈을 치르고 의뢰하였다. 그러자 감정가는 단을 만들어 부적을 태우고 특별한 주문을 외며 7일 밤에 걸쳐 복숭아나무를 깎아 7치의 인형을 만들었다. 그리고 인형에 상원의 생년월일을 적고 땅 위에 세웠다. 그 후 매일 밤 주문을 외며 나무인형을 쳐서, 하룻밤에 1치만 땅에 박았다. 그것을 7일 밤을 반복하자 7일 밤째에 나무인형이 땅속에 완전히 묻혔다. 그때, 한상원은 도회에서 부인과 함께 술을 마시고 있었는데, 갑자기 부인이 화를 내더니 상원에게 달려들어 손톱으로 얼굴을 할퀴었다. 그것이 원인으로 상원은 피가 멈추지 않게 되어 그날 밤에 죽고 말았다고 한다.

목우 염매의 술

목우 염매 ➡ 나무 인형으로 저주하는 흑마술

중국에서는 오동나무로 만드는 경우가 많아 저주의 인형을 동인이라고도 불렀다.

목우 염매의 방법

일반적인 방법

①나무를 깎아 인형을 만든다.

②필요에 따라 칼, 족쇄 등을 채우고 심장에 못을 박는다.

③땅에 구멍을 파고 묻는다.

소설에 나오는 복잡한 방법

①7일 밤에 걸쳐 복숭아나무를 깎아 7치의 인형을 만든다.

②주문을 외며 하룻밤에 1치만 인형을 땅에 박는다. 인형이 땅에 완전히 박히면 적이 죽는다.

이놈의 자식!

까앙 까앙

초인 지인 염매의 술

중국에서는 나무 인형은 주로 특정 개인을 표적으로 한 저주에 이용되었는데, 초인(草人, 풀인형)과 지인(紙人, 종이인형)은 불특정 다수를 노린 저주에 이용되었다.

● 시중을 혼란에 빠뜨리는 소란스러운 사법

같은 인형이라도 풀인형이나 종이인형을 이용한 주술은, 중국에서는 나무인형을 이용한 경우와는 다른 효과를 가진다고 믿었다. 중국에서는 나무인형은 주로 특정 개인을 표적으로 한 저주에 이용되었다. 그에 반해 풀인형과 종이인형은 불특정 다수를 노린 저주에 이용되었다. 단지 이것은 사람을 살해하는 저주가 아니었다. 풀이나 종이를 잘라 여우나 개, 고양이 등의 동물이나 이매망량의 인형을 잔뜩 만든다. 그것을 뜻대로 조종하여 시중의 사람들을 놀래고 혼란에 빠뜨린다. 그것이 이 마술의 노림수다.

인형을 움직이는 방법은 다양한데 그중 하나는 다음과 같다. 우선 종이를 준비한다. 이것을 갖가지 짐승 모양으로 잘라 바닥 위에 늘어놓는다. 손에 칼을 들고, 우보를 밟으며 주문을 왼다. 물을 입에 머금고 안개처럼 뿜는다. 이것만으로도 종이인형이 움직이기 시작하여 창문으로 뛰쳐나간다. 이들 인형은 타인의 집에 들어가 생각지도 못한 곳에 나타나 사람을 놀래거나, 집 안에서 날뛰거나 도자기를 발로 차거나 선반에서 떨어뜨려 엉망진창으로 망가뜨리기도 한다. 그리하여 마을 사람들은 큰 소동에 휘말린다. 충분한 시간이 지나 마을 전체가 혼란에 빠지면 다시 우보를 밟아 주문을 왼다. 그렇게 하면 모든 종이인형이 창문을 통해 돌아와 처음처럼 바닥에 떨어진 종이로 돌아간다고 한다.

단순한 풀이나 종이인형이 아니라, 대나무 뼈대에 종이를 바른 종이호랑이를 사용한 마술도 있다. 이때 종이호랑이의 네 다리 전부에 **전자**(篆字)로 쓴 부적을 붙이고, 배 속에 「유사천변만화(有事千變萬化), 무사속거속래(無事速去速來)」라고 쓴다. 또 못한 개와 작은 벌레를 종이에 감싸 배 속에 넣어둔다. 이것으로 종이 호랑이가 진짜처럼 움직이며 사람을 놀랜다.

초인 지인 염매의 술

| 초인 염매 | ➡ | 풀인형을 사용한 저주법 |
| 지인 염매 | ➡ | 종이 인형으로 저주하는 흑마술 |

⬇

불특정 다수에게 혼란을 일으키는 흑마술

지인 염매의 전체 수순

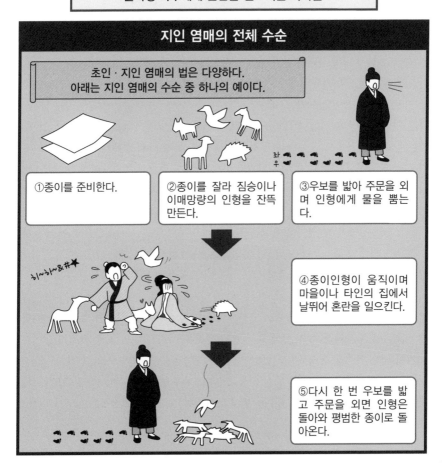

초인 · 지인 염매의 법은 다양하다.
아래는 지인 염매의 수순 중 하나의 예이다.

①종이를 준비한다.

②종이를 잘라 짐승이나 이매망량의 인형을 잔뜩 만든다.

③우보를 밟아 주문을 외며 인형에게 물을 뿜는다.

④종이인형이 움직이며 마을이나 타인의 집에서 날뛰어 혼란을 일으킨다.

⑤다시 한 번 우보를 밟고 주문을 외면 인형은 돌아와 평범한 종이로 돌아온다.

용어해설
● **전자**→전서체라는 서체로 쓰인 한자. 고대문자로 분류되는 서체지만 현재도 인장 등에 사용된다.

다종다양한 염매의 술 도구

중국의 염매술에는 나무, 풀, 종이 등으로 만든 사람이나 동물의 인형 외에도 의복이나 우두원과 같은 목판상 등 여러 주물이 이용되었다.

● 다양한 주물이 사용된 중국의 염매술

중국의 염매술에는 나무, 풀, 종이 등으로 만든 사람이나 동물 인형을 이용한 것이 많지만, 그 외에도 갖가지 기물이 저주의 도구로 이용되었다.

의복을 이용한 것은 예부터 내려온 마술의 기본 중 하나인데, 중국에서도 똑같은 방법이 있었다. 명나라 시대의 작가 육찬의 수필집『경사편(庚巳編)』3권「초무(楚巫)」에, 다리에 감는 행전과 거위의 목을 사용한 저주가 있다. 어느 날 초나라의 유력자가 행전을 벗자 바람이 불어 날아가고 말았다. 우연하게 그것을 손에 넣은 강총이라는 남자가 나쁜 마음을 품었다. 그는 거위를 죽이고 그 목을 행전으로 감싸 신이 깃든다고 여겨지는 장소에 철못으로 그것을 박고 저주의 말을 외었다. 그러자 유력자는 다리가 아프기 시작해 먹지도 자지도 못하게 되었다. 주술사에게 밤낮으로 기도하게 했지만 낫지 않았는데, 그때 강총이 자신이라면 낫게 할 수 있다며 나서서 유력자의 부하에게 돈을 받은 후, 행전에 박았던 못을 뺐다. 그러자 유력자의 다리에서 곧바로 아픔이 사라졌다. 그 후로 강총은 몇 번이고 똑같은 일을 되풀이하여 수많은 사례금을 손에 넣었다.

청나라 시대의 작가 시홍보의『민잡기(閩雜記)』에는 어떤 묘(廟, 사원)에 있는 소·말·개의 머리를 나무판에 조각한 상을 사용한「우두원(牛頭願)」이라는 저주법이 나온다. 남에게 원한을 품은 자는 우두원을 위한 인지(印紙)를 몇십 장 구매하고, 그 절반을 상 앞에서 불태운다. 다음으로 오른손으로 상을 두들기며 원한의 말을 내뱉는다. 그 뒤에「날 따라와라」하고 말하고 신령을 원한을 가진 상대의 집 앞까지 안내한다. 거기서 남은 인지를 불태우며 원한의 말을 3번 반복한다. 그것만으로 그 집에 사는 인물은 병에 걸리거나 그중에는 죽는 자도 생긴다. 우두원의 묘는 저주를 전문으로 취급했다고 하는데, 여러 종류의 저주용 인지를 판매하는 가운데 원망하는 상대를 발광시키는 인지 등도 있었다고 한다.

다종다양한 염매의 술 도구

중국의 저주 도구 ➡ 나무·풀·종이로 만든 사람이나 동물의 인형이 많다.

⬇

그 외에도 여러 주물이 있었다!

거위의 목을 사용한 저주법

명나라 시대의 작가 육찬의 수필집 『경사편』에 나오는 거위의 목을 이용한 저주법은 아래와 같다.

①저주하는 상대의 행전을 손에 넣는다. ➡ ②거위를 죽여 그 목을 행전으로 감싼다. ➡ ③거위의 목과 행전을 신성한 곳에 못으로 박는다. ➡ ④상대의 다리가 아프기 시작한다.

우두원의 순서

우두원은 소·말·개의 머리를 나무판에 조각한 상을 사용한 저주법으로 아래와 같이 행한다.

①우두원용 인지를 몇십 장 산다.

소·말·개의 머리를 조각판에 새긴 상

④적의 집 앞에서 인지를 태우고 원한의 말을 3번 내뱉는다. 그것으로 적은 병에 걸리거나 죽는다.

③신령을 적의 집으로 데려간다.

②인지의 절반을 상 앞에서 태우고, 오른손으로 상을 두드리며 원한을 내뱉는다.

No.082 제4장 ●중국과 그 외 세계의 흑마술

장인 염매의 술

장인 염매술은 인형을 사용한 저주법 중에서도 특히 목공 등 장인에게 부탁하여 표적이 되는 인물의 집 안에 인형을 설치하는 방법이다.

●토목건축의 장인에게 인형을 설치하게 하는 흑마술

중국에서는 인형을 사용해 남을 저주하는 술을 염매(厭魅), 혹은 염승(厭勝)이라고 하는데, 그 저주법 안에 목공 등의 장인에게 부탁하여 표적이 될 인물의 집 안에 인형을 설치하는 것이 있다. 여기서 장인 염매술이라는 것은 이런 종류의 저주법을 말한다. 이 술법은 목공 등에게 의뢰하여 행하기도 했지만, 목공 자신이 자신의 의지로 행하기도 하였다. 집을 지을 때 식사나 대우가 형편없음에 불만을 가진 목공이 몰래 나무인형이나 종이인형을 만들어 천장 뒤나 벽 안에 설치하는 저주이다. 어느 경우든 이것이 효과를 발휘하면 그 집에 사는 가족에게 불행이 일어난다.

이 술에서는 염매를 걸 때 그 집의 누구를 병들게 하고 싶다면, 그 내용을 명확하게 입에 담아 기원하는 것이 기본이다. 그래야만 비로소 인형이나 도구가 주물이 된다.

목적에 어울리는 형태의 인형을 사용하는 것도 효과를 확실히 하기 위한 방법이다. 예를 들어 나무인형 2개를 서로 싸우는 모습으로 맞추어 대들보 사이에 두면, 그 집에서는 매일 밤 싸우는 소리가 들린다. 남자들과 몸을 섞는 듯한 외설적인 여인상을 만들어 지붕 서까래에 숨기면, 그 집에서는 대대로 바람기가 많은 딸이 태어난다. 서로 맞잡고 싸우는 모습의 남녀 인형을 만들어 숨기면, 그 집안은 어느새 가정에 불화가 일어나 부부나 아이들이 서로 치고받는 싸움을 하게 된다. 또 2마리의 말이 수레를 끌고 집 바깥으로 나가는 형태로 만든 인형을 숨기면 그 집은 가난해진다. 방뇨하는 모습의 인형을 침실 천장 뒤에 숨기면, 집안사람이 잘 때 오줌을 싸게 된다.

하지만 이들 인형을 발견해 불로 태우면 술법은 깨진다. 그리고 술법을 건 목공도 죽게 된다.

장인 염매의 술

| 장인 염매 | ➡ | 토목 건축 장인이 설치하는 인형 흑마술 |

그 집의 주인을 괴롭혀주십시오.

이렇게 부탁드릴 테니

대우가 안 좋았으니까 혼쭐을 내주마.

장인 염매술은 목공 등에게 의뢰하여 행할 때도, 목공 자신이 자신의 의지로 행하는 때도 있다.

목공 염매술의 기본

목공 염매술은 인형 등의 주물을 설치할 때, 목적을 명확히 입에 담는 것이 기본이다.

이 집의 고집불통인 주인이 맹장에 걸리기를!

목적에 어울리는 인형

장인 염매술에서는 목적에 맞는 인형을 사용하면 효과가 확실해진다.

싸우는 남녀의 인형	말이 수레를 끌고 집에서 나가는 인형	외설적인 모습의 여인상	방뇨하는 모습의 인형
⬇	⬇	⬇	⬇
부부싸움이 끊이질 않고 가정불화가 일어난다.	집이 가난해진다.	대대로 바람기가 많은 딸이 태어난다.	밤중에 오줌을 싸게 된다.

고독법

뱀, 두꺼비, 도마뱀, 누에 등 기분 나쁜 곤충이나 파충류 등을 사용하여 표적이 될 사람을 주살하고 또 그 사람의 재산까지 빼앗는 사술.

●곤충 · 파충류 등의 독충을 사용한 주살과 축재의 사법

고독법(蠱毒法)은 뱀, 두꺼비, 도마뱀, 누에, 거미, 이, 지네와 같이 기분 나쁜 곤충이나 파충류, 양서류 등을 이용하여 표적이 될 인간을 주살하고 또 그 사람의 재산까지 빼앗는 사술이다. 따라서 고독법을 행하는 자의 집은 점점 부유해진다. 곤충이나 파충류만이 아니라 닭, 고양이, 개, 양과 같이 비교적 커다란 동물을 사용하기도 한다.

고독은 어느 새인가 집에 정착하고 있는 경우도 있지만, 보통은 다음과 같이 만든다. 「고(蠱)」라는 글자(접시 위에 벌레가 잔뜩 올라가 있다)와 같이 잡다한 벌레나 작은 동물을 항아리 안에 넣어 입구를 봉하고 서로를 잡아먹게 한다. 그렇게 하면 어느새 단 한 마리만이 살아남는데, 그 한 마리가 고독이라는 특수한 독물이 된다. 일설에 따르면 항아리에 가두는 것은 단오 날이며, 해를 넘겨 항아리의 뚜껑을 열었을 때 살아남은 한 마리가 고독이다. 호칭은 그것이 뱀이라면 「사고(蛇蠱)」, 지네라면 「오공고(蜈蚣蠱)」가 된다.

고독을 얻으면 적절하게 사육하여, 점에 따라 시일을 골라 1년에 몇 번 모시게 된다. 그리고 표적이 될 사람의 음식에 고독을 섞어 먹인다. 고독의 똥이나, 태워서 가루로 만든 것을 먹이기도 한다. 또 표적으로 하는 사람의 집 아래에 고독을 묻기도 한다. 그렇게 하면 저주를 받은 사람은 죽고, 그 사람의 재산이 고독의 주인에게 들어온다. 그래서 고독을 기르는 사람의 집은 점점 부유해진다.

하지만 고독은 한 번 썼다고 반드시 죽는 것이 아니며, 그 뒤에도 계속 길러야 한다. 가장 일반적인 고독인 금잠고(No.085 참조)의 경우에서도 알 수 있듯이 고독을 계속 기르는 것은 매우 힘든 일이다. 그래서 고독에 손을 대고 부자가 됐지만 계속 기르지 못하고 집안이 망하는 이야기가 산더미처럼 많다.

고독법

 고독이란?

잡다한 작은 동물을 사용하여 사람을 주살하고 재산을 빼앗는 사술이야.

고독을 만드는 법

①뱀, 도마뱀, 지네 등의 독충을 항아리에 가두고 서로 잡아먹게 한다.

②마지막에 살아남은 한 마리가 고독이 된다.

③적절하게 사육하여 1년에 몇 번 기린다. 이것으로 고독법을 쓸 수 있다.

고독의 사용법

노리는 상대에게 고독의 똥을 먹이거나 상대의 집 밑에 고독을 묻는 등, 고독의 사용법은 다양해.

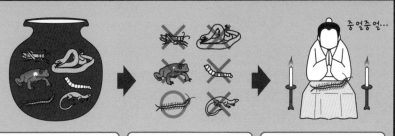

고독

그대로 먹인다.

똥을 먹인다.

분말을 먹인다.

상대의 집 밑에 묻는다.

용어해설

● **고독법**→고술(蠱術)이라고도 부른다.

금잠고

금잠고(金蚕蟲)는 생물을 사용한 주살과 축재의 사법인 고독법 중에서도 가장 잘 알려진 것으로, 누에 와 비슷한 「식금충(食錦蟲)」이라는 벌레를 사용한 흑마술이다.

● 가장 유명하고 대표적인 고독법

금잠고는 생물을 사용한 주살과 축재의 사법인 고독법 중에서도 가장 잘 알려진 방법이다. 금잠은 누에와 비슷한 「식금충」이라는 벌레로 알려져 있으며, 금색을 띠고, 몸을 둥글게 말 수 있으며, 누에가 뽕잎을 먹듯이 고가의 비단 직물을 먹고 산다고 한다.

금잠의 사용법은 간단하다. 금잠의 똥을 음식에 섞어 표적에게 먹이면 된다. 그렇게 하면 그 사람은 물론 독으로 죽는데, 그것만이 아니라 살해당한 자의 재산이 어찌된 영문인지 죽인 자의 손에 들어가고, 그만큼 집안이 부유해진다. 그래서 금잠이 살기 시작한 집은 엄청난 기세로 재산을 불려나간다.

하지만 금잠을 기르는 것은 매우 힘든 일이다. 일설에 따르면 금잠을 기르는 한 매년 한 명은 죽여야 하고, 목표를 찾지 못하면 가족이라도 죽여야 하기 때문이다. 그러지 못하면 금잠의 주인이 금잠에게 살해당하고 만다.

심지어 금잠은 거의 불사신이라, 물에 담그거나 불에 태우거나 칼로 잘라도 죽지 않는다.

그래도 금잠과 헤어질 방법은 있다. 그 방법은 가금잠(嫁金蚕)이라는 것으로, 상자 안에 금잠으로 얻은 금은보화와 함께 금잠인 벌레를 넣고 길에 버리는 것이다. 금은보화는 시집을 보내기 위한 지참금 같은 것이다. 이 상자를 누군가가 발견해 주워서 집으로 가지고 가면, 그때 처음으로 금잠은 다른 집으로 옮겨가게 된다. 따라서 금잠을 손에 넣는 방법은 대부분 이렇게 버려진 금잠을 줍는 경우가 많다.

하지만 통상의 고독법처럼 수많은 벌레를 서로 잡아먹게 만들어 마지막까지 살아남은 것이 우연히 금잠이었다는 말도 있다.

금잠고

| 금잠고란? | ➡ | · 사람을 죽여 재산을 얻는 고독법 중 하나
· 누에와 비슷한 식금충이라는 벌레를 사용한다. |

금잠고의 사육법

금잠고를 기르기 위해서는 아래의 사항을 지켜야만 한다.

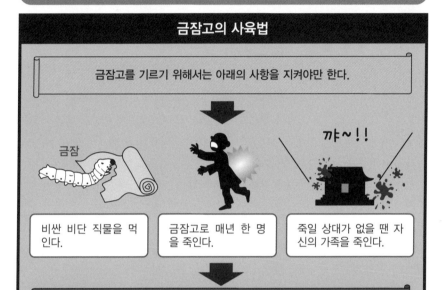

까~!!

금잠

| 비싼 비단 직물을 먹인다. | 금잠고로 매년 한 명을 죽인다. | 죽일 상대가 없을 땐 자신의 가족을 죽인다. |

위의 사항을 지키지 못하면 자신이 금잠에게 살해당한다.

금잠과의 이별법

이와 같은 이별법은 「가금잠」이라고 하지.

땡잡았다!

| 상자 안에 금은보화와 금잠을 넣고 길에 버린다. | 이 상자를 누군가가 집으로 가지고 돌아가면 금잠도 그 집으로 옮겨간다. |

도생법

도생법(挑生法)은 먹을 것이 배 속에서 부풀어 올라 폐나 심장 등을 압박해 그 결과 죽음에 이르는 저주법으로, 고독법의 일종이다.

● 어육 · 계육 등을 이용한 고독 살인

고독법 중에서도 특히 생선살 · 닭고기 등에 원한을 담아 표적이 된 사람을 죽이는 것이 도생법이다. 도생이라는 말에는 생선살 등을 사람에게 먹여 그 음식을 배 속에서 성장시켜 사람을 죽이는 요술이라는 의미가 있다. 즉 도생법으로 저주를 받은 사람은 음식이 배 속에서 점점 부풀어 올라 폐나 심장 등을 압박해 그 결과 죽고 만다. 배에 들어가는 음식은 수박과 같은 과일이나, 차와 같은 음료라도 도생시킬 수 있다고 한다.

청나라 시대의 어떤 이야기에 따르면 저주를 받은 사람은 단순히 배가 부풀어 죽는 것만이 아니다. 죽은 후에는 저주를 건 사람의 노예가 되어 그 사람의 말에 따라 일해야 한다고 한다. 이것은 거의 부두교의 좀비라고 해도 과언이 아니다. 일설에 따르면 음식이 폐 중간에 있을 때는 생약인 승마를, 배 속에 있을 때는 강황을 복용하면 독을 뱉어낼 수 있고, 다 뱉어내면 낫는다고 전해진다.

도생법의 특별한 방법으로 도기법(挑氣法)이라는 것이 있다. 이것은 음식이 아니라 「기(氣)」, 즉 염력을 사용하는 특별한 도생법이다.

어떻게 하는가 하면 도기법을 조종할 수 있는 마술사가 표적인 인물을 방문해 두세 마디 말을 나누고, 그 동안 표적에게 특별한 기를 발하면 된다. 그렇게 하면 그 기가 표적의 배 속에 들어가 점점 부풀어 오른다. 이 결과 뱃가죽이 당겨져서 얇아지고, 심장과 폐까지 외부에서 비쳐 보일 정도가 된다고 한다. 그리고 며칠도 지나지 않아 죽는다.

이러한 마술이기에 도기법은 누구나 할 수 있는 방법이 아니다. 도기법을 특기로 삼는 마술사에게만 가능한 술법이다.

도생법

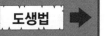 도생법 → ·먹을 것을 배 속에서 부풀려서 사람을 죽이는 흑마술
·죽인 시체를 노예로 삼아 사역하는 것도 가능

 도기법 → 기의 힘을 사용한 도생법의 일종

도생법의 수순

①닭고기나 생선살에 원한을 담아 조리한다.

혼꿇을 내주마!

②원한을 가진 상대에게 요리를 먹인다.

많이 드십쇼!

③배 속에서 먹을 것을 부풀려 표적을 살해한다.

어흑 죽음

④표적의 시체를 사역하여 노예로 쓸 수도 있다.

왜 이렇게 됐지~

도기법의 수순

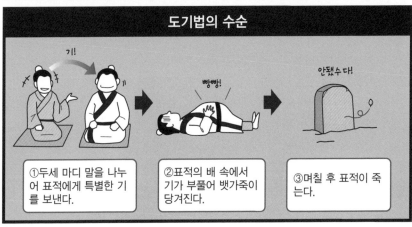

기!

빵빵!

안됐수다!

①두세 마디 말을 나누어 표적에게 특별한 기를 보낸다.

②표적의 배 속에서 기가 부풀어 뱃가죽이 당겨진다.

③며칠 후 표적이 죽는다.

묘귀법

묘귀법(猫鬼法)은 고독법의 일종으로, 고양이의 영을 조종해 사람을 주살하고 그 재산을 빼앗는 흑마술로, 수나라 시대에는 집안마다 묘귀를 기를 정도로 대유행이었다고 한다.

●커다란 동물의 영을 사용한 예외적인 고독법

묘귀법은 고독법의 일종으로, 고양이의 영을 조종해 사람을 주살하고 그자의 재산을 빼앗는 방법이다. 고독은 일반적으로 벌레와 같이 작은 곤충을 사용하는데, 고양이와 같이 커다란 동물을 사용한다는 점에서 상당히 특이한 술법이다.

묘귀를 얻으려면 무서운 의식이 필요하다. 고양의 목을 졸라 죽이고 제단을 만들어 먹을 것을 공양하여 49일 동안 기원한다. 이렇게 하면 그 고양이의 영을 조종할 수 있게 되는데, 그 영이 바로 묘귀이다. 이렇게 묘귀를 얻으면 이것을 사역하여 표적이 될 인물을 주살하고 그의 재산을 빼앗을 수 있다. 단지 묘귀를 계속 기르려면 12일마다 십이지의 자(쥐)의 날에 묘귀를 기려야 한다. 그렇게 하면 묘귀는 사람을 죽일 때마다 그 사람의 재산을 주인의 집으로 옮겨다준다.

주의해야 할 점은 일설에 따르면 묘귀는 그것을 기르는 사람과 일심동체와 같은 부분이 있다는 점이다. 청나라 시대의 작가 양봉휘의 『남고필기(南皐筆記)』에 있는 「고독기」에 다음과 같은 이야기가 있다. 어느 날 밤 한 주술사가 길을 걷는데 고양이 한 마리가 어떤 집으로 들어가는 것이 보였다. 그것이 묘귀임을 깨달은 주술사는 곧바로 부적을 사용해 영을 제압하고 고양이를 붙잡아 항아리 안에 집어넣었다. 다음 날, 그 집의 하인이 모두 찾아와 고양이의 소재를 물었다. 주술사가 추궁하자 그 집안의 부인이 묘귀를 기르고 있음을 자백했지만, 주술사는 고양이를 돌려주지 않았다. 그 후 주술사는 항아리 안에 뜨거운 물을 부어 고양이를 죽였는데, 바로 그 순간 그 집의 젊은 부인이 열탕을 뒤집어쓴 것처럼 전신에 화상을 입고 침대 위에서 죽었다고 한다.

묘귀법은 수나라 시대에 대유행하여 집집마다 묘귀를 기를 정도였지만, 국가적으로 사법을 일축하는 운동이 일어나 묘귀를 기르는 집은 변방 지역으로 추방당하였다. 그 결과 당나라 시대에는 묘귀 사건은 격감하였다고 전해진다.

묘귀법

묘귀법 ➡ 고양이의 영으로 사람을 주살하고 재산을 빼앗는 고독법의 일종

무서운 의식이 필요하다.

묘귀를 얻는 의식

①고양이의 목을 졸라 죽인다.

②고양이를 제단에서 49일 동안 모시면 묘귀를 얻을 수 있다.

③묘귀를 조종해 사람을 죽이고 그 재산을 약탈할 수 있다.

묘귀와 사육자의 특이한 관계

묘귀는 사육자와 일심동체로, 설령 떨어져 있더라도 묘귀가 다치면 사육자도 똑같이 다치기 때문에 주의가 필요하다. 예를 들어 묘귀가 뜨거운 물에 화상을 입으면 주인도 어째서인지 큰 화상을 입게 된다.

묘귀

와! 뭔지는 모르지만 크게 화상을 입었어!

까~, 아뜨 뜨 뜨 뜨!

주인

187

술을 썩게 만드는 술

중국에서는 서민을 협박하여 금품을 갈취하는 폭력단원과 같은 요술사가 술을 썩게 하는 술이나 끓인 음식을 식히는 술을 써서 사람들을 괴롭혔다.

●사람을 곤란하게 만들어 금품을 갈취하는 흑마술사들

중국에는 요술의 힘으로 사람을 곤란하게 만드는 것은 물론 일반 시민을 협박하여 금품을 갈취하는 폭력단원 같은 요술사도 많았다. 주조가의 술을 썩게 하거나 식당의 끓인 음식을 식히거나, 양식장을 망가뜨려 물고기를 잡을 수 없게 하는 등 경영자를 협박해 돈을 빼앗는 것이다. 이런 종류의 마술은 사람을 저주해 죽이는 마술처럼 무섭지는 않지만 일반 시민에게 해악을 끼치는 흑마술의 종류임에는 틀림이 없다.

여기서 이러한 흑마술 중에서 술을 썩게 만드는 술법을 소개하겠다. 중국 남송 시대의 홍매가 쓴 괴기소설집 『이견지(夷堅志)』에 나오는 이야기이다.

호북 양양 지방의 등성 현에서 어떤 요술사가 매년 술집을 돌며 돈을 요구했는데, 그해에 한해 부자의 술집으로 가서 「댁은 유복하니 평소보다 더 많이 내라」라며 많은 돈을 요구했다. 물론 술집은 그 요구를 거절했다. 그러자 요술사는 곧바로 숙소로 돌아가 부하를 그 술집으로 보내 술을 한 병 사오도록 했다. 이것을 작은 항아리에 넣고 오물을 넣어 섞었다. 그리고 산기슭으로 옮겨 몇 번 우보를 밟으며 주문을 왼 다음 땅에 묻고 자리를 떴다.

마침 그것을 본 도사가 그 후 우연히 그 술집을 방문했는데 가게 전체가 소란스러웠다. 사정을 들으니 어떤 요술사에게 괴롭힘을 당해 가게 안의 술항아리에서 똥냄새가 피어서 손을 쓸 수가 없다는 것이었다. 그래서 지금 요술사가 요구한 돈을 지불하기 위해 가려던 중이었다고 한다. 그 말을 들은 도사는 「그런 짓은 하지 않아도 된다. 내 술법으로 해결하겠다」라며 향을 피워 주문을 외웠다. 그러자 한나절 만에 악취가 사라졌다. 심지어 돈을 요구했던 요술사는 그날 이후 발에 혹이 생겨 걸을 수 없게 되었고, 결국 몇 년 후에 똥오줌 범벅이 되어 죽고 말았다고 전해진다.

술을 썩게 만드는 술

술을 썩게 만드는 술 양조가의 술을 썩게 만들어 금품을 갈취하는 흑마술

술을 썩게 만드는 술의 방법

괴기소설집 『이견지』에 따르면, 양조가의 술을 썩게 만드는 술은 아래와 같이 행한다고 한다.

①양조가에서 술 한 병을 사와 그것을 작은 항아리에 넣고 오물을 넣어 뒤섞는다.

②산기슭으로 옮겨 몇 번 우보를 밟으며 주문을 왼다.

③땅에 구멍을 파고 술과 오물이 든 항아리를 묻는다.

구, 구겨!!

④이것만으로 양조가의 술이 전부 썩어 악취를 풍기게 된다고 한다.

호연의 법

호연(狐涎)의 법은 여우의 침을 사용해 증오하는 상대를 죽이고, 죽은 후에는 그 인물을 자유롭게 조종하여 노예로 부릴 수 있는 흑마술이다.

●인간을 속이는 여우의 침을 이용한 흑마술

호연의 법은 중국 송나라 시대에 복건 · 광동 · 광서 등 중국 동남지방에서 행해진 남법(南法)이라고도 불린 사법의 일종으로, 여우의 침을 사용해 사람을 해하는 술법이다. 도생법과 비슷한 술법으로, 증오하는 상대를 죽이고 죽인 후에는 그 인물을 마음대로 조종하여 노예로 부릴 수 있다.

아래와 같은 방법으로 행한다. 우선 주둥이가 작은 항아리 안에 육편을 넣어 여우가 출몰하는 야외에 묻는다. 그렇게 하면 여우가 그것을 발견하고 먹으려 하지만, 입이 들어가지 않아 항아리 안에 침을 흘린다. 이 침이 육편에 묻으면 꺼내서 햇볕에 말려 육포로 만든다. 이 육포를 가루로 내 음식물에 섞어 저주할 상대에게 먹인다. 그렇게 하면 먹은 인간은 죽고, 죽은 후에는 노예로 자유롭게 조종할 수 있게 된다고 한다.

하지만 호연의 법에는 다른 이용법도 있었다. 그것은 저주할 상대를 괴이한 모습으로 바꿔버리는 것이다. 방법은 간단하다. 조금 전의 방법으로 여우의 침을 손에 넣으면, 그 침을 통 속의 물에 섞어 그것으로 세수하게 만드는 것이다. 그렇게 하면 그 물로 씻은 부위만 얼굴의 형태가 변하여 괴물이 된다. 예를 들어 어떤 사람이 얼굴 왼쪽 절반만 씻으면, 그 절반만 이상하게 변하고 오른쪽 부분은 원래 형태 그대로를 유지한다.

호연의 법은 송나라 시대의 중국 동남 지방에서 유행했는데, 훗날에는 서북 지방에도 전해졌다. 그 증거로 금나라의 대정연간(1161~1187년)에 협서 지방의 한 요술사가 여우의 침이 든 항아리를 몰래 가지고 있다는 죄로 처형당한 기록이 있다. 여우가 자주 사람을 놀랜다는 전승은 중국에도 있었기에, 여우의 침에도 어떠한 특별한 힘이 있다고 여겨져 이러한 마술이 탄생했다고 유추할 수 있다.

호연의 법

| 호연의 법 ➡ | 여우의 침을 사용해 사람을 해하는 흑마술 |
| | 남법이라는 사법의 일종 |

죽어라!　　　　　　　　　　일해라!

특징은?

미운 상대를 죽인 후 사후에는 노예로 부릴 수 있다.

호연의 법 수순

일반적인 호연의 법 수순은 아래와 같다.

①고기조각을 넣은 항아리를 야외에 묻고 여우의 침을 모은다.

②여우의 침이 스며든 고기를 햇빛에 말려 육포로 만든다.

③육포를 가루로 만들어 음식에 섞은 뒤 먹인다.

이것만으로도 먹은 사람은 죽고, 심지어 노예로 부릴 수 있게 된다.

호연의 법으로 사람을 괴이한 모습으로 바꿔버릴 수도 있지.

①여우의 침을 통의 물과 섞는다.

②그 물로 세수시킨다.

③얼굴이 변하여 괴물처럼 된다.

옥녀희신술

옥녀희신술(玉女喜神術)은 잠이 막 들어 꿈을 꾸는 여성을 자신의 방으로 순간이동시켜, 아무도 모르게 여성과 관계를 가지는 외설적인 목적의 흑마술이다.

● 누구에게도 들키지 않고 비몽사몽의 여성을 꾀어 간음하는 술법

누구에게도 들키지 않고 여성과 사귀어 외설적인 짓을 하기 위한 흑마술은 중국에도 많이 존재한다. 옥녀희신술도 그중 하나이다.

남송 시대의 작가 홍매가 편찬한 괴이소설집 『이견지』(정지18권)에, 어떤 도사가 옥녀희신술을 사용해 젊은 여성을 임신시키는 이야기가 있다.

그 이야기에 따르면 그 여성은 강소 지방의 아산에 가까운 구용 현에 살았는데, 결혼 전에 임신하고 말았다. 부모는 딸이 몰래 남자와 사귄 것이 아닐지 의심했지만, 평소에 집을 나간 적도, 남자가 집으로 놀러온 적도 없었다. 딸에게 캐묻자, 딸은 다음과 같이 밝혔다. 매일 밤 딸이 침소에 들면 반드시 꿈인지 아닌지 알 수 없는 상태가 되고, 그때 한 도사가 나타나 어딘가의 방으로 맞이한다. 그곳에서 식사를 함께 할뿐이라면 좋겠지만 유혹당하여 함께 자고 만다. 그래서 딸은 임신하고 말았기에, 오랜 시간 부끄러워 밝힐 수 없었다고 한다.

이야기를 들은 부모는 그런 나쁜 도사가 아산에 있음을 알았기에 곧바로 대책을 취했다. 법사(法事)를 칭해 그 부근의 도사를 모조리 초대하고, 발 뒤에서 딸에게 엿보게 한 것이다. 그 결과 어떤 **도관**의 도사가 범인임을 알고 곧바로 관아에 호소해 체포하게 하였다. 관인은 이 사건을 조사해 옥녀희신술을 사용한 것을 알아냈다. 하지만 감옥에 가뒀음에도 도사가 몇 마디의 주문을 외자 검은 안개가 솟아나 근처를 감싸 아무것도 보이지 않게 되었다. 그리고 안개가 걷히자 그 도사도 사라지고 말았다고 한다. 이 이야기로 옥녀희신술의 사용법은 알 수 없지만, 어떤 술법인지는 잘 알 수 있을 것이다. 옥녀희신술은 도교의 술자가 사용하는 술법이며, 잠이 들어 정상적인 판단을 할 수 없는 여성을 자신의 방으로 순간이동시켜 아무도 모르게 여성과 관계를 맺는 술법이다.

옥녀희신술 누구에게도 들키지 않고 여성에게 음탕한 짓을 하는 흑마술

옥녀희신술의 구조

남송 시대의 소설집 『이견지』에 따르면 옥녀희신술의 원리는
아래와 같은 것이라고 추측된다.

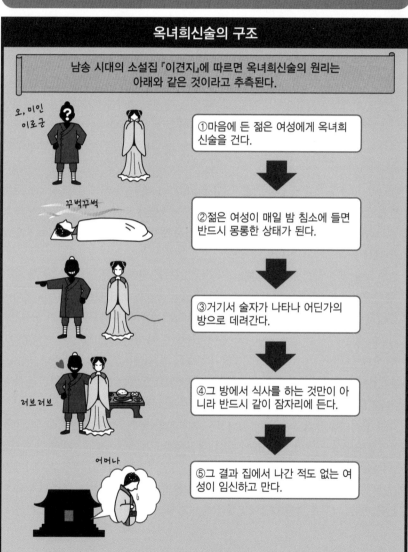

오, 미인
이로군

①마음에 든 젊은 여성에게 옥녀희
신술을 건다.

꾸벅꾸벅

②젊은 여성이 매일 밤 침소에 들면
반드시 몽롱한 상태가 된다.

③거기서 술자가 나타나 어딘가의
방으로 데려간다.

러브러브

④그 방에서 식사를 하는 것만이 아
니라 반드시 같이 잠자리에 든다.

어머나

⑤그 결과 집에서 나간 적도 없는 여
성이 임신하고 만다.

●**도관**→출가한 도사가 모여 사는 도교의 시설.

중국의 식물성 미약

식물을 재료로 한 미약은 중국에도 일반적으로 이용되어 화합초(和合草), 상련초(相憐草), 안타타(安駝駝) 등의 이름이 옛날 문헌에 기록되어 있다.

● 누구라도 반하게 만드는 화합초, 상련초, 안타타

상대의 의지와는 상관없이 이성을 끌어당기는 구애의 흑마술은 중국에도 존재하는데, 그중에서도 일반적인 것이 식물로 만든 미약을 이용하는 것이었다.

미약의 재료가 되는 식물로는 화합초, 상련초, 안타타 등의 이름이 옛날 문헌에 기록되어 있다.

청나라 시대의 작가 류곤의 견문기 『남중잡설(南中雜說)』에 따르면, 화합초는 운남 지방에서 이용되던 미약으로, 특히 추한 여자가 남자에게 먹이는 것이었다. 그렇게 하면 그 남자의 눈에는 아무리 추한 여자라도 절세의 미녀로 보여 평생을 떨어지지 못하게 되고 만다.

화합초에 대해서는 다른 문헌에도 기술이 있는데, 반드시 한 쌍이 마주보는 형태로 돋아나거나, 마치 만드라고라처럼 남녀가 얽힌 모양을 하고 있는 이야기도 있다.

송나라 시대의 작가 주밀의 『계신잡식(癸辛雜識)』에는 상련초라는 미약의 이야기가 있다. 이 풀은 광서 지방에 자란다고 전해지는데, 사용법은 조금 별나다. 미약이라고 하면 상대에게 먹이는 것이 보통이지만 상련초는 전혀 다른 사용법을 취한다. 사귀고 싶은 상대가 있다면 그 풀을 조금 따 깨닫지 못하도록 던지는 것이다. 그 결과 풀이 상대의 몸에 닿아 떨어지지 않으면 상대를 자신의 마음대로 할 수 있게 된다.

청나라 시대의 작가 조수교의 『전남잡지(滇南雜志)』에는 안타타라는 식물이 등장한다. 이것은 운남 지방에 있었다는 엄청나게 강력한 약으로, 이것을 사용하면 틀림없이 이성을 끌어들일 수 있다. 이 지방 여성은 미약이 만들어지면 효과를 시험하기 위해 2개의 커다란 돌을 가져온다. 그리고 3m 정도 떨어뜨려 방구석에 두고 이 약을 바르는 것이다. 그렇게 하면 밤중에 2개의 돌이 자연스럽게 이동하여 붙는다고 한다.

중국의 식물성 미약

중국의 식물성 미약 ➡ 미약 중에서도 가장 일반적으로 사용되었다.

유명한 중국의 식물성 미약

중국의 식물성 미약에는 화합초, 상련초, 안타타 등의
이름을 가진 식물이 특히 유명하다.

화합초

미, 미인이다!

· 운남 지방에서 이용되던 미약.
· 남자에게 먹이면 어떤 추한 여자
 라도 미녀로 보인다.

상련초

상련초를 소량 따서 상대
방이 깨닫지 못하도록 던
진다. 풀이 상대의 몸에
붙어 떨어지지 않으면 상
대를 자신의 마음대로 할
수 있게 된다고 한다.

휙

?

· 광서 지방의 미약
· 상대에게 던져 사용한다.

안타타 ➡ · 운남 지방의 엄청나게 강력한 미약.

찰싹

3m

안타타의 미약을 거대한 두 개의 돌에 바르고 하룻밤 방치하면, 아침에
는 돌이 딱 붙을 정도로 위력이 있다.

중국 창가의 성애 마술

중국 명나라 시대의 소설에 등장하는 중국의 매춘부는, 부잣집 남성을 붙잡아두고 거금을 내놓게 하기 위하여 기분 나쁘고 그로테스크한 성애(性愛) 마술을 사용하였다.

● 남자를 창부에게서 떨어질 수 없게 만드는 월경혈의 주술

중국 명나라 시대의 작가 축윤명이 편찬한 괴기소설집『지괴록(志怪錄)』에 중국의 어떤 창가(옛날의 매춘가)에 전해졌다고 하는, 남자를 붙잡아두기 위한 성애 마술의 이야기가 있다. 이 마술에 걸리면 남자는 특정 창부에게서 떨어질 수 없게 되고, 그 결과 거금을 내놓게 되는 것이다.

이야기 안에서 이 마술에 걸린 것은 한 청년이었다. 청년은 어떤 창부에게 빠져 이미 1년 동안이나 그 창가에 숙박하며 지냈다. 그 청년은 부자였기에 창부도 지극정성을 다했다.

그러던 어느 날, 청년이 낮잠을 자고 있자 창부가 집으로 돌아왔다. 문득 보자 손에 점심에 먹을 생선이 들려 있었다. 그것이 이상해서 숨어서 지켜보자, 여자는 생선을 든 채로 변소로 들어갔다. 청년은 더욱 이상해져 가까이 가서 지켜보았다. 그러자 여자는 생선을 작은 용기 안에 담고, 거기에 다른 용기에 담긴 수상한 색을 띤 액체를 쏟아 부었다. 놀랍게도 그것은 그 창부 자신의 월경혈이었다.

청년은 깜짝 놀람과 동시에 창부의 노림수를 깨달았다. 창부는 자신의 월경혈로 절인 생선을 청년에게 먹여 더욱 오랫동안 그를 잡아둘 속셈이었던 것이다.

하지만 그 현장을 들키는 바람에 모든 것이 들통이 났다. 청년의 애정도 사라졌다. 청년은 화가 나서 곧바로 창부에게 이별을 고하고 떠났다고 한다.

여기에 등장하는 마술은 참으로 괴기한 느낌이지만, 여성의 월경혈을 사용한 마술은 중국에서는 자주 행해졌다고 한다. 예를 들어 월경혈을 적신 천을 집 문 앞에 묻어두면 한 번 안에 들어온 사람을 남녀 가리지 않고 그 집에서 떠나지 못하게 할 수 있었다고 한다.

중국 창가의 성애 마술

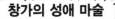 **창가의 성애 마술** 단골손님이 창부에게서 떨어질 수 없도록 만드는 흑마술

창부의 월경
혈로 절인 생
선을 손님에
게 먹인다.

그 방법은?

손님은 창부
에게서 떨어
질 수 없게
되고, 거금을
바친다.

월경혈의 성애 마술과 유사한 마술

중국에는 월경혈을 사용한 성애 마술과 유사한 마술이
그 외에도 다양하게 존재했다.

월경혈을 적신 천을 문 앞
에 묻어두면, 안에 들어온
사람은 나갈 수 없게 된다.

오늘은 돌아가
지 않을래.

월경혈을 적신 천을 변소
앞에 묻어두면, 여성이 질
투하지 않게 된다.

난 질투 같은 거
안 하거든?

여성의 머리카락을 부뚜막
앞에 묻으면, 여성이 집에
정착한다.

난 이 집에서 살
거야.

음문진의 비법

수많은 여성이 적진을 향해 음부를 훤히 드러내고 적의 포화를 무효화하는, 명나라 시대 말기부터 왕성하게 사용되었던 기묘한 흑마술.

● 여성이 하반신을 드러내어 적의 대포를 무효화한다

음문진(陰門陣)의 비법은 수많은 여성이 적진을 향해 음부를 훤히 노출하는 것으로 적의 포화를 무효화한다는, 명나라 시대 말기부터 왕성하게 사용되었던 기묘한 마술이다.

명나라 말기에 각지를 떠돌던 도적집단이 하남의 도시 개봉을 덮쳤을 때, 성 안의 수비가 견고하여 세 번을 공격해도 성은 끄떡도 하지 않았다. 그때 곤란에 빠진 도적이 기발한 술법을 이용했다. 도적들은 여성 수백 명을 납치하여 모두 하반신을 노출시키고 땅에 물구나무를 세워 적을 모독한 것이다. 그런데 놀랍게도 성벽 위의 대포가 모두 불발에 그치고 만다. 이 술에 이름을 붙여, 「음문진」이라고 하였다고 한다.

하지만 음문진에는 유력한 대항책이 있었다. 개봉의 수장은 그것을 알고 있어서, 곧바로 수백 명의 승려를 모아 알몸으로 만들고 성벽 위에 세웠다. 그러자 적의 포화도 모두 불발에 그쳤는데, 이것을 「양문진(陽門陣)」이라고 한다.

한편, 명나라 시대 광서20년(1894년)에도 이 마술이 사용되었다는 기록이 있다.

사천성에서 도적들이 반란을 일으키고 순경 시에 쳐들어왔을 때의 일이다. 제독은 토벌군을 보내 도성 위에서 토벌군과 도적군과의 싸움을 시찰했다. 그러자 적인 도적군이 전라의 여성 수십 명을 앞세우고 나타나더니, 하늘을 향해 울부짖기 시작했다. 그러자 토벌군의 대포는 전부 불발에 그치고 말았다.

참으로 별난 마술이지만 그 원리는 간단하다. 여성의 음부는 당연하게도 음(陰)의 힘을 가지고 있다. 거기서 이 힘을 대량으로 집결시켜서 화포라는 양(陽)의 힘을 제압하려는 마술이다.

음문진의 비법

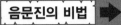 음문진의 비법 → 여성이 적진을 향해 음부를 드러내어 적의 화포를 무력화하는 술

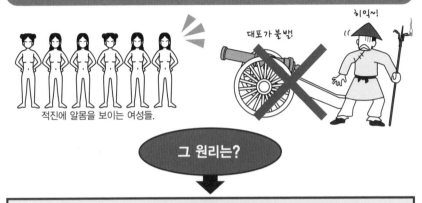

대포가 불발

히이익~!

적진에 알몸을 보이는 여성들.

그 원리는?

여성의 음의 힘을 대량으로 모아, 대포의 양의 힘을 분쇄한다.

「만인총(萬人塚)」에서 보는 음문과 양문의 대항전

청나라의 작가 도신의 괴이소설집 『육합내외쇄언(六合内外瑣言)』의 「만인총」이라는 소설에도, 음문과 양문의 대항전이 있어서 소개해둔다.

요술사인 왕륜이라는 자가 산동 제주에서 민중을 선동하여 반란을 일으킨 적이 있다. 왕륜은 여제자를 이끌고 청연성을 포위하였다. 성의 수비대장인 형공은 곧바로 대포로 적을 쏘았다. 그러자 적군은 여제자들에게 있는 힘껏 주문을 외게 하였다. 형공은 놀라며 「이것이야말로 음문진이다」라고 하고, 성 안의 병졸들에게 하반신의 털을 깎게 한 뒤 그 털을 포 안에 넣어 쏘게 하자, 다수의 적을 살상했다. 이것에 대해 적군은 15살 이하의 소년들을 알몸으로 만들어 화살을 성 안에 쏘게 하였더니, 이번에는 수비대에 다수의 사상자가 나왔다. 형공은 「이번엔 양문진인가」라고 말하며 많은 창부를 성벽 위에 세우고 적군을 향해 음문을 노출하도록 했다. 이것은 음양의 싸움이었지만 단순한 음양이 아니라 노음(老陰)과 소양(少陽)의 싸움이었다. 그 때문에 노음인 창부가 소양인 소년들에게 승리했다. 이 결과 한 달 정도 만에 적군은 패배하고 반란자들은 전부 살해당했다고 한다.

마제과기의 법

남녀가 알몸이 되어 서로의 배꼽을 붙이고, 배꼽 구멍을 통해 서로의 정기를 교류하는 성교 목적의 외설적인 흑마술.

●남녀의 성교를 목적으로 한 사교의 비의

마제과기(摩臍過氣) 혹은 마제기(摩臍氣)는 남녀가 알몸이 되어 서로의 배꼽(臍)과 배꼽을 문질러, 배꼽 구멍을 통해 서로의 정기를 교류시키는 술법이다. 이렇게 설명하면 뭔가 고급스럽게 들리지만 실상은 단순히 남녀의 성교를 목적으로 한 음란한 마술이었다. 애초에 남녀가 알몸으로 서로의 배꼽을 문지르는 체위는 그야말로 성교의 체위이고, 명목이 어찌되었든 최종적으로 성교를 목적으로 한 사술이었다.

명나라 경태년간(1450~1467년)의 일이다. 소천의 윤산이라는 마을에 어떤 도사가 이주했는데, 그 제자들이 마을 안을 선전하며 돌아다녔다.

「우리의 사부는 도교의 호흡법을 실천하길 10년. 병이 있는 자는 사부와 배꼽을 맞대고 문지르는 것만으로도 금방 낫게 할 수 있다. 또 병이 없는 자는 수명이 늘어난다.」

그 말을 들은 마을의 여성들이 찾아오자, 제자들은 여성들의 눈을 독액으로 씻게 하였다. 그 독액은 고독법으로 얻은 독충의 독을 물에 탄 것이다. 그 때문에 여성들은 모두 눈이 부시게 되는 이상한 상태에 빠져, 갖가지 귀신을 보고 그것을 진짜 부처라고 믿게 되었다. 그때 도사는 여성들을 알몸으로 만들고 나체로 서로 부둥켜안아 간음하였다.

이렇게 수많은 여성들이 외설 도사의 독니에 걸렸지만, 간음당했다고 호소하는 자도 없어 피해가 끝이 없었다.

마을의 관인 중 한 사람이 그 도사를 체포하려 한 적도 있었지만, 병사들은 도사의 술법을 두려워해 출동을 거부할 정도였다. 하지만 어느 무쌍한 무사가 돌격하여 결국 도사와 제자들을 체포했다. 그리고 소천의 수도까지 호송하여 시장 가운데서 처형하였다.

마제과기의 법

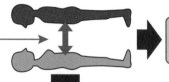

| 마제과기의 법 | 남녀가 배꼽을 맞대고 문지르며 서로의 정기를 교류시키는 술 |
| | 남녀의 성교 목적의 외설적인 마술 |

배꼽을 통해 서로의 정기를 교류시킨다.

병이 낫는다. 수명이 늘어난다.

하지만!

실은 성교 목적의 사술이었다!

외설 도사의 사기 기술

우리 스승님과 배꼽을 맞대고 문지르면 병이 낫고 수명이 늘어요!

어? 정말?

명나라 시대의 외설 도사는 감언이설로 여성을 유혹해 독액으로 눈을 씻게 하고, 환각을 보이게 하여 믿게 만들었다고 한다.

이 약으로 눈을 씻어라!

오오, 부처님이다!

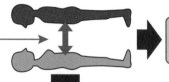

바즈라바이라바의 비법

감당할 수 없는 범죄자가 더 큰 죄를 저지르기 전에 주살하고 문수보살이 주최하는 정토로 보낸다는 언뜻 백마술과 같은 흑마술.

●신과 일체화하여 물소의 뿔로 적을 친다

바즈라바이라바의 비법은 티베트 밀교 역사상 가장 유명한 주술자 중 한 명으로 11~12세기경에 활약한 괴승 도르제탁이 특기로 삼았던 흑마술이다. 도르제탁은 자신이 행하는 그 비의를 도탈(度脫, 돌)이라고 불렀다. 그것은 감당할 수 없는 범죄자를 더 큰 죄를 저지르기 전에 바즈라바이라바의 힘으로 주살하고, 바즈라바이라바의 본체로 여겨지는 문수보살이 주최하는 정토로 보내는 술법이다. 그래서 그는 이 비의는 단순한 주살이 아니라 만인을 위한 자비의 행위라고 여겼다.

바즈라바이라바는 밀교의 대위덕명왕(No.064 참조)이 발전한 신으로, 9개의 얼굴과 34개의 팔, 34개의 다리를 가지고, 얼굴은 물소의 것이고 뿔이 돋은 무서운 모습을 한 신이다.

바즈라바이라바의 비법을 행하기 위해서는 이 신이 되기 위한 성취법을 수행에 따라 몸에 익혀야 했다. 하지만 그것을 몸에 익히면 그 비법은 누구나 실천할 수 있었다. 마음을 집중하여 바즈라바이라바의 존재를 구체적으로 그리고, 자신이 그 신과 일체화하여, 자신의 물소뿔을 휘둘러 적을 쓰러뜨리는 장면을 상상하면 되는 것이다.

겨우 그것만으로 매우 무서운 결과가 나왔다. 어느 날 디킴파라는 유력자가 동료를 이끌고 도르제탁의 처를 유괴하는 사건이 벌어졌다. 분노한 도르제탁은 곧바로 바즈라바이라바의 비의를 실천했다. 그는 바즈라바이라바의 관상에 들어가 이 신과 융합하여 이 신의 물소 뿔을 휘둘러 적을 무찔렀다. 그 순간, 디킴파와 그 동료들이 사는 마을 전체가 산산조각 나고, 범죄자들의 몸과 함께 바즈라바이라바의 본체인 문수보살의 정토로 순식간에 보내졌다고 한다.

바즈라바이라바의 비법

| 바즈라바이라바의 비법 | → | · 괴승 도르제탁이 특기로 삼은 흑마술
· 범죄자가 죄를 저지르기 전에 문수보살의 정토로 보낸다. |

그러니까 주살이 아니라 자비의 행위, 「돌」인 것이다!

…하고 괴승 도르제탁은 생각했다.

바즈라바이라바의 비법 실천 방법

바즈라바이라바의 비법은 아래와 같이 행해졌다.

①바즈라바이라바 신이 되기 위한 성취법을 수행하여 몸에 익힌다.

②마음을 집중해 바즈라바이라바의 존재를 구체적으로 상상한다.

바즈라바이라바는 밀교의 대위덕명왕이 발전한 무서운 모습의 신이다.

③신과 일체화하여 물소의 뿔을 휘둘러 적을 무찌르는 장면을 상상한다.

이것만으로 적은 이 세상에서 사라지고 문수보살의 정토로 순식간에 보내진다.

좀비 흑마술

공동체의 규칙을 깬 범죄자를 가사상태로 만들고, 그것을 되살려 자신의 의지를 가지지 않는 노예로 삼아 가혹한 일에 종사시키는 아이티의 흑마술.

●죽은 자를 되살려 노예로 삼는 흑마술

부두교를 받들던 **아이티 공화국**에서는 보코르라는 흑마술사가 살아 있는 인간을 좀비로 만든다고 믿었다. 좀비란 되살아난 시체를 말하는데, 되살아난다고 해도 살아 있을 때와 똑같은 자신이 되는 것은 아니다. 좀비는 자신의 의지는 전혀 가지지 않고 그저 마술사의 노예가 되어 일할 뿐인 꼭두각시이다. 좀비의 일은 주로 농작이지만 그 이외의 가혹한 일을 하기도 하였다. 그래서 아이티 사람들은 좀비 그 자체보다 자신이 좀비가 되는 것을 극도로 무서워하였다고 한다.

좀비의 제작법에 관해서는 아이티에서 좀비 연구를 하던 하버드 대학의 연구가 웨이드 데이비스의 저서, 『뱀과 무지개――좀비의 수수께끼에 도전하다』에 하나의 설이 실려 있다. 그 설에 따르면 좀비를 만들 때 좀비 파우더라는 가루가 쓰인다. 그것을 음식에 섞어 먹이거나 상처에 바르면 혈액 안에 침투한다. 이 파우더는 두꺼비나 뱀, 캐슈너트의 잎 등 다양한 동식물 성분을 포함하는데, 특히 중요한 것은 어떤 종류의 복어 독에 포함된 「테트로도톡신」이라는 성분이다. 이것으로 살아 있던 인간이 마치 죽은 것처럼 되는 것이다. 이렇게 죽은 듯이 가사에 빠진 인간은 매장되고, 그 후 보코르가 그 시체를 파낸다. 그리고 이번에는 사탕수수, 독말풀 등이 들어간 음료를 마시게 하여 되살린다. 이 음료는 어떤 종류의 환각을 일으키는 힘이 있으며, 되살아난 인간은 마술사에게 새로운 이름을 받자마자 최면상태에 빠져, 마술사의 명령대로 움직이는 좀비가 될 수밖에 없다고 한다. 하지만 보코르가 인간을 좀비로 만드는 것은 사실 공동체의 규칙을 깬 자에 대한 일종의 형벌이었다고 데이비스는 말한다.

좀비 흑마술

 좀비 ➡ · 아이티에서 믿는 되살아난 시체
· 흑마술사 보코르의 손에 의해 만들어진다.

좀비는 노예로 중노동을 당하기 때문에 아이티 인은 좀비 그 자체보다 좀비가 되는 사태를 극도로 무서워한다고 한다.

좀비 제작법

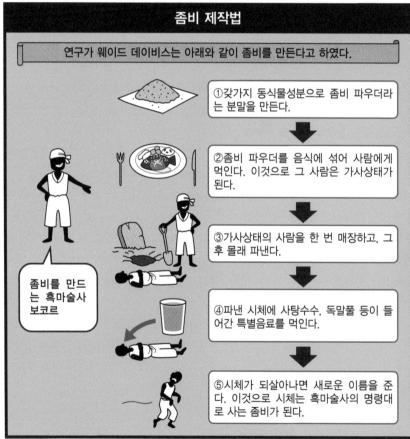

연구가 웨이드 데이비스는 아래와 같이 좀비를 만든다고 하였다.

①갖가지 동식물성분으로 좀비 파우더라는 분말을 만든다.

②좀비 파우더를 음식에 섞어 사람에게 먹인다. 이것으로 그 사람은 가사상태가 된다.

③가사상태의 사람을 한 번 매장하고, 그 후 몰래 파낸다.

좀비를 만드는 흑마술사 보코르

④파낸 시체에 사탕수수, 독말풀 등이 들어간 특별음료를 먹인다.

⑤시체가 되살아나면 새로운 이름을 준다. 이것으로 시체는 흑마술사의 명령대로 사는 좀비가 된다.

용어해설
● 아이티 공화국→중앙아메리카 서인도제도 히스파뇰라 섬 서부에 있는 공화국.

발리 섬의 흑마술사 레야크

마녀 란다를 모시고 몸에서 혼을 빼내거나, 원숭이나 돼지 등의 동물이나 관이나 자동차 등으로 변신하여 갖가지 악행을 행한 발리 섬의 흑마술사는?

● 발리 섬 사람들이 두려워하는 흑마술사 레야크

인도네시아 발리 섬에서는 레야크라는 흑마술사의 존재를 믿으니 여기서 설명해둔다.

레야크는 발리 섬에 전해지는 마녀이자 흑마술사이며, 흑마술사의 여왕인 마녀 란다를 모시는 자들이다. 레야크는 각 마을에 여러 명이 있으며 몸에서 영혼만을 빼내거나, 원숭이나 돼지 등의 동물이나 관 혹은 자동차 등의 물건으로 변신하여 수많은 악행을 일삼는다고 믿어진다. 이 악행은 광범위하게 미쳐 가족 중 누군가가 뼈가 부러지거나, 상처가 곪거나, 가축이 죽으면 그것은 흑마술사 탓이라고 여겼다. 또한 레야크는 모든 병을 불러오고 독을 사용하기도 한다고 한다.

레야크가 활동하는 것은 한밤중으로, 묘지, 강가, 해변 등에 자주 나타나, 죽음의 여신 두르가를 위해 무서운 야회를 개최한다고 한다. 그 야회에서는 인간의 생피를 여신에게 바치기 위하여 나무에는 내장을 매달고, 떨어지는 피를 큰 솥에 받는다. 나무뿌리에는 인간의 두개골이나 뼈가 굴러다닌다고 한다.

한밤중에 흑마술사들이 모이는 모습은 일본의 오니비(도깨비불)와 비슷하다고 전해진다. 즉 한밤중에 언덕 중턱 부근을 빛이 줄을 지어 나아가는 것인데, 이것이 이동하거나 멈춰서거나 떠다니기도 한다. 그리고 돌연 사라지거나 또 빛나기 시작한다고 한다.

레야크에는 등급이 있고 최고의 존재는 마녀 란다라고 전해진다. 마녀 란다는 궁극의 흑마술사이며 죽음의 여신 두르가와 동일시되는 무서운 존재이다. 그리고 한밤중이라면 마녀 란다도 레야크와 함께 움직이며 묘를 파헤쳐 시체를 먹거나 병을 퍼뜨리거나 기근을 일으키는 등 인간 세계에 불행을 불러온다고 여겼다.

발리 섬의 흑마술사 레야크

 레야크 ➡ 발리 섬에 전해지는 마녀 · 흑마술사

그 특징은?

⬇

마녀 레야크

마녀 란다는 궁극의 흑마술사로, 레야크는 그 수하로 움직인다.

마녀 란다

마녀 레야크는 각 마을에 몇 명이 있으며, 여러 악행을 일삼는다.

마녀 레야크의 야간 축제에서는 나무에 내장을 매달고 피를 큰 솥에 끓여 여신 두르가에게 바친다.

마녀 레야크는 한밤중의 집회를 위해 오니비와 같이 줄을 지어 이동한다.

아잔데 족의 복수 주약

남수단이나 중앙아프리카공화국 등에 분포한 아잔데 족이 사용하는 주물로, 항상 정의의 이름하에 범죄자를 주살하는 무서운 주약(呪藥)이다.

● 정의의 이름하에 복수를 하는 흑마술

복수 주약(바그부두마)는 남수단이나 중앙아프리카공화국 등에 분포한 아잔데 족 사람들이 사용하는 주물 중 하나이다.

아잔데 인은 사람이 죽으면 요술사나 사술사의 희생이 되었다고 생각하여 복수 주약을 행한다. 그렇게 하여 범인을 사형에 처하고 정의를 지키는 것이다. 무언가를 도둑맞았을 때도 마찬가지로 복수 주약을 행한다. 피해자는 곧바로 작은 오두막을 만들어 그 밑 땅에 주약을 묻거나 오두막 안에 매단다. 그리고 주약을 향해 범인을 주살하기 위한 주문을 왼다.

「불행해져라! 번개가 떨어져 목숨을 잃어라! 모기에게 물려버려라. 병으로 죽어버려라. …넌 이제 곧 죽을 것이다. 모든 고통에 시달릴 것이다. 사냥 도중에 함정에 빠지고, 동료는 널 사냥감이라고 착각해 찔러 죽일 것이다!」

하지만 사용하는 주약이 어떤 것인지는 명확하지 않다. 아잔데 인은 주술을 완전히 개인적으로 행하여 자신이 어떤 주물을 썼는지 사람들에게 알려지지 않도록 하기 때문이다.

주의해야 하는 것은 복수 주약은 반드시 정의를 위해 사용해야 한다는 점이다. 복수 주약을 죄 없는 인간에게 악의적으로 사용해서는 안 된다. 그런 짓을 하면 복수 주약은 자신에게 돌아와 마술을 사용한 인간을 멸한다. 주약은 죄인을 찾아가는데, 죄인은 존재하지 않기 때문에 결국 발견하지 못하고 돌아와 자신을 보낸 인간을 죽인다. 따라서 복수 주약을 행하기 전에는 점술가에게 물어 죽은 자가 나쁜 요술사나 사술사의 희생이 되었는지를 확인해야 한다. 또 범인과 배상이 성립했을 때는 주약이 누군가를 상처 입히기 전에 서둘러 파괴해야 한다.

아잔데 족의 복수 주약

복수 주약 ➡ 범인을 사형하기 위한 아잔데 족의 주살술

복수 주약의 사용법

아잔데 사람들은 복수 주약의 마술을 아래와 같이 행했다고 한다. 단지 무엇이 주약인지는 비밀로 되어 있기에 명확하지 않다.

 괜찮아

①마술을 행하기 전에 점술가를 방문해 복수 주약을 사용해도 되는지 확인한다.

②오두막을 만들고 그 안에 복수 주약을 묻는다. 혹은 매단다.

 불행해져라~

③범인을 저주해 죽이기 위한 주문을 왼다.

 뭐, 뭐야! 짜~앙!

④주약이 범인을 찾아가고, 찾으면 주살한다.

 말도 안 돼! 짜잔~!

⑤범인이 존재하지 않는데 복수 주약을 이용했을 경우, 주약은 돌아와 저주를 건 자를 죽인다.

아잔데 족의 나쁜 주약

아잔데 족의 「나쁜 주약」은, 일단 누가 보아도 사악한 목적을 위해 쓰이는 흑마술의 주물이며, 소유하는 것만으로도 중죄에 처해진다고 한다.

● 나쁜 주약으로 사람을 죽이는 흑마술

남수단이나 중앙아프리카공화국 등에 분포한 아잔데 족 사람들은 악의를 가지고 사람을 병들게 하거나 죽이고 싶을 때 「나쁜 주약」을 사용한 흑마술을 행한다. 나쁜 주약에는 여러 종류가 있는데 사람을 죽이는 주약 외에 법적인 수속을 무효로 하는 주약, 타인의 가족 관계를 붕괴시키는 주약도 있다. 일단 누가 보더라도 사악한 목적을 위해 쓰이는 것이며, 나쁜 주약은 가지고만 있어도 중죄가 된다.

여기서 나쁜 주약 중에서도 가장 두려움의 대상인 멘제레와 그 사용법을 소개하겠다. 멘제레는 흑마술사만이 아는 어떤 식물에서 추출한 것이라고 여겨진다. 어떤 식물을 잘게 다져 가루로 만든 것이라는 사람도 있다. 어느 쪽이든 사람을 저주하고자 하는 자는 만월의 밤, 위해를 가하고 싶은 상대의 부지에 들어가 그 집 입구, 부지 중앙, 그곳에 이르는 통로 중 어딘가에 주약을 뿌린다. 그때 상대의 이름을 명확하게 말하며 주문을 왼다. 그렇게 하면 그곳을 다닐 때마다 이름을 지정당한 자만이 주약에 덮쳐진다. 그리고 집에 돌아가자마자 목을 조인 것처럼 죽고 만다. 이렇게 적을 쓰러뜨리는 데 성공했다면, 흑마술사는 희생자 사후 며칠 동안은 **빔바 풀로 만든 허리싸개**를 찬다. 이것을 게을리 하면 마술사 자신이 병에 걸리고 만다.

반대로 나쁜 주약으로 누군가에게 저주받은 것 같다면 길이 교차하는 곳으로 가 무릎을 꿇고 땅을 파서 구멍 안에 대고 다음과 같이 말한다. 「내 안에 있는 멘제레여. 나는 너를 위해 구멍을 팠다. 네가 멘제레라면 그곳으로 가라. 그리고 내가 어린 시절부터 오갔던 길 전부를 더듬어보아라. 그 후에 날 죽여다오. 혹시 그러지 못하면 날 죽이는 것을 그만두어라.」 그렇게 하면 살해당하는 것을 면할 수 있다고 한다.

아잔데 족의 나쁜 주약

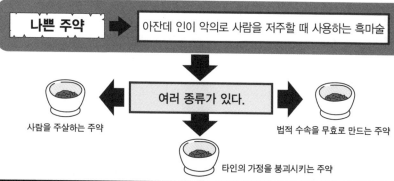

나쁜 주약 ➡ 아잔데 인이 악의로 사람을 저주할 때 사용하는 흑마술

여러 종류가 있다.

사람을 주살하는 주약

법적 수속을 무효로 만드는 주약

타인의 가정을 붕괴시키는 주약

나쁜 주약의 사용법

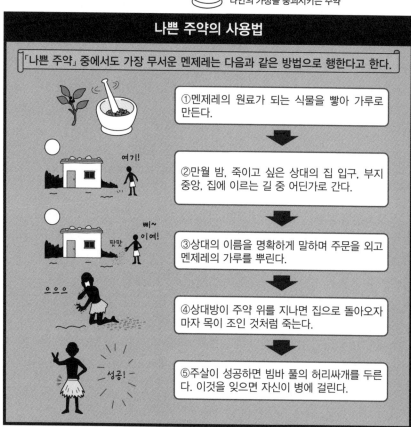

「나쁜 주약」 중에서도 가장 무서운 멘제레는 다음과 같은 방법으로 행한다고 한다.

① 멘제레의 원료가 되는 식물을 빻아 가루로 만든다.

② 만월 밤, 죽이고 싶은 상대의 집 입구, 부지 중앙, 집에 이르는 길 중 어딘가로 간다.

③ 상대의 이름을 명확하게 말하며 주문을 외고 멘제레의 가루를 뿌린다.

④ 상대방이 주약 위를 지나면 집으로 돌아오자마자 목이 조인 것처럼 죽는다.

⑤ 주살이 성공하면 빔바 풀의 허리싸개를 두른다. 이것을 잊으면 자신이 병에 걸린다.

여기!

삐~
팟팟 이여!

으으으

성공!

용어해설

● **빔바 풀로 만든 허리싸개**→아잔데 인은 상중일 때 누구든 이 허리싸개를 두르기 때문에, 입고 있어도 흑마술을 썼다고 의심받는 경우는 없다.

말레이 반도의 사랑의 마술

말레이 반도의 사랑의 마술을 사용하면 어떤 차가운 미인이라도 자신의 뜻대로 할 수 있으며, 밤이든 낮이든 좋을 때 불러올 수 있다.

●차가운 미인의 혼을 자신의 것으로 삼는 흑마술

아무리 차가운 미인이라 할지라도 그 혼을 포획하여 자신의 뜻대로 할 수 있는 마술이 말레이 반도 사람들에게 전해진다.

막 떠오른 달이 동쪽 하늘에 붉게 빛나고 있을 때, 바깥으로 나와 그 달빛을 받으며 왼발의 엄지 위에 오른발의 엄지를 놓고, 오른손으로 나팔을 불며 다음 주문을 왼다. 「내가 화살을 쏘면 달이 흐려지고, 해가 가리며, 별이 어두워진다. 하지만 내가 쏜 것은 해도 달도 별도 아니다. 마을의 그 아가씨의 혼이다. 그 사람의 혼이여, 오너라. 함께 걷자. 함께 앉자. 베개를 나누어 쉬자. 사랑하는 그 아가씨의 혼이여.」이것을 3번 반복하고 주먹으로 피리를 부는 것만으로 사랑하는 상대가 찾아온다.

이것과는 반대로, 상대의 영혼을 두건으로 붙잡는 방법도 있다.

만월의 밤과 그 다음 날 밤, 두 밤에 걸쳐 문 바깥으로 나간다. 그리고 달을 향해 개미집에 앉아 향을 피우며 다음 주문을 왼다.

「네게 **킨마의 잎**을 주마. 그것에 석회를 바르거라. 그 사람에게 물리기 위해. 그렇게 하면 그 사람은 일출에도 일몰에도 나에 대한 사랑으로 애태우겠지. 부모보다, 집안보다, 날 생각하겠지. 번개가 쳐도, 바람이 불어도, 비가 내려도, 새가 울어도, 날 생각하겠지. 달을 보면 그곳에 내 모습이 보이겠지. 그 사람의 혼이여, 내 곁으로 오거라. 나의 혼은 네 것이 아니지만, 너의 혼은 내 것이니까.」

말이 끝나면 손에 든 두건을 달을 향해 7번 휘두른다. 그리고 집으로 돌아와 그것을 베개 밑에 깔고 잔다. 점심이 되면 향을 피우며 말한다. 「내 띠에 있는 것은 두건이 아니다. 그 사람의 혼이다.」그렇게 하면 사랑하는 상대가 당장 찾아온다.

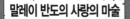

말레이 반도의 사랑의 마술

말레이 반도의 사랑의 마술 ➡ 상대의 혼을 포획하여 사랑을 획득하는 흑마술

사랑의 마술의 방법

말레이 반도의 사람들이 좋아하는 사람을 얻기 위해 하는 사랑의 마술은 다음과 같이 행한다.

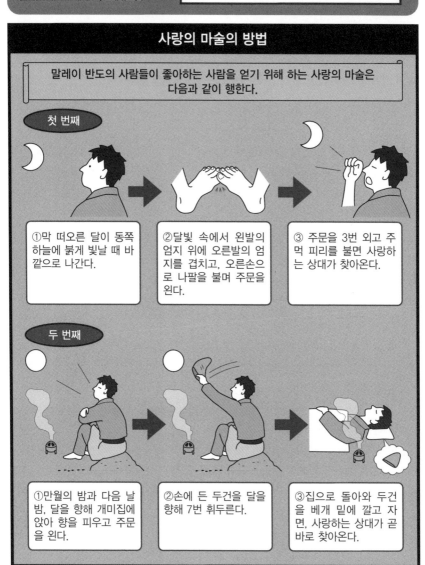

첫 번째

① 막 떠오른 달이 동쪽 하늘에 붉게 빛날 때 바깥으로 나간다.

② 달빛 속에서 왼발의 엄지 위에 오른발의 엄지를 겹치고, 오른손으로 나팔을 불며 주문을 왼다.

③ 주문을 3번 외고 주먹 피리를 불면 사랑하는 상대가 찾아온다.

두 번째

① 만월의 밤과 다음 날 밤, 달을 향해 개미집에 앉아 향을 피우고 주문을 왼다.

② 손에 든 두건을 달을 향해 7번 휘두른다.

③ 집으로 돌아와 두건을 베개 밑에 깔고 자면, 사랑하는 상대가 곧 바로 찾아온다.

용어해설

● **킨마의 잎**→씹는 담배처럼 씹어 즐기는 기호품.

부두 인형

현재도 소원을 비는 인형으로 인기가 있는 부두 인형은 아이티가 아니라 뉴올리언스에서 태어나 자란 인형 마술이었다.

●소원에 따라 침 머리의 색을 바꾸는 인형 마술

부두 인형은 미국에서 태어난 비교적 새로운 부류의 인형 마술이다. 부두라는 이름이 붙어서 부두교가 있는 아이티의 마술이라고 오해하기 쉽지만, 그렇지 않다. 이 마술은 루이지애나 주 뉴올리언스에서 태어났다. 그것이 아이티에서 들어온 부두교의 영향을 받아 현재의 형태가 되었다고 한다.

부두 인형은 현재도 쓰이며 발전을 계속하는 마술이며, 인형의 제작법도 마술의 방법도 마술사마다 달라지는 경우가 많다. 하지만 뉴올리언스에서는 부두 인형은 길이가 다른 2개의 나무 막대로 만드는 것이 일반적이다. 2개의 막대를 십자 모양으로 겹쳐 마끈으로 빙글빙글 감아 인형으로 만든다. 그 위에 천을 감아 옷을 입힌다. 이때 마술을 걸고 싶은 상대의 특징을 인형에도 반영한다. 상대가 수염이 있다면 인형에도 수염을 만든다. 또 인형 내부에 상대의 사진을 넣거나 이름을 쓴 종이를 넣거나 모발이나 손톱 등을 넣는 것도 좋다.

인형이 완성되면 침을 찌른다. 부두 인형의 특징은 이 침에 있는데, 마술의 목적에 따라 침 머리의 색을 바꾸는 것이다. 즉 힘이나 권력과 관계된 것은 빨간색, 금전 관계는 노란색, 정신적인 편안함에 관한 것은 녹색, 연애 관계는 파란색, 영성(靈性) 관계는 보라색, 고통이나 복수에 관한 것은 검은색, 적극성에 관한 것은 흰색, 생명이나 죽음에 관한 것은 핑크이다.

인형에 침을 찌를 때에는 가능한 한 구체적으로 그 내용을 상상하는 것이 중요하다. 예를 들어 상대에게 고통을 주고 싶다면 「괴로워해라, 괴로워해라」 하고 빌며 괴롭히고 싶은 부분에 머리가 검은 침을 찌르는 것이다. 왜냐하면 고통을 거두고 싶을 때에도 검은 침을 이용하기 때문이다.

부두 인형

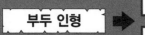

부두 인형 ➡

뉴올리언스 태생의 새로운 인형 마술

목적에 따라 머리 색이 다른 침을 사용한다.

부두 인형의 제작법

뉴올리언스의 부두 인형

①두 개의 나무막대를 십자가로 만들어 끈으로 묶는다.

②나무인형을 마끈으로 친친 감는다.

③마끈 위에 천을 감아 옷을 입히고, 상대의 특징을 인형에도 반영한다.

사용하는 침 머리의 색과 목적

부두 인형 마술에서는 목적에 따라 인형에 찌르는 침의 머리 색이 달라진다.

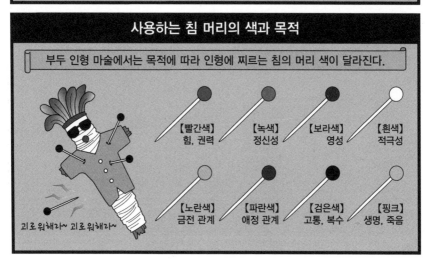

【빨간색】
힘, 권력

【녹색】
정신성

【보라색】
영성

【흰색】
적극성

【노란색】
금전 관계

【파란색】
애정 관계

【검은색】
고통, 복수

【핑크】
생명, 죽음

괴로워해라~ 괴로워해라~

인간은 왜 마술을 계속 믿었는가?

유감스럽게도 현대는 과학의 시대이지 마술(주술)의 시대가 아니다. 이 책의 독자 여러분도 아무리 마술을 좋아한다고 해도 완전히 마술을 믿는 사람은 없을 것이다. 하지만 과학의 시대가 오기 전까지의 수천 년 동안 대부분의 인간이 마술을 믿었다. 대체 왜일까? 왜 그렇게 믿을 수 있었을까?

그 해답은 간단하다. 과학의 시대 이전에 이 세계의 일을 설명하는 원리는 마술의 원리밖에 없었기 때문이다. 마술의 원리라는 것은 이 책의 첫 장에서도 설명한 「공감의 법칙」이다.

이렇게 세계가 마술적으로 설명되고 사람들이 마술을 믿는 상황에서는 실제로 마술에 효과가 있는지 없는지는 그다지 중요하지 않았다. 마술사는 설령 자신의 방법이 실패로 돌아가도 그것이 왜인지 완벽히 설명할 수 있었기 때문이다.

예를 들어 어떤 사람이 병에 걸려 마술사에게 찾아왔다고 하자. 환자를 본 마술사는 병을 낫게 하기 위한 의식을 치르고 주문을 왼다. 옛날의 마술사는 약초 등의 지식도 풍부했기 때문에 그것을 사용해 병이 낫는 경우도 있다. 나으면 그것은 마술이 통했기 때문이다. 하지만 낫지 않아도 문제는 없다. 변명은 얼마든지 가능하기 때문이다. 「의식 수순에 실수가 있었다」라든가, 「환자가 방문한 시간이 병이 낫기에는 적합하지 않았다」라든가, 「당신의 병은 나 같은 마술사로는 고칠 수 없으니 더욱 위대한 마술사를 소개하겠다」라는 식이다. 현대의 수상한 신흥 종교의 교주가 「병이 낫지 않는 것은 당신의 신심이 부족하기 때문입니다. 그리고 100만 엔을 기부하십시오」 하고 말하는 것과 그다지 다르지 않다.

심지어 환자도 마술을 완전히 믿기 때문에 마술사가 그렇게 말하면 정말 그렇다고 믿고 만다. 결코 마술이 사기라고는 생각하지 않았던 것이다.

그런 믿음이 얼마나 강하고 무서운지는 연금술사를 생각하면 알 것이다. 유럽에서 중세부터 근세에 걸쳐 셀 수 없을 정도의 연금술사가 등장해 현자의 돌을 만들고 강철이나 동 등을 금으로 바꾸려 했다. 그리고 몇 번이고 실험하고 몇 번이고 실패했다. 그 이유는 성공을 목전에 두고서 항아리가 부서지거나, 화로의 불이 꺼져서라는 내용이었다. 인생의 대부분을 연금술 연구로 흘려보내고 셀 수 없이 실패해도 연금술사들은 연금술이 불가능하다고 생각하지 않았던 것이다.

오늘날의 여러분은 믿기 어려울지도 모르지만, 마술을 믿는다는 것은 이러한 것이다.

색인

참고문헌

『黒魔術(흑마술)』 Richard Cavendish 著／梅正行 訳 河出書房新社

『大アルベルトゥスの秘法(대 알베르투스의 비법)』 Albertus Magnus 著／立木鷹志 編訳 河出書房新社

『黒魔術のアメリカ(흑마술의 아메리카)』 Arthur Lyons 著／広瀬美樹ほか 訳 徳間書店

『高等魔術の教理と祭儀 教理篇(고등마술의 교리와 제의 교리편)』 Eliphas L'evi 著／生田耕作 訳 人文書院

『高等魔術の教理と祭儀 祭儀篇(고등마술의 교리와 제의 제의편)』 Eliphas L'evi 著／生田耕作 訳 人文書院

『魔術 実践編(마술 실천편)』 David Conway 著／阿部秀典 訳 中央アート出版社

『魔術 理論編(마술 이론편)』 David Conway 著／阿部秀典 訳 中央アート出版社

『悪魔学大全(악마학 대전)』 Rossell Hope Robbins 著／松田和也 訳 青土社

『魔女と魔術の事典(마녀와 마술의 사전)』 Rosemary Ellen Guiley 著／荒木正純、松田英 監訳 原書房

『魔女とキリスト教 ヨーロッパ再考(마녀와 크리스트교 유럽학 재고)』 上山安敏 著 講談社

『狼憑きと魔女(늑대 빙의와 마녀)』 Jean de Nynauld 著／富樫瓔子 訳 工作舍

『ドイツ民衆本の世界(독일 민중 서적의 세계) 3』 ファウスト博士 松浦純 訳 国書刊行会

『妖術師・秘術師・錬金術師の博物館(요술사・비술사・연금술사의 박물관)』 Grillot de Givry 著／林瑞枝 訳 法政大学出版局

『オカルトの事典(오컬트 사전)』 Fred Gettings 著／松田幸雄 訳 青土社

『金枝篇(황금가지) 1〜5』 James George Frazer 著／永橋卓介 訳 岩波書店

『魔術の歴史(마술의 역사)』 Eliphas L'evi 著／鈴木啓司 訳 人文書院

『魔術 理論と実践(마술 이론과 실천)』 Aleister Crowley 著／島弘之、植松靖夫、江口之隆 訳 国書刊行会

『魔術の歴史(마술의 역사)』 J.B. Russell 著／野村美紀子 訳 筑摩書房

『魔術の歴史(마술의 역사)』 Richard Cavendish 著／梅正行 訳 河出書房新社

『世界で最も危険な書物—グリモワールの歴史(세계에서 가장 위험한 서적-그리모와르의 역사)』 Owen Davies 著／宇佐和通 訳 柏書房

『黄金伝説(황금전설) 2』 Jacobus de Voragine 著／前田敬作、山口裕 訳 平凡社

『黄金のろば(황금 당나귀) 상, 하』 Lucius Apuleius 作／呉茂一 訳 岩波書店

『ヴードゥー教の世界(부두교의 세계)』 立野淳也 著 吉夏社

『媚薬の博物誌(미약 박물지)』 立木鷹志 著 青弓社

『スラヴ吸血鬼伝説考(슬라브 흡혈귀 전설고)』 栗原成郎 著 河出書房新社

『人狼変身譚 西欧の民話と文学から(늑대인간 변신담-서구의 민화와 학문에서)』 篠田知和基 著 大修館書店

『ジャスミンの魔女 南フランスの女性と呪術(재스민의 마녀-남부 프랑스 여성과 주술)』 Emmanuel Le Roy Ladurie 著／杉山光信 訳 新評論

『ファウスト伝説 悪魔と魔法の西洋文化史(파우스트 전설-악마와 마법의 서양문화사)』 溝井裕一 著 文理閣

『ムーンチャイルド(문 차일드)』 Aleister Crowley 著／江口之隆 訳 東京創元社

『吸血鬼伝説(흡혈귀 전설)』 Jean Marigny 著／中村健一 訳 創元社

『図説 日本呪術全書(도설 일본 주술 전서)』 豊島泰国 著 原書房

『呪法全書(주법 전서)』 不二龍彦 著 学研パブリッシング

『呪い方、教えます(저주법, 알려드립니다)』 宮島鏡 著／鬼頭玲 監修 作品社

『図説 憑物呪法全書(도설 빙의 주법 전서)』 豊嶋泰国 著 原書房

『図説 神佛祈祷の道具(도설 신불 기도의 도구)』 豊嶋泰國ほか 著 原書房

『道教の本(도교의 책)』 学習研究社

『呪術の本(주술의 책)』 学習研究社

『密教の本(밀교의 책)』 学習研究社

『修験道の本(수험도의 책)』 学習研究社

『陰陽道の本(음양도의 책)』 学習研究社

『陰陽道　呪術と鬼神の世界(음양도 주술과 귀신의 세계)』　鈴木一馨 著　講談社

『呪術探究　巻の1 -死の呪法-(주술 연구 1권 -죽음의 주법-)』呪術探究編集部 編　原書房

『火の山(불의 산) 上, 中, 下』　海音寺潮五郎 著　六興出版

『南国太平記(남국태평기) [Kindle版]』　直木三十五 著

『妖術使いの物語(요술사 이야기)』　佐藤至子 著　国書刊行会

『中国の呪術(중국의 주술)』　松本浩一 著　大修館書店

『呪いの都平安京(저주의 도시 헤이안쿄)』　繁田信一 著　吉川弘文館

『修訂中国の呪法(중국의 주법)』　沢田瑞穂 著　平河出版社

『アザンデ人の世界(아잔데 족의 세계)』　E. E. Evans Pritchard 著／向井元子 訳　みすず書房

『禁厭・祈祷・太占　神道秘密集伝(금염・기도・태점 신도 비밀 집전)』　宮永雄太郎 著／大宮司朗 編　八幡書房

『性と呪殺の密教　怪僧ドルジェタクの闇と光(성과 주살의 밀교 괴승 도르제탁의 어둠과 빛)』　正木晃 著　講談社

『Grimorium Verum』　Joseph H.Peterson 편역　CreateSpace Publishing

『THE HAMMER of WITCHES』　Christopher S.Mackay 역　Canbridge University Press

『Magic in the Middle Ages』　Richard Kieckhefer 저　Canbridge University Press

『THE COMPLETE BOOK OF SPELLS,CURSES,AND MAGICAL RECIPES』　Dr.Leonard R. N.Ashley 저　Skyhorse Publishing

『Greek and Roman NECROMANCY』　Daniel Ogden 저　Princeton University Press

『The BOOK OF BLACK MAGIC』　Arthur Edward Waite 저　WEISER BOOKS

『The Key of Solomon the King(Clavicula Salomonis)』　S.Liddell MacGregor Mathers　영 역 WEISER BOOKS

『AN ENCYCLOPEDIA OF OCCULTISM』　Lewis Spence 저　Dover Publications

『Pharsalia; Dramatic Episodes of the Civil Wars [Kindle版]』　Lucan 저

『WITCHCRAFT AND BLACK MAGIC』　Montague Summers 저　Dover Publications

『Curse Tablets and Binding Spells from the Ancient World』　John G.Gager　저　Oxford University Press

『FORBIDDEN RITES-A NECROMANCER'S MANUAL of the FIFTEENTH CENTURY』 Richard Kieckhefer 저　The Pennsylvania State University Press

『The Satyricon-Complete [Kindle版]』　Petronius Arbiter 저

『THE VOODOO DOLL SPELLBOOK-A Compendium of Ancient & Contemporary Spells & Rituals Vol.1』　Denise Alvarado 저　CreateSpace Independent Publishing Platform

도해 흑마술

초판 1쇄 인쇄 2015년 8월 20일
초판 2쇄 발행 2019년 7월 30일

저자 : 쿠사노 타쿠미
일러스트 : 후쿠치 타카코
번역 : 곽형준

펴낸이 : 이동섭
편집 : 이민규
디자인 : 이은영, 이경진
영업 · 마케팅 : 송정환
e-BOOK : 홍인표, 이문영
관리 : 이윤미

㈜에이케이커뮤니케이션즈
등록 1996년 7월 9일(제302-1996-00026호)
주소 : 04002 서울 마포구 동교로 17안길 28, 2층
TEL : 02-702-7963~5 FAX : 02-702-7988
http://www.amusementkorea.co.kr

ISBN 979-11-7024-261-1 03830

図解 黒魔術
"ZUKAI KUROMAJUTSU" written by Takumi Kusano
Copyright©Takumi Kusano 2013 All rights reserved.
Illustrations by Takako Fukuchi 2013.
Originally published in Japan by Shinkigensha Co Ltd, Tokyo.

This Korean edition published by arrangement with Shinkigensha Co Ltd, Tokyo
in care of Tuttle-Mori Agency, Inc., Tokyo

이 도서의 국립중앙도서관 출판예정도서목록(CIP)은
서지정보유통지원시스템 홈페이지(http://seoji.nl.go.kr)와
국가자료공동목록시스템(http://www.nl.go.kr/kolisnet)에서 이용하실 수 있습니다.
(CIP제어번호: CIP2015020075)

*잘못된 책은 구입한 곳에서 무료로 바꿔드립니다.